紅眼睛的山姆

THE EXTRAORDINARY LIFE OF SAM HELL

ROBERT DUGONI

羅伯・杜格尼——著　陳岳辰——譯

獻給引領我愛上閱讀及寫作的母親Patty Branick Dugoni。

一切因妳無私的愛、支持、堅定而實現。

最棒的童年和父母造就了我的非凡人生。

活得夠久，人就不再向前走，而是向後望。

——麥斯威爾・希爾

序曲

母親總說是「主的旨意」。每當我人生不如意，而我有很多不如意，她就說：「什莫，這都是主的旨意。」六歲大的孩子沒辦法從那句話得到什麼慰藉，儘管我已經比同齡孩子多出一點主「賜予」的成熟。

比方說我自始至終不明白母親為何能知道主在想什麼。直接問的話，她會開始重複另一句話：「什莫，要對神有信心。」後來我明白再問下去也是邏輯迴圈毫無意義，說實在的她學別家爸媽大聲吼句「聽話就對了」意思也一樣。

長大之後多出一份名為歷練的成熟，我才體會到母親說得對。關於我的人生，通常她說的都對。大家總以為生命掌握在自己手中，年少輕狂時更是如此。所謂天下無難事只怕有心人，世界像個大蚌，只要撬開外殼就能享用藏在其中的豐盛和美味。可惜後來我意識到那殼出乎意料地堅硬，生命際遇超過我所能控制或預測。面對生命歧路，很多人堅信我們可以選擇方向，決定自己與誰為友、從事何種職業，以至於結婚對象。

事實不然。

生命如同撞球開局第一下，各種事件隨機碰撞彈跳。又或者，願意相信的話，全部都是命中註定——也就是我母親唸叨的天意。

我真的很想相信母親。

我想要相信大衛．弗瑞蒙在學校操場用橡皮球砸我臉、將大家帶入險境最終導致自己身亡，是主的安排。我想要相信爾尼．坎韋從密西根州底特律來到此地，成為學校唯一一個黑人孩子，是主終於願意給我朋友。我想要相信米琦．甘迺迪如中西部大平原龍捲風，闖入我八年級的生活，顛覆我對男女角色的認知，推翻我母親和慈悲聖母堂用來解決所有個人與社會困境的天主教訓誡，也是主的精心策劃。最重要的是：母親深信我的人生註定不平凡，夜復一夜坐在老家木鑲板隔間的碎花墊子上，手捻玫瑰念珠向天主禱告，所以我也想相信自己的命運。

明明一直以來我很想逃離自己長大的小鎮，最後卻又買下離老家木屋才兩個路口的房子。這也是主的旨意？買的當下我以為是筆好投資，這地段不動產行情看漲。相比之下父母不這麼功利主義，母親對房子唯一要求是走路距離內有天主教教堂和學校，但我和她挑房子的結果相差無幾。除了逃到遠方的十年，我整個人生都處在聖母堂鐘塔範圍，可是明明這麼近，記憶中卻只聽見四五次鐘響。今天是其一，不知道什麼原因——可能是命運，或所謂「主的旨意」吧——聽見鐘聲，我忽然有股衝動坐在鍵盤前寫下有關自己雙親、大衛．弗瑞蒙、丹尼菈與崔娜．柯羅齊母女，當然還有爾尼與米琦的故事。其實也是我自己的故事。鐘聲甚至成了個理所當然的起點，因為某一天我又很難得地聽見了，或者以為自己聽見了。

第一部

地毯上的污漬

1

一九八九年，美國加州伯靈格姆❶

鐘聲好響亮，我忍不住坐直身子。隨機下意識察覺一事：人被關在狹窄無菌的診所隔間，怎麼可能聽見教堂鐘聲？

「還好嗎？」福村健二醫師眼鏡下的眼神露出疑惑。

就現在情況而言，這問題很有趣。我坐在狹窄檢驗臺上，臀部壓著皺掉的紙墊，赤裸的下半身蓋著另一張紙墊，而且都很薄。早上特地把陰毛刮乾淨，因為要做輸精管結紮必須小心。先前諮詢時福村醫師說了故事：有個病人體毛濃密，術後電燒傷口竟然著火，醫生當場用了拍打法來撲滅。雖然有點都市傳說的味道，想到福村醫師痛毆自己鼠蹊部會是什麼下場，我覺得明哲保身這句話有道理。

所以我沒問他是否也聽見鐘聲，直接說：「可以稍等嗎？」

「緊張很正常。」福村醫師站在不鏽鋼水槽前面以消毒肥皂洗手完用機器吹乾。

「一會兒就好。」我稍微挪動身子，屁股下紙墊沙沙響。

鐘聲聽起來與聖母堂一模一樣。聖母堂離我老家兩個路口而已，於是我想起母親。說到天主教思想，母親在我心中比起教宗更有公信力。儘管我已經脫離教徒生活，她的教導仍舊留在心底，比方說鐘聲偶爾特別清亮。有人將這種心理稱作天主教徒負罪感❷，我母親確實會譴責結紮是違背教義的行為。

「有什麼明確顧慮嗎？」福村醫師用粗糙褐色紙巾擦拭雙手。

「有就簡單多了。」我回答：「明確的想法倒是沒有。」

「性功能不受影響，」諮詢時他就保證過：「尿尿射得一樣遠。」連笑話都可以重複。福村醫師淺淺一笑，幹他這行不得不學會靠幽默安撫病人，畢竟最後要在人家兩腿間動刀。上週他給了我十五分鐘的諮詢，故意戴上超厚鏡片、手裡提把大砍刀才進來，還面無表情說了句：「放心不會痛。」

「老婆的問題？」醫師又問：「她有猶豫？」

「噢，沒有，她很肯定。」我暗忖自己與伊珐也並非夫妻，只是同居在距離教堂兩個路口的新房。我已經不上教堂、平常也沒留意到鐘聲，除了少數怪異場合，譬如現在。

起初覺得同居是個好主意，但幾個月過去了，現在看來動機真的不是愛情，就只是省錢。更好笑的是當初我確實以此為由說動她，「這樣妳不必付房租，」我解釋：「兩個人還可以節省水電雜費。」很實際。

「你母親會怎麼想？」伊珐這樣回答我。

❶ Burlingame，加州聖馬刁郡內城市，位於舊金山半島東岸。
❷ 指天主教徒或前天主教徒對自身言行過分敏感，容易感到罪疚或羞恥的心理狀態。

從母親角度看，伊玹與我同居是犯戒。她沒明言，但得知伊玹搬來以後再也沒進我家門。三人偶爾上館子，母親是沒擺臭臉，但也不再提起我和伊玹的關係。其實我自己並不例外，雖然聊過結婚這話題，雙方都說得曖昧不清，而且總會一不小心扯到我媽。

「我才不要為了取悅她結婚。」伊玹說過：「就算要結婚，也不去天主教教堂。」主詞不是我們而是我，我都聽在耳裡。何況聊到結婚，伊玹總是把話題轉到我媽那邊，卻對我倆之間沒有隻字片語。

福村醫師臉上掛著微笑走到檢驗臺邊：「你自己呢？」

「我什麼？」我一下子沒聽懂。

「你自己有沒有猶豫？」

「醫師你有孩子嗎？」我問。

「三個兒子，」他說：「小兒子九月上大學去了，鳥兒翅膀長硬全都離巢啦。現在我和老婆在家裡脫光光到處做愛也沒關係。」

「真的會到處做嗎？」我問。

醫師斂起笑意：「你孩子多大？」

「沒生。」我回答完，醫師似乎遲疑了，又朝我露出疑惑目光。我才三十二，伊玹比我大三歲，她是阿拉斯加航空的機師，對事業很有抱負，所以不知道該不該生小孩，但看來至少肯定不想和我生——於是我剃光陰毛，也準備剃掉為人父的機會。

「你覺得自己可能會想要？」

「不確定。」沒特別想過，長大後在心裡是這樣告訴自己的。但事到臨頭，卻又不大有把握。

福村醫師點點頭：「這樣好了，你的手術往後調。隔壁還有個病人，我先過去四十五分鐘，你抓緊時間仔細考慮。」

是該考慮清楚，但醫師出了房間之後我腦袋一團亂，彷彿過去的點點滴滴侵蝕現在。第一段回憶像道細流，我試著塞住破洞，卻立刻又有一個地方漏水。滴水穿石，補之不盡。腦海浮現某年特別炎熱的夏日，兩百年老橡木枝葉糾結廣闊，我習慣陪坐著輪椅的父親到樹蔭乘涼。那天其他事情記不大清楚，連兩個人聊過什麼也沒印象，只有父親一段話刻在心底。

「只要活著，」他中風之後講話斷斷續續氣若游絲：「總有一天會放下期盼，回首來時。」

以前覺得父親當時年紀不大，縱使殘障了不代表特別睿智。當然我也年紀小，聽不懂其中深意。現在坐在診所，我懷疑自己已經到了父親口中的階段。這念頭挺嚇人，感覺自己在世上沒留下痕跡，一旦死了墓碑只能刻上生辰與忌日勉強證明存在過。

我是獨生子，父親也是獨生子。如此一來，血脈也會斷在我這兒。

心情越來越沉重，忽然毫無道理地我開始厭惡身邊一切：診間的芥末黃牆壁很不順眼，廉價塑合板櫃子也沒發揮多大裝飾效果。於是屁股一扭，滑下檢驗臺，來回踱步在橘色油氈地板，想像伊玆結束東岸航班，回來發現我食言了，不知會是什麼態度。

感覺她會先發難：「不是講好了嗎？兩個人都同意了呀？」

但所謂「兩個人都同意」好比法國英國在慕尼黑會議上把捷克斯洛伐克大半土地劃給德國。伊玆總抱怨保險套讓她沒快感，還說輸精管結紮是侵入性最低效率最好的避孕方式——當然，因為挨刀的不是她，可能著火被醫生狂拍傷口的也不是她。

視線飄到不鏽鋼架子，鑷子、鉗子和手術刀閃閃發亮，明明只是小手術，紗布為何疊成兩座小山？我又想起父親，他就不必為難，而且能想像他知道我打算結紮是什麼反應，每次我做出什麼他覺得莫名其妙的事情都是那句話。打從我出生，看我第一眼，他就無意間用幾個字給我定了名。

「什麼鬼？」

2

加州伯靈格姆

自己出生的故事聽過太多次，轉述起來好像自己親身經歷過似地。不知道為什麼，我媽總是拿天氣開頭。

「一九五七年三月十五日，冬天還沒過所以挺冷的，但是天氣晴朗。原本一切好好的，直到……」她會在坐墊上身子前傾、雙手合十，內心那個話劇社女大生又出來表演：「我感覺被踢了一下。」

推敲起來，那時我爸剛坐上心愛的搖椅，邊讀報邊享用曼哈頓雞尾酒結束幸福的夜晚。

「那妳怎麼辦？」小時候的我坐在她腳邊地毯上問。

「沒理你。」我媽很戲劇化擺擺手裝作若無其事：「預產期還有五星期啊。」接著她會重現當年拿兩個靠墊擺在腰後，坐在沙發上同一個位置開始捻玫瑰念珠：「後來又痛了，我心裡將苦痛奉獻給困在煉獄❸的可憐亡魂。」

年紀還很小我就學到煉獄這個詞：介於天堂和凡間的幽冥世界，亡者在裡頭獲得生者祈禱可

❸ 天主教的煉獄（Purgatory）不是對亡者實施酷刑之處，犯下小罪者可以反省悔悟、「在煉獄煉淨」後便可進入天國。

以淨化罪孽，最後在聖彼得指引下穿越天國大門。「把禱告獻給煉獄裡受苦的人。」小時候每次我遇上什麼難過事情母親就這樣安慰，但回想起來從沒發揮效果。我要出來的時候應該也一樣，從晚上開始、持續了翌日大半天，想當然耳過程中她一直唸誦玫瑰經。無論何時何地母親都在九日連禱，這次結束直接進下次，家裡熱水器壞掉沒錢換新那幾天也是。我沒問過她是不是以為聖母會從天上丟一臺下來給我們，真開那個口一定被罵是褻瀆，總之她實在太虔誠。多年後母親過世，我在她床頭櫃抽屜找到記錄九日連禱的藍色小本，鉛筆劃下的痕跡已經模糊不清，一次次都長達五十四天。

「別跳過妳呻吟那段。」我爸會從報紙後頭冒出聲音。

「我哪有，」母親則這麼回應：「別人聽你這樣說，還以為我叫得跟農場裡的牛一樣。」

我爸會從報紙後面偷偷瞥我一眼，嘴角上揚。

母親以愛爾蘭血統皮粗肉厚為榮，但三十幾歲某一天羊水破了，沒辦法繼續當我不存在。「人都還沒生出來，你就先把地毯弄髒了。」她這麼形容。那塊變形蟲般的污漬沒人有辦法刷得掉，留在原處好幾年，彷彿提醒大家我來得多不是時候。

要不是羊水破了，我爸可能不會放棄心愛的搖椅、溫暖的壁爐。後來有一年，我和他還用壁爐燒掉聖誕節那些包裝紙。

「你爸像駕駛艙彈射那樣整個人噴起來。」我媽會這麼說。

「這話有點誇張吧。」我爸躲在體育版後頭回答。

「你爸衝上樓，」我媽回頭指著家裡那道階梯：「拿了我衣服塞進行李箱，然後又衝出門。」說到後半句話她又戲劇化起來，兩手猛烈揮舞好像要把門給拆了。我總是看得很開心。

「等他把行李扔進後車廂，自己跳上駕駛座，才想起來我還在墊子上自己一個人掙扎。」

「這倒沒錯，」我爸終於放下報紙：「等我回來一看，你媽不只穿好大衣、從櫃子拿了手提包，還記得把家裡電器插頭全部拔掉！」

我聽了總是哈哈大笑。每次出門無論遠近，我媽總擔心沒拔插頭會發生火災把家裡燒個精光。

「什莫，正常開車到仁慈醫院要八分鐘，我可是五分鐘整就到了呢。」父親語調明顯很得意。

「你開得像蝙蝠被嚇出山洞。」我媽說。

我爸又會朝我眨眨眼：「抄了很多小路。」

「而且一直闖紅燈。你沒被開單是運氣好。」

「車子裡有孕婦喔。警察會全程護送吧。」

反正開得那麼快最後沒意義。我媽的說法是：「你來得早，但又來得從容不迫。」

她分娩了三十二小時，每次訓我都要提這數字。等了這麼久，真正出生卻引發更大波瀾。

「一出來你眼睛閉著，」我媽說到這段口吻會變得很輕很輕，聽得我恍惚入迷。長大重新思考，總懷疑緊閉雙眼出生或許是遺傳賦予的本能。

分娩時父親選擇留在醫院走廊底的等候室。母親說到這兒換他接手，描述年輕醫生走進來時神情裡迷惘多於疲憊。「他劈頭就說：『是個男孩。』」雖然醫生語調生硬，父親太興奮所以沒察覺狀況不對。「我踩過油氈地板衝進病房，一群護士和醫院行政團在你媽床邊，不知道的還以為她是瑪麗蓮．夢露呢。」

只不過大家有興趣的並不是我母親。聽他們描述，醫生應該是將我放在媽媽腹部剪臍帶，然後我終於睜開眼睛，所有人的歡欣一瞬間變成困惑。醫生僵了，嘴巴都沒闔攏。負責照顧的護士低聲驚呼，忍不住伸手捂住嘴巴。

「孩子給我。」母親在眾人無聲凝視中開口。護士給我裹上毯子遞過去。

父親這時候進來，穿過人群來到我們母子身邊，然後立刻對上我雙眼。

「什麼鬼？」他壓低嗓音問道。

3

父親馬上轉身找到剛進門走到病床前的婦產科醫生：「眼珠子是紅色的。為什麼會是紅色？」

「我也不知道。」醫生回答。

「會一直是這個顏色？」

那年代的醫生真的不知道，也沒能力查出答案，只好聳聳肩。現場又一陣死寂，大家屏住呼吸，不知道該說什麼好，也不知道該如何看待我。我媽再度主導局面，「都出去吧，」她下令：「請你們先回去忙。」

「我們一家三口第一次獨處。」故事說到這兒母親總會補充：「你、我、你爸，就三個。」沒了外人，父親還是忍不住提出梗在心頭的疑問。「為什麼——」

可是母親對我的紅色眼睛沒興趣，舉起手打斷他。

「我不在乎為什麼。」她說。

幾分鐘過後，總是務實的父親才又出聲：「那，該怎麼叫他？還沒想好名字。」

由於我早產，父母還沒講好。我媽提議麥斯威爾，但我爸沒那麼喜歡自己名字，覺得不如取名威廉。

「其實已經有個名字了不是嗎，」母親忽然說：「很好聽的名字，他爸給他取的。『什莫』，就叫他什莫吧。」

所以我爸還是麥斯威爾・詹姆斯・希爾，我則成了什莫・詹姆斯・希爾。但過不了多久，更多人會故意問我到底是「什莫鬼」。

4

母親非常寵我，也積極記錄我成長的點點滴滴，客廳紅木書架塞滿幾十本剪貼簿和相簿。和我有關的細節她一個不漏，彷彿為將來的美國總統準備個人展覽。後來才有數位相機自動標註日期時刻，一開始她得親手在空白地方記錄何年何月何日，像我初次洗澡、初次坐兒童椅用餐，以及一定要有的初次用馬桶輔助器全都能查到發生時間。出生時醫院給的小帽子、繫在腳踝的小圈圈成了收藏品，獎狀與刊載在中學校刊的文章更不用說。是母親真心相信我會有段非凡人生所以這麼仔細，還是單純時間太多沒地方打發，說實在話我不知道，但多虧她的鉅細靡遺，加上後來我常與父親在療養院橡樹樹蔭聊天，幼年生活很容易拼湊出梗概。

既然是我媽，自然認為這雙紅色眼珠是「主的旨意」。醫院有幾位行政與主管過來關心，表示根據政策應該進一步檢驗再出院，但她冷冷拒絕，還懷疑對方並非在乎我健康與否，而是擔心醫療糾紛。「我簽切結書就是了，」她這樣說：「不勞你們操心。」

母親這麼想倒也歪打正著，紅眼珠嬰兒的大名經由醫院走廊很快傳開，一下子許多周邊地區的醫師和機構表示想給我做檢查。她毫不理睬，全貼上「招搖撞騙」的標籤，還跟我說：「那些人只是想有東西拿去《新英格蘭醫學雜誌》發表而已。」

父親比較講情面，覺得可以稍稍妥協：「就讓其中一個給什莫看看無妨，當作安心也好？」

母親心不甘情不願點頭，最後答應由帕羅奧圖市史丹佛大學醫療中心眼科醫師查爾斯・普萊德摩爾給我做檢查。

無論當天與後續，普萊德摩爾醫師如何教育我父母不得而知，但我倒是從小透過他們明瞭自己這對眼睛是什麼「狀況」——我媽堅持不可稱作疾病。普萊德摩爾醫師是個輕聲細語、溫文儒雅的鬍子男，後來成為我一輩子良師益友，只是從小對他有個既定印象，總覺得就是個注意力有點渙散的學院教授，每次見面都一身格子襯衫燈芯絨褲，鬍子修得不很整齊，捲髮稍顯凌亂、幾撮翹起來角度滑稽，眼鏡上老沾著粉塵和指紋。

我去見過醫生好幾次。「想瞭解眼球白化症，」其中一回他解釋道：「最好先認識眼球的基本構造。」醫生指著掛在牆上一幅圖，說明虹膜有兩層色素，「前面是大家看見的部分，後面看不到那層能遮光。如果沒有色素，虹膜會是白色。」他總是一邊講話一邊大口嚼著薄荷口香糖，「有無黑色素決定瞳孔顏色，前層黑色素很多就是深棕色，沒有黑色素會偏藍色，介於中間則根據分量與分布有綠色、褐色等等好幾種變化。」

「紅色是怎麼來的？」我問。

「正常來說，眼睛沒有紅色素。」

「我的眼睛就是紅色啊。」的確是紅色，但是該釐清一下：不像消防車在夜裡能紅得發亮，也不是熟蘋果的感覺，而是更淺、更接近粉紅的色澤。此外我不是白子，剛出生頭髮顏色是比較淺，後來就變成很普通的淡茶色。皮膚沒擦防曬容易曬傷，不過外觀沒有異樣。打從一出生，我媽就這樣看待我：沒有異樣。所以普萊德摩爾醫師到醫院進行檢查，她關心的只有一點：「會影響視力嗎？」

一九五七年沒有太多相關文獻，普萊德摩爾醫師當然無法肯定：「我只能說什莫的眼睛與眾不同。」

「何止與眾不同，」母親糾正道：「這孩子非同凡響。」

親戚不多，但父親老實通知大家自己添了男丁。他也是家中獨子，在芝加哥出生長大。祖父在我出生兩年前癌症過世，祖母是德裔，所以我用德語叫她「歐嫲」。歐嫲每年耶誕節過來伯靈格姆，至於我出生這事情，或許不值得她特別跑一趟，又或者父親私下婉拒也未必。他一定很清楚：以歐嫲的性子，看見嬰兒有對紅眼珠，會感慨孩子命不好而且說個沒完沒了，搞得大家都尷尬。

奧瑪莉外婆就不同，立刻提起行李箱從舊金山搭第一班車來到伯靈格姆。她丈夫死了，自己沒駕照，平日在舊金山的教會區帶大我母親和邦妮阿姨，周圍公車四通八達、名店林立，走路就能到聖雅各伯教堂參加晨間彌撒，平常根本用不到車，所以一直沒去學。外婆和祖母在另一件事情上立場也不同：她不相信什麼先天疾病與精神官能症之類東西。後來我覺得和愛爾蘭血統有關係吧。據說一到家裡，她直衝我父母臥室，從搖籃車抱起襁褓中的我叫道：「兩個眼睛、兩隻耳朵、十根手指腳趾，一個鼻子，什麼也沒少。」

那是她唯一一次對我長相發表評論。

6

生產出院後三天就是禮拜日，母親將我裹好以後帶去見聖母。分娩這種小事不可能阻止母親做彌撒。父母到場之後沿著中間走道走，選了左邊第三排坐下，後來這邊被我們家獨佔，母親覺得如此一來容易獲得天主關注，但懷疑論者會認為關注來自更凡俗的地方，例如堂區主任卜羅根神父。教區民眾參與彌撒的頻率、每週信封裡的捐獻金額直接牽涉到孩子能否擠進慈悲聖母學校。

第一次進教堂，母親先將我抱到祭壇右邊壁龕面見聖母。站在圓球上的瑪利亞披著藍白色紗巾，手中持著念珠，一條毒蛇被踩在腳下。之後我還會在這兒見她很多很多次。

我父母在教會遭遇的排擠，一方面突顯天主教群眾虛偽，另一方面卻也證明他們去教會有多勤。兩人每週去，不是只有耶誕節或復活節才想到教堂，我爸都說那種人是「一日教徒」。如果我爸媽對棒球也有如此熱情，想必會是戴棒球帽叼熱狗的青少年頭一個出來對我指指點點。現實中，坐我們後面的藍色燈籠褲小男孩最早發難。

「媽咪，」他應該是大叫了：「那個寶寶眼睛好奇怪！」

「你們怎麼辦？」聽母親回想的時候我問過。

「有什麼怎麼辦，我就回頭盯著他，」母親回答：「跟那個小孩說：『不是寶寶的眼睛奇怪，是天主賜予他一個不平凡的色彩。』」

彌撒之後，母親毫不遲疑帶著我去拜見卜羅根神父。他個頭矮小、一把白鬍子，愛爾蘭口音濃重，訝異情緒掩飾得很好——沒留意到我眼珠子是不可能的事。照我父親描述，神父把我撈進懷中高高舉過頭，說我「一定會是個好孩子」。

7

根據父母描述，我十三個月大的時候踏出了人生第一步，不過標記一九五八年的相簿裡找不到這值得紀念的時刻。還聽說由於是平日，母親等到父親下班，嘗試重現我走路的畫面要他拿攝影機拍下。母親過世幾個月後，我在老家閣樓打開紙箱，裡面有很多裝膠捲的小罐子。充滿顆粒感的無聲影像留住那日光景：我穿著尿布，兩條短腿搖搖晃晃，抓著客廳咖啡桌桌腳站起來。母親也入鏡，她一直拍手動嘴鼓勵我放手，但我不聽。看樣子那時候我是被念珠分散注意力，一下抓珠子拍桌、一下將珠子放進嘴裡流口水。她靈機一動，將念珠拿走，在我搆不到的距離搖晃金色十字架。

「朝瑪利亞走，」模糊畫面裡看得見她的唇形：「什莫，朝聖母走過來。」

我確實有反應，但卻不是邁步。黑白影格中，我媽忽然不拍手了，視線陡然從我轉向鏡頭，然後攝影機自我爸手裡滑落。等他撿回機器，我已經朝著晃來晃去的十字架走過去，可是他們吃驚是因為我學會說話。

而且我的第一句話居然是：「瑪利亞——」

我媽本來就堅持主對我和那雙紅眼自有安排，我一開口就喊出聖母名字更是鐵證如山。就算有人告訴她梵蒂岡升起白煙、宣布我是下任教宗，她可能也覺得理所當然。可是基於每次帶我出去買新鞋，我一脫鞋就會露出襪子破洞，她決定立刻著手確保我當上教宗不會出糗，於是才五歲我就學會背誦〈主禱文〉、〈聖母經〉、〈榮耀頌〉，等於可以捻念珠禱告。通常是晚上讓我拿念珠學她，後來也很多次去教堂凹龕對著聖母像祈禱。

「什莫，祈禱就像存進小豬撲滿的硬幣。」母親還會這樣哄我：「存起來，有一天可以用在重要的事情上。」

所以小時候我也默唸經文，存在禱告撲滿，想到需要的時候會得到神助就覺得安心。只是需要來得太快，超乎預期。

8

雖然我對自己怎麼進入慈悲聖母學校沒記憶，但就和出生那天一樣，聽父母說多了很清楚事情經過。此外，剪貼簿有張一九六三年報紙報導能補上空白環節，沒紀錄的部分從母親性子、她對兒子必須接受天主教教育的堅定信念能推敲一二。想阻攔她的人才需要天主保佑。

學年開始前一週，學校寄的通知出現在老家郵箱，信封與信函被母親留在剪貼簿內。多年後紙張發黃、打字機墨水褪了色，但我有印象她當年取出時潔白如新，閃耀得足以媲美母親一下午燦爛微笑。

「什莫，是不是很期待呀？」

只不過她讀了上頭的文字，笑意煙消雲散。

「很遺憾在此通知：慈悲聖母學校今年無法招收貴子女。」學校有名額限制，不是每個人想進就能進。

那天晚上用餐後，母親將通知信連同一杯咖啡遞給父親。讀過後，父親將信朝下蓋在餐桌，一時不知該說什麼。「公立學校也不錯，」他最後提心吊膽開了口：「以什莫的……狀況，別太樹大招風也好。上教義班就可以，而且妳自己是最好的老師，」

我媽在咖啡倒了兩大團的糖，奶油灑到他大腿。我爸也是厲害，處變不驚，徑自起身進房換褲。梅德琳・希爾的兒子，人生第一句話就呼喊耶穌基督的母親，怎麼可以去公立學校？她絕不接受。

9

翌日週一，陽光普照，母親給我換上為這大日子準備好的制服：短袖白襯衫、海軍藍長褲，外面罩著紅色毛衣。我們先開車到教堂，一起跪在聖母像前面。「你可能該拿禱告儲蓄出來用嘍。」母親這樣告訴我。但存了那麼多年，我實在狠不下心，所以只是在心裡稍微拉開撲滿底下橡皮塞，倒了些零頭出來。

「要求什麼好？」我低聲問。

母親沒抬頭、沒睜眼。「公平。」她也低聲回答。

教堂行程結束後，母親將轎車停在寇提斯大道，帶我登上略陡的紅色石階，來到慈悲聖母學校口字型校舍鑄鐵大門。學校成立於一九三二年，主園區歷史較悠久，呈現與周邊建物類似的西班牙風格，主要特徵是牆壁施以鮭紅色灰泥粉飾、紅磚屋頂和拱門迴廊。八扇桃花心木門面對前庭，戶外地面鋪著紅色混凝土石板，聖母像矗立正中央。爬上階梯、穿越庭院與柏油操場，感覺所有學生視線集中過來。目的地是新校舍內教務處，後來我得知從另一邊卡布里略大道有捷徑更快進入教務處，但那條路線太低調，不適合我母親。無風不起浪，她不只掀浪，還把船給直接掀翻。

那時候慈悲聖母學校校長是畢翠絲修女，她在樸素的會客室接見我們，純黑修女服從脖子垂到小腿，針織羊毛繫帶紮出身體線條，腰間掛著黑色念珠與黑檀木十字架。搭配同樣黑色的修女頭巾、粗黑框眼鏡、尖鼻子與兩顆突出大齙牙，我以為自己碰上《綠野仙蹤》裡的西國魔女，快嚇死了。

「希爾太太，有什麼我能效勞的？」畢翠絲修女一開始和顏悅色。

「我要幫兒子什莫註冊一年級新生。」母親回答。

「您有收到我們寄出的通知嗎？」畢翠絲問。

母親拿出信封：「收到了。」

「那您應該明白我們無法替他註冊。」

「恰好相反，」母親繼續說：「就是要請妳們立刻為他註冊，我希望什莫一天的課都別少上。」

畢翠絲微微噘嘴，垂到上唇的一綹黑髮抖了抖。「希爾太太，作為本校校長，職責是維護孩子的權益。」

「說的是哪位孩子？」母親問這話時兩人還裝得客氣。

畢翠絲蹙眉：「當然是說您的孩子。」

「真的？維護的是什莫？修女，請教一下：關於這孩子，妳們瞭解多少？」

「什麼意思？」

「眼睛顏色這件事妳們自然聽說了。可是除此之外呢？妳們認識這孩子嗎？」

到學校以後，畢翠絲修女還沒正眼瞧過我，此刻她視線終於轉過來，我立刻有種喉嚨哽住的感覺。修女雙臂抱胸，手掌埋在大袖子消失不見。「我不太懂妳的意思？」

「只是請妳說明，自己對這個孩子有多少認識。」

「沒見過他。」

「那就對了。既然見都沒見過，我不懂妳如何自認為可以維護什莫的權益。」

此言一出，我注意到辦公室木夾板櫃檯後頭好幾位女員工抬起頭，沒辦法繼續假裝認真上班。可想而知，鮮少有人、或許從來沒有誰敢當眾質疑校長的決定。

「到我辦公室談比較好？」

「客隨主便。」母親附和。

畢翠絲修女轉身走進房間，黑色衣襬飄了起來。但她又回頭，伸出手掌示意我停下腳步：「孩子留在大廳等吧。」

「什莫不必留在外面，這件事情與他切身相關，他在場是理所當然。而且這是領略天主教慈悲與同理的寶貴經驗。」

修女又嘛嘴，朝金屬辦公桌前方兩張布面椅子擺了擺手，我跟著母親進去就座。如果外面會客室叫做樸素，校長辦公室就叫做斯巴達。一邊牆壁上是教宗聖保祿六世與堂區主任卜羅根肖像並列，桌面上空空蕩蕩，唯一裝飾是一盆六吋仙人掌，看起來很需要澆水。

她一副大義凜然模樣，腰桿挺直、雙手擱在桌墊。但我母親也一樣，身子沒觸到椅背卻又能夠叉腿而坐。連帶讓我也不敢放鬆。

「希爾太太，這是私立學校，卜羅根神父認為我適任，任命我做校長，也因此我有拒絕入學的權限。公立學校受到的規範在這裡不管用。」

「意思是說，妳有權打著主的名義行歧視。」

畢翠絲雙頰微紅：「不是歧視，是……慎重其事。」

母親微微一笑。那天她身上是黑白格子羊毛裙與外套搭配，頸間一串簡單大方的珍珠項鍊，連我也不由得覺得自己媽媽很美。她不只金髮碧眼，五官還特別年輕，加上後來我才知道沙漏曲線身材能誘發很多人吹口哨和出言挑逗——直到她四十好幾依舊如此，對我真是晴天霹靂。父親用「尤物」形容過，到了我的世代大概就是「漂亮寶貝」之類。

「修女，請問如果什莫是黑人，會被拒絕入學嗎？」

畢翠絲神情不悅：「當然不會。」

「華裔？」

「不會。」

「俄羅斯人？」

修女稍微猶豫，當年美俄仍在冷戰。「不會。」

「我兒子是德國和愛爾蘭血統，還在這學校旁邊的天主教教堂裡受洗。我與丈夫不僅虔誠也持續捐獻，什莫已經能背誦〈主禱文〉、〈聖母經〉和〈痛悔經〉，還會畫十字、懂得如何持念珠禱告。請妳解釋給我瞭解，基於什麼理由拒絕他入學。」

「我認為由於某些個人特質，您兒子進入教室會對其他學童的學習環境有不利影響。」

「妳不讓什莫註冊，因為他天生有雙紅色眼睛，即使這並非他自己所能控制。」

「我的判斷是，您兒子會很難融入，無法交到朋友。」母親聽了想開口，畢翠絲又補上一句：「這兒的孩子已經開始口耳相傳，叫他『什魔鬼』。」

「耶穌、瑪利亞、約瑟夫在上，這和——」

「大家說他『是魔鬼』。」

母親愣了一下。我也是，因為早就學到魔鬼這個概念。

「所以我才認為，您的兒子很有可能擾亂教室氣氛。從我們大人的角度，必須考慮得更周全。」畢翠絲終於說到一個段落。

「卻不是什莫的周全。」母親很快就回過神。

「什麼意思？」

「妳說我們該考慮其他孩子，擔心他們沒有基督的大愛，不夠體貼、不夠服膺教義，」母親回答：「卻不願意體貼一個由主親自創造，賜予紅色眼睛，才六歲大的孩子？」

「我有其他二十三個新生得照顧。」

「那妳該想想，什莫出現或許是個契機，可以將這所學校、這個教區念茲在茲的理念付諸實踐——人類應該互愛，對彼此的差異展現同理。」

「希爾太太，我保證本校強制執行基督信仰理念。」那年代大家用的是木製尺、教具指示棒前端還是子彈形狀，畢翠絲姐妹說出強制這兩個字絕對是故意。

「但是修女，此時此地妳該認知到自己說的話多空泛。既然沒有禁止什莫入學的理由，請告訴我去哪裡繳學雜費，還有他該去哪間教室上課。」

兩人緊盯著對方，緊接著是一陣寒意刺骨的靜默。最後畢翠絲打破僵局：「希爾太太，先前說過了，我們無法替他註冊，這件事情沒有轉圜餘地。」

母親起身：「看來我也只能不留餘地了。什莫——」

聽母親一喊，暗忖總算能走了，我趕快跳下椅子。她推開辦公室的門，微微掉頭望向畢翠絲，但音量卻大得要外頭所有人都聽見：「修女，我會為妳祈禱。」說完她便帶我離開。

我亦步亦趨，還撞到母親的腿，因為她中途停下來對櫃檯後面兩個職員說：「要辛苦妳們了，接下來會很忙。」

10

「別理那女人講的話。」母親帶我再度穿越校園中庭時開口，學生都回教室了，這次沒別人聽見。「那種女人怎麼對得起一身修女袍。」

我們沒再交談，回到福特獵鷹敞篷車以後不走回家方向。我記得自己一開始以為要去父親的店，但駛過百老匯大道也沒減速。

「要去什麼地方啊？」我問。

「見個大學同學。」母親回答。

順著皇家大道一路向南，來到沒什麼特徵的摩天樓，停車場裡有好幾輛白色貨車，側面烤漆印上阿拉伯數字的四。進入建築物，母親要我在接待區坐著，她自己與櫃檯後面的小姐對話。過了一分鐘，男人走出來，穿著襯衫領帶、牙齒整齊，頭髮看似能夠承受時速五十英里❹強風。他上前擁抱，然後當著驚惶的我面前吻了母親。

母親只是招我上前：「什莫，這是我大學同學，你叫他丹恩叔叔好了。」

丹恩彎腰與我握手：「嗨，什莫，想喝什麼，要不要吃點心？」

我望向母親，她點頭同意。

❹約八十點五公里。

「艾蜜莉，」丹恩朝櫃檯後頭的小姐叫道：「帶什莫去用餐區，給他拿點果汁和餅乾好嗎？」

畢竟是個隨隨便便就親了自己媽媽的人，我有點不想就這麼走開，但肚子是真的有點餓。今天早餐的時候沒什麼胃口。

「好的。」艾蜜莉從櫃檯後頭出來，忽然愣在原地盯著我。

「也給什莫準備些白紙和麥克筆打發時間吧。」丹恩說完，艾蜜莉大概沒聽見。「艾蜜莉？」

「什麼？」過了兩秒她才別過臉。

「我說，拿白紙和麥克筆給他。」

艾蜜莉視線飄到蹙眉的母親那邊。「喔，好，麥克筆，我知道了。」

當下我以為正好是休息時間，很多人進入用餐區看我吃點心畫圖。母親和丹恩好一陣子才回來，我都畫滿三張紙了。丹恩身上換了一套格子運動外套。

「別擔心。」他又和母親抱了下，還好這回沒親，「交給我們處理。」

11

晚上我在自己房間，有點心驚膽跳，卻又明白自己壓根兒不懂。母親叫我下樓晚餐，我闔上該認真讀的書，進入走廊對面浴室，手在水龍頭底下沖了沖用褲子拍乾，還在香皂上灑幾滴水以免她真的上樓檢查。站在洗臉臺前面，我凝視鏡面，兩顆紅眼珠回望。這是記憶中第一次盯著倒影，思考為何自己與別人不同。

「是魔鬼……」儘管母親交代過別理畢翠絲，我還是喃喃自問。怎麼可能裝作沒聽到？她當著我的面說出口。

「是魔鬼……」我朝著倒影湊近：「魔鬼。」

「什莫，再不下來就別吃嘍！」

關了浴室電燈衝下樓梯。父親還在搖椅上，見我剩下兩階時招招手。「聽說你今天跑了好多地方是不是？」他低聲道：「我問過傑佛遜小學的校長，」我在那邊上完幼稚園，「他們很歡迎你回去喔。那邊也不錯對吧？」

「我不知道……」

父親眨眨眼：「總之別擔心，什莫。都有辦法解決的，不必去和人家大呼小叫，惹得自己一身腥。」

母親說可以上桌了，我們一起走進廚房。

她對餐前儀式的堅持就像按時彌撒一樣。晚餐的開頭是父親喝完曼哈頓雞尾酒，接著如同進教會般各自就位，等三個人手牽手祈禱好了才可以開始遞餐具。呼喊「阿門」以後我得將餐巾鋪在大腿，母親開始上菜。吃東西時不准彎腰駝背，也不准將手肘按在桌子上，還要記得多說請和謝謝。直接說給我什麼也不行，會被母親糾正，得說「可以幫我拿嗎」。用餐時間聊天有一套規則，應該分享自己生活近況，但跳過讓人「不舒服」的部分。

「對消化不好。」母親這麼解釋。

規矩是多了些，但記憶裡家中晚餐氣氛大都很好。父親聊自己在藥局發生的事情，我聽得很開心，希望有一天能像他那樣工作。

可是那天晚上走進廚房，我和父親都呆了。黑白小電視和兔耳朵天線被翻出來放在美耐板中島檯面，這東西原本擺在客廳，但之前換成黑膠唱盤，於是被父親收進走廊儲藏櫃。相比之下，一頭熊走進廚房坐下都沒那麼奇怪。父親也是一臉愕然。

「今天要邊吃晚餐邊看電視？」他問。

「我要看新聞。」母親端一盤豆子上桌，沒打算解釋為何那天可以破戒。「什莫，你有沒有洗手？」

「有。」

「有用香皂嗎？」

我看看父親，他還對著電視機目瞪口呆。

「去用香皂洗手。」母親吩咐。

我進去樓梯底下的浴室，結果又開始打量自己的眼珠。和早上沒有不同，我卻覺得什麼都不對。連家裡的規矩都變了，我心裡好慌。

父親沒換位置，母親又一次打亂平日習慣，搶了我的座位方便看電視。她指著自己的椅子：「今天你坐那邊吧，什莫。」

母親伸手過來、我也拉住父親，三人連成一圈。祈禱結束以後，她遞了一盤烤雞給我，我邊撕開雞腿邊轉頭偷看電視螢幕。「餐巾要鋪在大腿喔。」她提醒。

「妳是想看什麼啊？」父親問。

母親拿了盤青豆給他，鏡頭上是主播華特・克朗凱為節目收尾：「以上就是一九六三年九月四日的重大新聞。」

我以為接下來會進廣告，還記得自己問了句：「可以給我馬鈴薯嗎？」

「要說『可以幫你拿』嗎。」母親糾正。

「可以幫我拿馬鈴薯嗎，謝謝。」我說。

父親將自己碗盤收拾好，電視開始播報本地新聞。

「今天伯靈格姆發生天主教學校拒絕幼童入學的事件，原因是該學童有特殊遺傳體質，導致雙眼虹膜呈現紅色。」

碗從父親手裡落下。充滿顆粒感的影像上，母親站在丹恩身旁，麥克風抵在下巴，手中拿著學校發出的拒絕信。

「感覺聖母堂很會佈道，卻沒能真正實踐天主教價值觀。」螢幕裡的母親告訴丹恩：「我兒子與其他孩童沒差別，就只是眼睛顏色不同，這也不是他願意的。」

畫面切換到慈悲聖母學校，鏡頭從下面停車場慢慢往上帶到口字型校舍，再來特寫教務處鮭紅色門板，側窗都拉上簾子。丹恩竄到攝影機前面：「本臺嘗試聯繫該校校長畢翠絲修女，遲遲未能得到回覆。」他語調十分沉重。

畫面再度回到母親和丹恩，背景是停車場。「她說她有權決定，我只能當作她個人就代表全教區。」

「但事實似乎不然。」旁白插入，出現在鏡頭的是教區主任卜羅根神父，穿著一襲泥褐色方濟修士袍。「這裡頭顯然有誤會，」神父這樣告訴丹恩。他神情很不自在。「聖母堂不只宣揚，也奉行天主教理念，我們絕對身體力行。」

丹恩追問：「男童因為眼睛顏色遭到學校拒絕這件事情是真的嗎？」

明明是黑白電視，卻看得出卜羅根神父的臉頰失去血色。「只是因為申請人數過多，」他擠出回應：「聖母堂怎麼可能歧視兒童呢。」

場景又跳到母親與丹恩，這回她態度比較柔軟：「如果是誤會，希望能盡快更正。」

新聞進入下一則報導，父親和我呆坐在椅子上。

「什莫，把電視關了。」母親又起豆子放進嘴裡。

記憶中，走廊底電話響起前最後聽見的就是電視開關被切掉。母親隨意從大腿抽起餐巾擺在桌上，然後起身接聽：「希爾家，你好。」沉默片刻，「謝謝你特地抽空打電話過來，卜羅根神父。」又沉默，「沒事的，我們剛好吃完。」這次沉默更久，「當然，我明白的，這種事情難免。什莫也很期待。」

我瞥了下父親，他渾身僵硬，面頰漲紅。

母親繼續對著話筒說：「該請你來家裡吃飯才對，神父。嗯，我來找個合適日子。」

我聽見話筒放回電話機的喀噠聲。沒過多久，母親回來坐好，餐巾又鋪在腿上。「今天早點睡喔，什莫，明天要去慈悲聖母學校上課。」

12

後來整晚沒人講話，氣氛冰冷。我假裝看電視直到七點三十，上床時間到了。時鐘分針走到六，父母兩人幾乎同時開口：「什莫，你該睡覺嘍。」那夜的情況，也不用他們催。

我快步上樓，刷牙洗臉換睡衣，鑽進床底下將臉湊到地板通風口。以前我得貼很近才能依稀聽見樓下對話，這夜一靠過去清清楚楚。

「梅德琳，什麼理由非得那樣做？」

「難道眼睜睜看著他被歧視？」

「妳想萬眾矚目，乾脆到教堂前面吹小喇叭比較快。」

「麥斯威爾，你別說得那麼難聽。我是為了自己兒子站出來，如果這樣反倒不是個好媽媽──」

「妳也別搬出那種殉道者口吻。梅，這不是妳自己一個人的問題，梅。承受後果的是什莫，明天是他進學校面對妳挑的事端。」

「然後他會更堅強。」

「他才六歲！」

「所以呢？你覺得年紀大一點，就會比較輕鬆嗎？」

「我是這樣想──現在要他接受殘酷現實未免太早。」

殘酷？慈悲聖母學校到底是怎樣的地方？感覺傑佛遜小學越來越有吸引力。

「外面的殘酷才不會等我們。那個多明尼加來的修女就已經有膽子叫我兒子，我們的兒子——」

「人家是他日後的校長。」

「——叫他『是魔鬼』！」

「我的天！」父親低呼：「這樣還送他去那邊？」

「只要有我在，她那校長當不了多久。」

「拜託，難道妳打算把每個對什莫不好的師長趕走？欺負他的同學呢，逼人家退學？」

「麥斯威爾你胡說八道什麼。」母親很少直呼父親名字。

「我胡說八道？是我把事情拿到電視臺抖出來，搞得裡外不是人？」

「有什麼好不是人？」

「妳罵了整個教區，我們自己的教區。」他們安靜片刻，之後父親又開口：「什莫與其他人不同，這點誰也無法改變。」

「他當然不同。」

「所以為什麼招惹更多是非？為什麼讓別人更難放過他？就讓什莫自己……」父親沒說完。

「讓他自己怎樣？融入？」

「嗯，看能做到什麼程度。」

「那是不可能的。什莫盡早理解，才能盡快調適。」

兩人又一陣沉默，後來還是父親先出聲：「魔鬼？」

後來我躺在床上聆聽母親禱告。平常〈主禱文〉與〈聖母經〉抑揚頓挫的韻律會帶我入夢，但今晚沒辦法。我想著是不是該打破禱告撲滿，拿出來換個流感之類，但我知道生病了遲早會好，最後終究得去慈悲聖母學校，面對他們說的殘酷和欺負，儘管我還不懂到底什麼意思。從床上就能聽見母親上樓腳步聲。我假裝睡著，但演技太差，她輕輕搖了我問：「你是不是哭了？」

「為什麼我不一樣？」我問。

她坐在床邊：「沒有不一樣啊。」

「別人眼睛都不是紅色，除了我。」

「眼睛是誰給你的呢？」

我用力吞口水：「天主。」

「什莫，主給了你一雙不平凡的眼睛，代表祂要你過一段不平凡的人生。」

「要是我不想呢？我不能和其他小朋友一樣嗎？」

母親撥了撥我前額的頭髮，接著手指輕輕按上我心窩：「你這裡和其他小朋友一模一樣，這才是最重要的。頭髮皮膚眼睛都只是靈魂外面一層殼，但靈魂才是我們真正的樣子，裡面裝了什麼最重要。」

「大家又不會取笑裡面的東西。」我回答。

母親嘆息：「大家取笑所有自己不瞭解的東西。」

「我根本不認識他們，為什麼要那樣說我？」

「認識你之後，他們就會喜歡你了。」

「畢翠絲修女就沒有。她討厭我。」

「她沒有討厭你。」

「她說我『是魔鬼』。」

「什莫，主的旨意有時候我們無法領略。」

「所以她討厭我，也是主的旨意嗎？」

母親似乎認真思索了一陣，答案也挺出乎意料。「說不定，」她告訴我：「沒人能知道。」

「那妳怎麼知道？」

她起身：「什莫，要有信心，能幫媽媽做到嗎？」

我對自己沒信心，當下也對天主不大滿意。領出來的祈禱感覺沒什麼效用。「我試試看。」

「現在你乖乖闔上漂亮的眼睛休息，明天會很忙喔。」她彎下腰，吻了我額頭。

我沒能立刻睡著，躺在那兒想像是魔鬼的自己會遭遇怎樣的殘酷。後來我決定閉緊雙眼，在心中將整個撲滿敲碎，所有的禱告倒出來。

13

那夜我做了夢：黑色烏鴉用銳利鳥喙啄我眼珠。成長過程中同樣夢境反覆上演。醒來時我覺得好累，心裡好不舒服，一瞬間懷疑天主聽了禱告賜我流感。實際上當然沒那麼好運。回顧過往，我理解母親是堅定立場、堅守底線。那麼小的歲數可能無法徹底明白，不過也察覺到去上學並不僅僅是開始天主教教育如此單純。重點是前一日跪在聖母面前祈禱時，母親朝著我耳際悄悄訴說的那句話。

公平。

我不確定自己有什麼好期待，反正翌日一早進浴室望向鏡子依舊是兩顆紅色眼珠。祈禱全部用光了，聖母沒有幫我眼睛換個顏色。這是第一次——但不是最後一次——我將存了一輩子的祈禱領出來，卻終究事與願違。

父母站在樓梯下面等。重要場合他會用超八底片黑白攝影機保留影像，我的焦慮與擔憂在額頭留下好幾道很深的印子。長大回頭看影片，我赫然驚覺母親沒在前一天就要求錄影，換言之她早料到慈悲聖母學校不會立刻點頭同意。

「第一天，大日子。」父親聲音從鏡頭後面傳來。

「笑一個啊，什莫，」母親說：「新的冒險開始嘍。」

「我笑了啊。」我記得自己是這麼回答的，只是畫面裡的我不像要出發探險的興奮孩子，比較像個病童。

父親放下機器：「今天晚上慶祝一下，去吃桑托羅如何？」

「我拿了一鍋燉肉解凍，」母親說：「那明天吃好了。什莫，你覺得呢？」

平常聽到要去桑托羅吃披薩我會開心得飛起來，可是那天早上想到軟糊的芝心、油膩的臘腸只是增加嘔吐感。「都可以。」我挑了感覺最安全的答案。

「那我決定吧，」父親說：「就去桑托羅。」

碗裡穀片被我攪來攪去直到父親出門上班。他給了我很大的擁抱，「爸爸愛你。」說完立刻掉頭離去。但我還是看見了，父親臉頰有道淚痕。

母親解釋很多細節安撫我。她告訴我慈悲聖母學校一年級教室有兩間，分成甲班和乙班，各有二十三個學生。當然我一進去就變成二十四號，「剛好兩打，」她說：「很幸運吧。」

我是不懂有什麼好幸運。

「卜羅根神父把你分到乙班，上課的是凱瑟琳修女。聽說她是位很好的老師。趕快吃一吃，什莫，總不能頭一天就遲到。」

14

母親沿著寇提斯大道駕駛，然後停在通向學校大門的紅階梯底下。第一天上學，看見很多媽媽與穿著制服的學童圍在人行道，不知道正不正常。但很快就發現丹恩也來了，身旁還有第二個人揹著大型攝影機、第三個人手中有紙筆。怎麼想都不覺得這是正常狀況。

「走吧，什莫，」母親推開車門：「才開學不可以遲到。」

一下車就感覺所有媽媽所有小孩的視線射向自己，大人緊緊拉住小孩，彷彿怕他們一不小心太靠近流浪狗。攝影師將鏡頭對準我，似乎是丹恩指揮拍攝角度。學生開始上階梯，我才剛鬆口氣卻看見出來打開校門迎接大家的黑色身影是畢翠絲修女。母親帶著我隨其他人登上階梯，後來這一幕也保留在剪貼簿內，是地方報紙頭版照片，附上我得以入學的簡短報導。上階梯這段路有無在夜間新聞播放我不清楚，感覺會有後續報導，不過後來我們沒再在廚房看電視過。

大門內，畢翠絲修女與身後那座白色聖母石雕變得神似。

母親朝她點頭：「修女妳好。」

畢翠絲望向我。「什莫，歡迎來到慈悲聖母學校，」她開口：「你到凱瑟琳姐妹的教室去，」她朝右邊一比。母親想跟過來，修女卻一閃身擋在前方：「抱歉，希爾太太，成年人必須先申請訪客證才能進入校園。這是規定……為了保護兒童，想必您能體諒才對。」

母親淺淺一笑，抿著嘴唇沒露出牙齒，以前也看過這種神情。她彎腰為我拉好衣領，「第一天好好上課喔，什莫。要聽凱瑟琳修女的話，三點我準時來接你。」起身之後兩個女人互瞪：「相信你會是這間學校有史以來，開學過得最開心的學生。」

目送母親下階梯時刺耳鐘聲響徹校園，學生一哄而散各自消失在教室。畢翠絲轉身走開，但又忽然回頭望過來，我想應該是叫我跟過去。她腳步完全不放慢，也沒有面對我說話，不過鐘聲漸漸散去，取而代之是修女清亮的嗓音：「希爾同學，傲慢是主所懲戒的罪，人學到教訓才懂得謙遜。」

15

那天我提心吊膽，擔憂所謂的殘酷或欺負，結果完全沒同學理我。一整天不停有人盯著我看，卻沒有人跟我講話。我沒舉手回答問題，所以也不必出聲。凱瑟琳修女似乎也覺得這樣就好。

下課與午餐時間，我一個人坐在分隔上下兩塊操場的血紅色看臺吃東西。底下都是高年級學生，一群「午餐媽媽」負責在旁邊看著以免有人「胡鬧」。沒吃完也不能走，她們會檢查餐盒，避免有人浪費食物，非洲還有很多孩子挨餓。如果可以，整個午餐時間我就坐在看臺也好，但好像有條規定是不能一直待在那兒，有個午餐媽媽過來叫我「去做點運動」。

自個兒在操場閒晃，總算鼓起勇氣跟正在踢球或對牆壁拍球的同班同學搭話，對方不是當我隱形就是帶著球跑去操場其他地方。有一兩次也聽見他們在背後竊竊私語，說我「是魔鬼」。

整個星期都和第一天相同。麻煩在於回家晚餐，父母都希望我能講講學校生活，而且感覺得出來他們很期待。我不想叫他們失望，但同時我也只是個六歲的孩子，所以我撒了謊。

「又認識一個朋友了。」星期五晚上父親問起那天過得如何，我這樣告訴他。

「又一個啊，」他放下叉子：「真受歡迎呢。」

「大家都想找我同一隊踢球，」我說：「接下來要比賽了。」

「不是打架就沒關係。」母親遞了一碗豌豆給我。

「會大叫而已。」

「一定是你一直進球，大家開心歡呼吧。梅，我們家要出個足球明星嘍。」

「哪有。」我暗忖是不是扯過頭，心裡則安慰自己這不算真的說謊——至少不是會害人下地獄烈火焚身那種說謊。以前母親說過：為了避免別人不舒服而撒謊沒關係，狀況很明顯符合。我知道他們都希望兒子能和同學打成一片，儘管日復一日遭受排擠煎熬，能在餐桌邊看見爸爸媽媽臉上笑容感覺就值得。當時我以為這樣撐下去無妨。

「有機會請朋友來家裡玩啊。」母親這句話讓我差點被牛排肉哽到。

「來太多人的話，家裡裝得下嗎？」父親問道：「我們生了個甘迺迪呢。你們有沒有學生會之類的東西？班長是投票選舉嗎？」

「不知道，」我說：「好像要再大一點吧。」

「沒碰上什麼麻煩吧？」母親偶爾會問。

「沒有啊。」我都立刻回答。

我在餐桌邊創造了新世界，裡頭不存在父親擔心的旁人惡意。

但好景不長。

16

星期一，我照舊躲到看臺外圍煤渣磚牆下，利用角落陰影盡量避開午餐媽媽們注意。位置不難搶，反正我一露臉，其他人不是讓路就是直接換排坐，而且大家都會快快吃完出去玩，空位只增不減。

我相反。經過頭五天，我已經學會盡可能細嚼慢嚥，三十分鐘午餐時間全部耗光最好。午餐媽媽們覺得我很煩，我也聽說一些高年級生叫她們「午餐納粹」。可是我吃越慢，就能待在看臺越久。回想起來，六歲的我未必切實理解自身處境，但清楚體會到自己不同，可惜不像母親說的那樣「不凡」。

首先拿起「驚奇麵包」出品的三明治，從外面麵包皮開始慢慢咬，咬了一整圈才進入中間的起司與美乃滋，三不五時喝口每天五分錢訂購的小紙盒包裝牛奶。三明治之後是切片蘋果，啃掉果皮才輪到果肉。蘋果也沒了，打開塑膠封膜，取出黃金奶油蛋糕，採取刮玉米粒那種從左到右再從右到左的蠶食方式，目標是將裹在裡頭的香草奶油留到最後。

第二週剛開始，我正要重複精細的用餐儀式，忽然發覺兩排下面有個黑皮膚男孩子眉頭緊蹙望過來。雖然我才進來一星期，但當場就能肯定對方第一天上學，因為全校只有他一個黑人。凱瑟琳修女早上介紹了新生，他叫做爾尼．坎韋，為了兩班人數平衡所以過去莉千修女的甲班。

除了電視，我以前沒看過黑人。而且據我所知，那時候他不只是慈悲聖母學校唯一的黑人學生，也是伯靈格姆市絕無僅有的黑人孩童。當然很有可能那年紀的我還沒見過世面。爾尼吃完午餐，坐在原位掐住褐色紙袋口，留意到我在看他就朝著袋子裡吹氣，接著雙手用力一壓，啪聲十分響亮。所幸午餐媽媽們都在聊天，沒人過來罵他或催我快吃。

爾尼爬到我這一排坐下：「你都這樣吃東西嗎？」

我點點頭。

他靠近了些：「為什麼啊？」

我聳肩。

爾尼坐到我旁邊了，眼睛盯著奶油捲。「如果是巧克力球，我會先舔掉外面的巧克力，」他繼續說：「可是蛋糕的話就會配著奶油一起吃掉。」

我沒講話，心裡覺得他有點煩。

「你的眼睛怎麼了？」爾尼問。我別過臉，但他竟然又跟著換邊：「是紅色的。」

「沒什麼。」

「沒見過紅色眼睛的人。」

「我也沒見過黑色皮膚的人。」

輪到他聳肩：「我以前住的地方，小孩都是黑色皮膚……眼睛是褐色。」

我差不多啃完蛋糕外皮了：「你哪兒來的？」

「底特律。好遠好遠，感覺像出國一樣。以前我爸在那邊做汽車，現在每天蹲在車庫不出來。」

「車子壞了就要修啊。」

「不是啦，我說他都待在我家車庫，不知道進去做什麼。」

「我爸每天發藥給別人。」我說。

「底特律很多人吃藥，所以我們搬家了。我叫爾尼。」

「我叫什莫。」

「你一個奶油捲吃好久。要不要下去玩？」

突如其來的邀約嚇到我了。我急著答應，奶油捲正要塞進嘴巴，忽然一顆紅色東西飛進餘光直接打在臉上。奶油捲破了，我上半身被球震得往後撞向看臺柱，發出一聲悶響。再坐直身子，覺得那側臉頰彷彿就要起火爆炸。

「大家看！『是魔鬼』的紅眼配紅臉！」

「哈！『什莫鬼』！」

爬上看臺有三人，中間那個最高最壯。我不認識大衛．弗瑞蒙，但聽過一些傳言，有人說他留級了。弗瑞蒙比跟班高一個頭，跟班與我一比也高得多。

「一個是魔鬼小子，一個是黑人小子。」弗瑞蒙開口：「黑皮[5]你拿我的球幹嘛，還來。」

我這才看見爾尼手裡多了一顆足球大小的橡膠球。後來聽他敘述：球命中我的臉，彈開撞到下面一排再彈上來，被爾尼半空攔截。想到奶油也朝他濺過去，還能接到球其實挺厲害。

「你聾了還是傻了？」

爾尼瞇起眼睛，臉上毫無懼色。

「看樣子有人沒吃飽，想嚐點別的東西。」弗瑞蒙說完便握起拳頭，「是你嗎，黑皮？」

爾尼望向我。

「我說最後一遍，拿來。」

爾尼舉起球：「你要這個？」

「廢話，你白痴嗎。」

「剛剛是你自己亂丟。」

「砸什莫鬼關你屁事。球本來就我的，拿來。」

爾尼搖頭，我心一沉。

「我只數到三，黑鬼❻。」

爾尼瞪著對方。

「一……二……」

爾尼忽然從看臺朝外跳，落在鋪了柏油的操場。大衛・弗瑞蒙和兩個跟班措手不及，「追！」他大叫，但知易行難，爾尼宛如天上飛鳥，動作迅速流暢，而且不朝同個方向移動太久，即使有人逼近也很快能夠甩掉，竄到另一邊繼續又鑽又閃、忽高忽低，節奏變化多端。周圍學生都在玩四格躲避球和跳房子，起初他巧妙迴避，但沒過多久整個操場的人都停了下來，轉頭關注緊湊刺

❺ 原文 darkie，是對黑人具嘲諷意味的稱呼方式。

❻ 原文 nigger，目前網路有時音譯為「尼哥」，是對黑人帶有強烈侮辱意義的用詞。

激的追逐戰。

「繞另一邊！」弗瑞蒙大吼：「包夾他！」

中間一兩度他們差點抓到爾尼，但還是跟不上爾尼靈活的扭擺，三人累得上氣不接下氣。後來他們好像放棄了，爾尼跳回看臺最上面，將球輕輕拋起往外踢。我從來沒看過有人能把球踢得這麼高這麼遠。

底下那些學生齊聲抽了口氣。

「就說是他們自己不要的吧。」爾尼低頭朝我露出笑容。

「小心！」我驚呼，但警告遲了一步，大衛．弗瑞蒙像頭蠻牛從背後衝向爾尼，朝他腰際狠狠出拳。爾尼疼得俯身忍耐，神情瘋狂憤怒的弗瑞蒙再次握拳。這記上鉤拳會出人命，能打斷爾尼的脖子。我理智斷線，飛身朝弗瑞蒙背上撲過去。他晃了晃但沒翻倒，我也馬上意識到不顧後果的行為真的很蠢：無法制伏這頭猛牛，自己也就不可能全身而退。驚慌中我使盡吃奶力氣箍住弗瑞蒙頸部，他上半身轉來轉去、揮舞手臂想抓我。學生圍在周圍吶喊：「加油！加油！」

僵局沒持續太久，我也不希望持續太久。大衛．弗瑞蒙腿一軟向前倒，我雖然聽見他喉嚨嘰哩咕嚕後來咻咻作響，卻沒察覺自己勒得對方無法呼吸。鼓譟來得快去得更快，彷彿聽不見的鐘聲轟散人群。

畢翠絲修女低頭瞪著我們，視線和惡夢中啄我眼珠的鴉喙一樣，尖銳得彷彿利刃。

17

畢翠絲手如鉗子掐我耳朵，我疼得立刻放開大衛．弗瑞蒙。我鬆了手，但她沒有，拽我穿過操場朝辦公室走，注意力只放在我身上，完全沒停下來查看弗瑞蒙是否安好。我最後一眼瞧見他在地上打滾喘氣。

修女將我丟在辦公室外椅子上，向櫃檯後面職員吩咐：「知道希爾太太電話吧，請她立刻過來。」

母親是家庭主婦（除了爾尼之外，我不記得小時候誰家媽媽出門上班），所以一定會接到學校通知兒子的「頑劣行為」。感覺彷彿在那兒坐了好幾個鐘頭，耳朵又紅又腫，臉頰上的火還沒熄滅，腦袋敲到看臺座位的地方也很痛。

總算等到母親，進入辦公室時她臉跟甜菜一樣紅，藍色牛仔褲與短上衣穿得不是很整齊，沒梳理頭髮也沒化妝。「你臉上頭髮上都是什麼東西？」一見面她便開口問。

我都忘了蛋糕爆掉的事，朝一撮頭髮伸了手，刮下微微結塊的奶油球。「奶油捲。」

母親抬著我下巴將臉轉過去：「怎麼臉這麼紅這麼腫，耳朵被人放火燒了一樣。」

櫃檯職員開口：「希爾太太？畢翠絲修女請妳和什莫進去談話。」

母親轉身走到門口。門關著，她沒伸手敲，也沒等裡頭的誰發話。我不情願但跟上去，畢翠絲又往桌子對面的兩張椅子點頭，這回母親坐下姿勢更挺，屁股放在坐墊邊緣，兩腿交叉在椅子下方。

「我之前擔心的就是這種狀況。」畢翠絲說。

「究竟怎麼回事？」母親強作冷靜。

「妳兒子，」畢翠絲回答：「差點勒死同學。對方人還在保健室。」

母親低頭盯著我：「什莫，是真的嗎？」

我點頭。

「老天，你怎麼回事？」

我還沒能搭話，畢翠絲插嘴道：「希爾太太，這件事情上天恐怕也幫不了他。」

母親視線射過去：「什麼意思？」

「希爾太太，妳兒子必須暫時停學。這件事情我還要與卜羅根神父和教區委員會商議。」她一根手指彎曲朝我比過來：「所以我當初的判斷終究沒錯。」

「妳有瞭解事發經過嗎？」

「我親眼看見了，」畢翠絲回答：「妳兒子當著我的面攻擊同校同學。」

「他自己頭髮沾滿奶油，一邊臉頰又紅又腫，」母親抬起我下巴轉給修女看：「這又怎麼回事呢？」

「與現下狀況無關。校園內鬥毆就是退學。」

「得給什莫辯白的機會。」

「妳可以回家處理，我要負責整間學校四百位學生。」

「連調查都沒有就停學？」

「希爾太太，上次見面就提過，我管理整個學校，有權力決定適合的懲處。另外先提醒一句，如果又有媒體的朋友想瞭解，這次我會立刻清清楚楚解釋事情原委。」

「打算停學多久？」

「現在不確定。問我的話，妳兒子本來就不該入學。」

「想把他退學？」

辦公桌角落黑色盒子傳出聲音：「畢翠絲修女，弗瑞蒙太太她——」

不知道是話沒說完還是我沒聽見，對講機裡有個尖銳嗓音，不過隔著緊閉的房門我們也能聽見外頭動靜。「我現在就要見她！」

一轉身，有個女人身影填滿門框，身上穿著無袖海軍藍襯衫，露出鬆軟二頭肌居然比我媽的腿還粗。她瞪大眼睛氣勢洶洶拽著大衛．弗瑞蒙進來，嘰嘰呱呱但又結結巴巴開始大叫，就像週六早上兔巴哥卡通裡面那隻很胖的萊亨雞。「妳看……妳自己看，我兒子的喉嚨！」她將大衛的頭往後扯，露出紅色勒痕給修女見證，接著忽然留意到我在母親身後又叫道：「打人的就是這個小流氓？」

母親一起身好像忽然高了兩吋，實際上頭頂碰不到弗瑞蒙太太下巴。「別隨便叫別人家孩子流氓。」

「自己看看我兒子的喉嚨，」她又把大衛當作娃娃拽過來：「都被勒成這樣了。」

母親可不會屈居下風，也將我從背後拖到前面。「妳也看看我兒子的臉，」她將我頭轉過去亮出那片紅腫：「還有他的頭髮和衣服。」

「他差點勒死我兒子！」

「沒錯，」畢翠絲附和：「我親眼看見了。」

大衛的媽媽嚷嚷：「校園鬥毆要退學才對吧！」

「我兒子根本都還沒機會解釋。」母親反駁。

「校規要嚴格執行，」弗瑞蒙太太說：「我想教區委員會也同意，尤其我一開始就……強烈反對他入學。現在完全證實我的直覺百分之百準確。」

「我也打算與卜羅根和委員會討論。」修女回答：「弗瑞蒙太太別擔心，本校不會姑息暴力。」

「妳們根本沒給什莫解釋的機會，」母親重複一次：「還是妳們以為一個小孩會自己把自己搞成這樣？」

「交給委員會決定。妳兒子勒了另一個學生是事實。」

「妳們連原因都沒問。」

「原因跟事實無關。希爾太太，妳們請回吧。」

「他不是這種孩子。」

「希爾太太，我說了，請回吧。」

母親拎起手提包時有人敲門，凱瑟琳修女出現在門口。

「凱瑟琳姐妹，妳怎麼沒在教室？」畢翠絲問道。

「請莉干姐妹幫忙看著了。」

「她有自己班級要顧。」

「嗯，可是姐妹，我覺得妳該瞭解一下先前操場上發生什麼事。」

「沒必要，我親眼所見。」

「抱歉，姐妹，在我看來，妳沒有看見完整的事情經過。」

「我看到的足夠多了。」

「我認為情有可原。」凱瑟琳修女並不退讓。

「我不打算爭論兩個一年級學生之間誰起了頭，何況讓希爾同學開口的話當然會說得天花亂墜。」

「意思好像我兒子會說謊？」母親問：「什莫不會說謊。」

「妳大概也覺得他不會打架鬧事？」弗瑞蒙太太質問。

「的確不會。」凱瑟琳修女一開口便拉回眾人目光。

畢翠絲不信：「現況看來並非如此。」

「什莫在我班上是模範學生，總是自己專心聽課，不會妨礙同學。應該說，他根本不太講話。」

母親聽了心頭一驚，低頭望向我。

「即便如此，」畢翠絲眼裡像是有把火正在悶燒：「事情也不是發生在課堂上教室內。」

「本來就不是。」弗瑞蒙太太附和。

「是在操場出的事，凱瑟琳姐妹人在操場嗎？」畢翠絲問。

「當時沒有。」

弗瑞蒙太太擺了擺手：「她根本沒看到。」

「我是沒有。」

弗瑞蒙太太朝畢翠絲瞥了一眼：「所以說——」

「但有當時在現場，看見事情經過的人。」

不等兩人反應，凱瑟琳修女朝等在走廊上的人招手。看見爾尼．坎韋進來我嚇了一跳，他頭髮上也沾了些奶油。「這是爾尼．坎韋。」凱瑟琳介紹道。

「我都看見了。」爾尼開口，伸手指向弗瑞蒙：「是他起頭的，什莫是怕他打死我。」

弗瑞蒙太太氣急敗壞：「不可能，想都知道這兩個搗蛋鬼有交情，聯手欺負我家大衛。」

凱瑟琳修女語調沉穩：「這才真的不可能。爾尼今天剛入學，之前住在底特律，他和什莫毫無交集。」

「我想沒什麼好討論才對。」畢翠絲說。

「我倒覺得應該聽聽爾尼怎麼說。」母親打斷：「爾尼，可以告訴我們到底怎麼回事嗎？」

「一開始什莫在吃奶油捲，那個人朝他臉上丟球。」

「不就意外而已。」弗瑞蒙太太說。

「不是意外。」爾尼繼續道：「他說是故意砸的，要『什莫的紅眼配紅臉』。」

緊接著他把雙方衝突講得鉅細靡遺——紅色皮球擊中我臉頰，奶油捲炸開，大衛．弗瑞蒙得意忘形承認，還朝爾尼腰部重擊將他打得站不直。若非我飛撲過去壓在他背上，大衛還會再給爾尼一記重拳。畢翠絲修女動也不動，聽他描述經過時臉上表情彷彿聞到異味，但沒料到接下來更加臭不可當。

「而且他叫我『黑皮』。」爾尼終於說出來。

畢翠絲五官揪成一團，辦公室瞬間陷入死寂。

爾尼似乎懂得善用戲劇效果：「後來又叫我『黑鬼』。」

畢翠絲瞠目結舌，弗瑞蒙太太不由自主猛搖頭：「我……我……我不，不……不知道他從哪兒學來的。家裡從來不講這種話，從來沒有。一定是電視上看到的，電視上會有人講這種話。」

她掐著大衛手腕，「你是不是叫人家黑鬼？」

「沒有！」他嚎叫。

弗瑞蒙太太抓著兒子甩來甩去，她自己手臂贅肉跟著晃：「你是不是叫人家黑鬼！」

每次她吐出那兩個字，辦公室氣氛就好像被刀捅一下。聽她講得自然，不難想見大衛是模仿誰。

「妳掐得我手好痛！」

「不是教過你別亂講話！」

「爸都這樣叫他們啊。」大衛吼道。

弗瑞蒙太太臉漲紅，「沒這回事。」她向其他人解釋之後立刻轉身：「不是教你不可以說謊嗎？」話說完就往自己兒子後腦狠狠拍過去，要不是還被媽媽抓著手腕，大衛可能會被打得倒在地上。

「我哪有說謊！」他滿臉通紅大吼，哭得稀里嘩啦：「不准打我！」

弗瑞蒙太太卻再舉起手：「你是不是叫人家黑鬼？」

「對啦，對啦！我拿球砸人家，我說人家是魔鬼！」

媽媽甩著蝴蝶袖用力搖晃兒子：「還有——」

「我還叫人家黑鬼！」

弗瑞蒙太太扣住兒子手臂將人拖出辦公室，凱瑟琳修女與爾尼險些沒來得及讓出門口。教務處外門關了，我們在裡頭還能聽見大衛哭喊。緊接著一下午狂風暴雨驟然平息，現場靜默無聲。

畢翠絲修女眼睛直瞪桌面。

凱瑟琳柔聲打破沉默：「什莫，麻煩你帶爾尼去洗手間，兩個人洗洗手臉，然後立刻回教室。」

我望向母親，她淡淡點頭同意。畢翠絲清了下喉嚨，似乎想要說什麼，但母親露出我在教堂「搗蛋」時會有的肅殺眼神。無論校長原本想要說什麼，看了她表情以後決定吞回去。

18

我得踮著腳才能搆到白瓷臉盆洗手。爾尼站在旁邊，我左臉還是紅得像煮熟，頭髮上奶油乾了變成硬塊，得拿褐色粗紙巾搓揉才能勉強去掉，沒辦法完全擦乾淨。幾撮頭髮翹起來，確實挺像魔鬼小子該生的角。

「你怎麼那麼會跑啊？」我問。

爾尼聳肩：「那你怎麼那麼會摔角？」

我起初還聽不懂，沒覺得自己掛在大衛．弗瑞蒙背上那動作稱得上是摔角。「不知道。」

從洗手間回教室路上，爾尼又問：「要做朋友嗎？」

有人願意對自己開這個口實在叫我很訝異，一下子說不出話來。回神以後我趕快答道：「好啊。」

我目送爾尼進去甲班教室，他一拉開門裡頭歡聲雷動又瞬間平息，不知道莉干修女用了什麼法子叫大家安靜。回自己班上之前，我還期待能不能有同樣待遇，畢竟是能制伏大衛．弗瑞蒙的人吧？但站到紅木門前，我心裡又充滿恐懼：如果別人因為我眼睛顏色不同就會怕，現在我真的是飛撲過去拆彈勒死同學的怪物，豈不比以前更恐怖？想必大家心裡將我當作瘋子或野生動物，更不敢靠近，也許一看見我就尖叫或縮到角落。

結果我開了門走進去，沒有任何反應。大家都認識我了，但被排擠的日子仍然繼續。

19

爸媽不想在餐桌邊談中午的事，因為是母親認為「不利消化」的話題，於是我們聊了父親的生意，藥局業務蒸蒸日上。可是吃到後面，越沒人提起我的「頑劣行為」，我就越覺得自己坐在未爆彈上。感覺他們不想在我面前爭論，或許私底下已經談過。對我腸胃是好事，但無法滿足好奇心。

晚餐結束，三個人一起去客廳，母親開始捻念珠禱告，父親打開報紙讀，我假裝心思放在《哈迪兄弟》[7]第六集「海灘路謎案」。一陣子以後，看來他們的確不想當著我的面討論打架的事，我謊稱自己想睡覺，還裝了個呵欠，快快衝上樓鑽到床底下隔著通風口偷聽。

「退學？」父親雖然不激動，但仍是不可置信的口吻：「感覺妳真的給自己和什莫樹敵了。鬧上電視新聞，她想盡辦法要報一箭之仇。」

「還好有那個叫爾尼的孩子挺身而出，幫什莫講話，否則真的會給她得逞。聽凱瑟琳修女說他們家從底特律搬過來，爸爸在汽車工廠上班。」

「嗯，來得正是時候。」傳來報紙窸窸窣窣的聲音。「可是什莫其他朋友呢，怎麼沒別人出面？」

母親壓低聲音，我得將臉整個貼上去才聽得清楚：「下午還沒機會和你說這件事。凱瑟琳修女有句話我聽了覺得奇怪，之後就過去問了一下。她說什莫在班上根本不講話。」

「不講話？我還以為他說個不停。」

「一句話也不講。」母親回答：「而且他其實沒有朋友，除非把那個爾尼算進來。」

「他每天晚上說的同學呢，什麼迪倫和巴瑞之類？」

「他班上根本沒有叫做迪倫和巴瑞的學生。」

「所以什莫沒有老實說。」父親嘆道。

母親接下來似乎有些哽咽：「凱瑟琳修女還提到，午餐時間什莫都一個人坐在看臺角落，自己吃東西等鐘響。」

「那她對這種情況有什麼想法？」父親問。

「凱瑟琳修女很同情，只是……」

「只是什麼？」

「妳想想，她還特地帶爾尼去辦公室幫忙澄清操場打架的事情，不是很奇怪嗎？」

「奇怪？怎麼說？」

「我還不確定，但懷疑沒那麼單純……麥斯，我覺得凱瑟琳修女有什麼想告訴我，卻又說不出口，那模樣好像知道內情。」

「起頭鬧事的那個學生呢？」

❼ “The Hardy Boys” 系列，起自一九二七直至近年仍持續出版的兒童及青少年偵探小說，曾多次改編為影劇和電玩。

「大衛．弗瑞蒙，個頭是同年紀孩子兩倍。應該是不會被退學，他媽媽在教區委員會，作風很強硬。」

「是不是該打電話聯絡一下他爸爸？」

「如果那對夫妻是同一種人，我覺得可以免了。」

父親有點遲疑：「妳擔心那小子不安分，什莫還會有危險？」

直到此時我才意識到自己處境，而且也確實不認為大衛．弗瑞蒙是那種忍氣吞聲的性格。下次起衝突，我不太可能再從背後奇襲，正面過招的話一定被他壓著打。想到這些肚子微微疼了起來，打算鑽出床底。

「凱瑟琳修女說，最初他以為什莫是遲緩兒。」

「遲緩？」父親問。

我一聽停下來。以前母親用過同樣詞彙描述不聰明的孩子。「畢竟什莫一星期在教室沒發出聲音，她有這種印象也理所當然吧？」

「可是什莫腦子很好啊。」父親回答。

「他當然沒問題。」母親說：「而且凱瑟琳修女給了我一份資料，你也該看看。」

樓下安靜片刻，母親腳步聲遠了又近，應該是離開客廳取東西回來。

「這是？」父親問。

「學年開始的時候要給學生做標準測驗，判斷大家各學科的基礎能力。」

我有印象。因為很快寫完了，凱瑟琳修女就叫我趴在桌子小睡片刻，等其他人作答。

「這邊數字什麼意思？九十六，九十八，九十七。」

「什莫各科都很高分，」母親解釋：「麥斯威爾，我們兒子不但不是遲緩兒，還是資優生。」

20

隔天早上，母親開車送我上學，敞篷車頂放下了。她停到路邊要下車，我開口攔阻：「我自己走就可以了。」因為我發現同學的媽媽只有開學第一天陪同。

「那你還會不會跟媽咪 kiss goodbye 啊？」她問。我輕輕點了她臉頰一下，大叫再見以後滑出座位。

「什莫……」母親又開口，我轉身一看，她臉上露出笑容，但卻帶著哀傷，不過很快打起精神：「好好上課喔。」

就這麼巧，爾尼．坎韋關上他家那輛舊福斯金龜車車門，從旁邊路口跑過來。

「好酷的車。」他說。

「我爸改裝的。」雖然我嘴上這樣講，其實不完全正確。這輛福特獵鷹敞篷車是二手，父親買回來的時候引擎蓋和保險桿上鏽跡斑斑，母親看了說實在「不堪入目」，儘管是敞篷車、又是她最喜歡的金屬藍，放在家門口車道給鄰居看見仍舊不大體面。另外她還說那是一輛「肌肉車」[8]。我覺得本來父親不是買給她的，以為母親會拒絕之後繼續開之前的普利茅斯旅行車，錯就錯在他拉下車頂載我們出去玩。看母親笑得那麼燦爛，結果如何不言而喻。往後我爸自己開旅行車上班，我媽只讓他在週末開敞篷車。

鐘響，我們兩個快步爬上階梯，午餐盒叮叮咚咚。在中庭與爾尼道再見以後，我轉身要進自己教室，卻忽然撞上灰泥牆似的東西，午餐盒脫手砸落、蓋子滑開，吃的全灑在地上。大衛・弗瑞蒙低頭盯著我，握拳打著自己手掌，重重朝我夾滿花生醬和果醬的三明治一踩之後掉頭離去。

❽ 指高性能的轎跑車。

第二部　單車意外

1

一九八九年，美國加州伯靈格姆

福村醫師進來一看睜大了眼睛，因為我換好衣服坐在檢驗臺，顯然已經放棄結紮。

「抱歉給你添麻煩了，可以收諮詢費沒關係。」我自己是眼科醫生，明白卡住門診就害人家少看病人少賺錢。

「不必不必，」他回答：「也算同行嘛。」

「很抱歉——」

他揮揮手要我別提了：「別這麼客氣，你的決定也沒錯。」

「沒錯？」

「和自己切身相關的事情，你的決定當然就是正確決定。而且何必著急，好好考慮吧，」他伸出兩隻手指做出喀嚓手勢：「剪刀手醫生不會跑。」福村醫師笑著拍拍我肩膀走出去。

的確是我自己的決定，伊珏還在美國高空前往波士頓途中。她是飛機駕駛，大部分時間都在天上。剛開始約會我緊盯她行程，時間久了以後開始沒那麼留意，因為駕駛艙就是伊珏的辦公室，只是這辦公室早上和下午可能位在不同兩地，相距三千英里。相處頭幾個月我還趁週末飛去波士頓或紐約見面，或半夜她跑到我家、鑽進被子抱住我來個驚喜。無論週末小旅行還是深夜幽會都隨著認識時間久了變得越來越少，畢竟我診所業務量在成長，伊琺現在太晚回家通常去客房，免得造成我睡眠不足。

開車沿王者大道（El Camino Real）北上，我暗忖伊琺可不像剪刀手醫生那麼好講話，她期待家裡的男人最多再打炮二十五次之後就沒有精子——福村醫生說已經製造的十數億精子要那個次數的射精才能完全排出。

「好處是還能填彈上膛，」諮詢時他還提到：「可以瘋狂做愛。」

伊琺和我剛開始交往那時候一個月隨隨便便超過二十五次，有次我送她去機場路上還打趣說得花半年才能把房間清理乾淨。她聽了沒笑，輕輕吻我之後就下車。

「回來沒太晚的話再打給你。」

百老匯大道自家那棟樓後面有三個私人停車格，我停好以後也走後側樓梯上二樓診所。房子是父親買來經營藥局用的，他中風之後母親捨不得賣出。錢從來不是她考量重點，也不是她保留藥局和產權的理由。

「你父親為這間藥局付出那麼多血汗和淚水。」她會這樣解釋。

所以多年後，我與摯友兼合夥人米琦尋找眼科診所開業地點，就決定買下這棟樓，並保留一樓百老匯藥局。原本母親打算早些將權狀過戶給我，但我拒絕她的餽贈。

「反正我死了以後，房子還是你的啊。」某個星期天共進晚餐時她這麼說。我每週盡量找一天探望她，通常會挑伊琺有班的日子。

「那還要好幾十年，而且妳得留點錢在身邊，免得付不起退休保險。」我回答：「不然到時候我得在妳脖子掛個『賤價求售』的牌子帶去街上晃。」

「幾十年？別了吧，如果要活到九十歲，我找輛公車一頭撞死算了。」

「妳再這麼難相處，我親手推妳出去。」

「什莫你沒大沒小。」她直接把我盤子收走結束晚餐：「那你自己看個價錢吧。」

「明天早上我問問傑瑞．康仁。」那是我高中同學，雖然姓氏總被揶揄是坑人，後來在商業不動產市場還是闖出自己一片天。

隔週我們約在百老匯大道貝爾曼愛爾蘭酒吧，點了黑啤以後果不其然他這麼說：「你爸的藥局繼續經營下去很難有什麼收益，客戶都被連鎖大藥局搶走了，賣掉比較划算。」

父親經營將近二十年，之所以成功靠的是個人魅力。他的看家本領、或許該說是天賦異稟就是能記得每個客人名字與背景，大家去百老匯藥局如同拜訪老友般親切溫馨。這一點我聘來接手的藥師法蘭克望塵莫及。

顧客忠實度等於價格，連鎖藥局價格戰打得越兇，熟客跑掉的也越多。

「再不然，」康仁繼續說：「也可以請法蘭克將庫存和藥歷資料賣給連鎖藥局，再把那棟樓出租給能賺錢的生意，美髮沙龍之類。否則只會慢慢凋零，消耗你的資本。」

我想尊重母親，因此有了別的計畫。藥局樓上五個空房原本當作公寓出租，現在拿來經營眼科診所。申請中小企業貸款進行整修裝潢、開始自己的事業有風險，去別人診所上班過得比較安穩，但米琦原本就不想聽人使喚，藥局在母親心裡又有紀念意義，我同樣捨不得賣掉。和銀行交涉代價大、利率高，成了老闆反而變窮，世事真難料。

可是成立伯靈格姆眼科中心之後，一個月內底下百老匯藥局業績暴增為兩倍，比周邊其他藥局售出更多老花眼鏡與護眼產品，印證了房地產界那句老話：地點合適最重要。

「希爾醫師？還以為你星期一回來。」負責掛號的凱西見我進門立刻開口，我謊稱自己要去太浩湖[9]度假，在那邊有買一座小屋置產。

「行程改了，」我回答：「小屋週末有人租。」

「真可惜。」

我看到診所大廳有個身材高壯的女子帶著小女孩，朝兩人微笑以後順著走廊往內。米琦從自己辦公室衝出來要進治療室，差點迎面相撞。

「哇！你怎麼在這兒？」感覺見到我不大開心，她最近情緒莫名低落。

「小屋客滿，管理處那邊租出去了。」

她悶哼一聲，語氣帶著不屑：「那個坑人的傢伙都不事先告知的嗎？」太浩湖小屋也交給傑瑞・康仁代管，我之前犯了個錯，想撮合他與米琦，大家約在五星級餐館，但傑瑞居然在桌子底下偷偷掐人家大腿。米琦險些折斷他手指。事後我告訴傑瑞：她沒拿叉子直接朝他眼睛扎進去已經叫做手下留情。

「是我沒交代清楚，之前叫傑瑞盡量租掉。」

她雙臂抱胸：「那混蛋最近如何？」

[9] Lake Tahoe，位於加州和內華達州邊界，是北美最大的高山湖泊，也是美國第二深湖泊。

「還是很愛妳，想和妳生小孩。」

「那我不如用衣架把子宮從鼻孔挖出來。」

「聽起來是超高難度的手術。」

原本沒安排進診所，下午當然沒事，但伊珷今晚在波士頓，我索性幫點忙：「妳那邊還有幾個病人？」

「兩個，但有一個是急診，原本指定找你。只是你不在，就先分到我這邊。」

「什麼問題需要急診？」

米琦遞一份病歷給我，「七歲女孩，一眼忽然失明。」我邊聽邊讀，她繼續解釋：「三個星期之前騎單車出意外，開始看不清楚學校黑板，媽媽帶去醫院，發現左眼視野缺損很大。神經沒問題，兩眼有光感，但光投射很弱。頭部外傷沒導致其他神經症狀。」

我在病歷留意到不大尋常的地方：出意外的時候，女孩與父親在一塊兒。「離婚？」

「這年頭誰沒離過婚？母女還在大廳等。」

「交給我吧。」

「救世主！這樣我能上五點半的瑜伽了。」米琦身材苗條精實，感覺新陳代謝能與兔子媲美。她每天運動兩次，早上游泳、晚上熱瑜伽，成果一覽無遺。

「妳能維持完美體態是宇宙的福音。」

「找我約會的人才該高興吧。」

「高爾夫球選手？」

「拜託，分手一星期了。」

「還以為妳挺喜歡他。」

「當初是啊，壞就壞在他帶我上床。」

「球桿不好？」

「不是鐵桿。」

「唔，至少妳還有熱瑜伽可以發洩精力。」

「輪得到你笑我？你再和你那室友廝混下去遲早欲求不滿。」

「妳說話可真含蓄。」

相識十八年，我沒見過米琦身邊男伴固定。她自己也說嫌麻煩，反正養了三隻鬥牛㹴、身邊總有一大群仰慕者和準男友，什麼需求都不難滿足才對，所以閒著沒事就酸一下我的私生活。

米琦看似還想說什麼，但她常有種欲言又止的神秘表情。我想熱瑜伽課程還是更重要，她聳聳肩掉頭離去。米琦明顯不欣賞伊珐，沒告訴我為什麼卻又話中帶刺，譬如把伊珐說成室友，「室友這週末去哪兒啦？」或者「上次和室友做是什麼時候？」之類。

我的護理師今天先下班了，正好親自到大廳接待母女。婦人眼睛紅腫，不是嚴重過敏就是剛哭過。一站起來幾乎和我同樣高，應該稍微超過六英尺[10]了。她骨架大——母親說這樣描述過重的人比較禮貌。褐金色頭髮往後束了個馬尾，反倒突顯前額很寬。

[10] 約一八三公分。

「剛才櫃檯說你今天不在？」對方先開口問。

「下午本來有點私人行程，但臨時取消了。」我朝小女孩伸出手，但她沒握。我蹲下來：「妳就是丹尼菈吧，我是什莫醫生。」這些年我習慣戴上褐色隱形眼鏡，紅色瞳孔容易嚇到兒童，「今天給妳檢查一下眼睛好不好？」

丹尼菈與母親一樣個頭高，髮色相同、憂愁神情也如出一轍。不過她比較瘦，應該說過瘦了，而且怯生生的。長相有點眼熟，但無論媽媽還是女兒我都沒有明確印象。「我們見過嗎？」我只好問她母親。

「沒有吧？」崔娜．柯羅齊回答。

進入診間，我要丹尼菈上檢查臺，媽媽站在旁邊等，自己坐旋轉椅一邊看病歷一邊詢問。

「三星期之前，她撞到頭，之後就這樣了。」崔娜．柯羅齊說。

「騎單車出意外是吧，很嚴重嗎？」

「她爸爸也沒看見，從家裡出去就發現女兒倒在人行道。他住在很陡的山丘底下，所以猜想孩子是不是騎車爬坡，重心不穩摔倒，滾下來途中被單車把手敲到頭。」

「在醫院待多久？」

「幾小時，做檢查而已。」

我仔細看看急診室與主治醫師的報告，覺得挺奇怪的，女孩除了膝蓋破皮其實沒什麼重大傷勢。此外丹尼菈沒有從母姓，於是我也明白為什麼覺得那張圓臉與平板五官很熟悉。從病歷看見丹尼菈全名，她父親姓氏雖然很多年沒被我提起，但終究不可能忘記。

弗瑞蒙。

2

一九六五年加州

儘管威脅過要請我嚐嚐拳頭滋味，大衛．弗瑞蒙不知道是還有動點腦筋或已經被大人警告過了，至少懂得別大搖大擺過來挑釁滋事。幸好我們不同班，到操場時附近又有修女或午餐媽媽看著，然而只要我稍微鬆懈、或暗自以為弗瑞蒙已經放下之前的事情不想報復，他就會忽然出現在面前，一句話也不說卻握拳輕打自己手掌，嘴角揚起兇狠笑意，甚至在走廊擦身而過時肘擊我。這兩年多裡我每天提心吊膽，好像身在鯊魚出沒的水域，遇害只是時間早晚而已。

去操場運動，我能加入各種球賽只因為與爾尼搭檔，或者沒有我的話爾尼就不玩。他能幫我的有限，整個學年下來同學們互相邀約，放學以後去彼此家裡甚至過夜，週末也會有活動，但沒人和我提過這種事。大家過生日會在下課時間發請柬，通常大家搶著要，好像士兵期盼戀人來信那樣熱切。但總有人空手而回，起初也因此低潮，很快體認到別抱指望，遇上那種場面乾脆出去外頭找爾尼。爾尼狀況好不了多少，在球場上很搶手，其餘活動和我一樣是絕緣體，當年還小的我不明白背後緣由。

既然同學排擠我，我對情人節就深感恐懼。母親還問我要不要帶卡片到學校，我說老師叫大家不要傳卡片。事實是自己不想被拒絕，如果遞出卡片卻被對方撕掉丟掉也太難堪。情人節前一天，凱瑟琳修女直接宣布會找一節下課前讓大家交換卡片，免得我們一整天無心聽課。當天她給了十分鐘，同學衝進衣帽間捧一堆卡片回來發，我只能坐在位子發呆。感覺是人生中最漫長的十分鐘。盯著時鐘，暗忖乾脆離開教室，裴勒莉．強森卻忽然來到我書桌前拿出白色信封。

「什莫，情人節快樂。」她說完立刻跑走。

完全出乎意料，她可是班上最受歡迎的女孩子，我常常聽其他女生說強森家多大、而且有游泳池，生日派對是全校最棒等等。同學們將自己拿到的卡片與糖果疊在桌上，我也興高采烈打開自己唯一的信封。

裡面沒有卡片，信封倒過來以後一隻死蒼蠅掉到桌上，笑聲此起彼落。裴勒莉．強森帶著親衛隊一溜煙竄向操場。

3

午餐時間我玩了足壘球。第一次鐘響，代表距離上課五分鐘，我這才意識到自己忘記了生理需求，到了從操場回校舍的階梯前面，我轉頭對爾尼說：「我要去尿尿。」

「會遲到啦。」他回答。

但我其實不只是想尿尿，而是快尿出來了。爾尼與其他人快步跑上階梯，笑鬧嘈雜迴盪在灰泥牆間，我自己跑到廁所，笨手笨腳解開總覺得比釦孔大了一號的釦子，站到小便斗前面拉下拉鍊準備解放，卻聽見走廊傳來宏亮但刺耳的熟悉嗓音，接著那陣咯咯笑也很難忘。就在我發愣的時候，大衛．弗瑞蒙準備帶著兩個手下進來。恐慌的我隨便找了隔間鑽入，千鈞一髮關好門，瞥見廁所外門被重重推開打在牆壁。

那年代的舊式陶瓷馬桶沒裝蓋子，我只好爬上去、兩腳踩著邊緣，屁股靠牆坐下穩住重心。蹲在那兒我倒變得和母親一樣虔誠了：「萬福瑪利亞，妳充滿聖寵，主與妳同在……別讓他們找到我，拜託別讓他們找到我……妳在婦女中受讚頌，妳的親子耶穌同受讚頌……別讓他們找到我……」

從門板邊緣小縫能看到三個大塊頭的背影，他們肩並肩站在小便斗前面。後來我聽說弗瑞蒙的兩個跟班其實是二年級，一個叫做派翠克．歐雷利，另一個是湯米．列夫科維茲。弗瑞蒙朝歐雷利肩膀一推，好像故意要他尿不準。接著他又轉圈圈尿了一地板，兩個跟班哈哈大笑。

「我爸說蝙蝠俠是娘炮，所以才穿緊身衣。」弗瑞蒙拉起拉鍊。

「『娘炮』什麼意思？」列夫科維茲問。

「就娘娘腔啦，」歐雷利回答：「至少我爸是這麼說。」

「那超人呢？他也穿緊身衣。」列夫科維茲又問。

「我爸說他還好，至少喜歡露薏絲．蓮恩。」

弗瑞蒙從紙巾捲拉了長得過分的一大截出來，拿到水槽沾濕揉成一大顆暗褐色紙球。我看過廁所天花板上黏著這種東西。隔著門縫偷窺，我忽然察覺方才急著躲，忘記要閂門。才一伸手過去，弗瑞蒙竟然正好將濕紙球朝這個隔間砸，門應聲彈開。

他瞪大眼睛，隨即嘴角上揚。「嘿嘿，看看什麼鬼玩意兒在這兒？」弗瑞蒙逼近：「你都穿著褲子拉屎？」

「不是吧，」歐雷利說：「魔鬼小子都坐著尿尿，娘兒們似的。」

慌亂中我不只忘記閂門，還忘記將衣服塞回褲子，小鳥頭從沒拉好的拉鍊垂出來。

「哈哈哈，看樣子應該叫他魔鬼小妞才對。」弗瑞蒙搭上列夫科維茲肩膀：「你把風，我來餵魔鬼小妞喝喝水。」

當下我恐懼得四肢僵硬動彈不得。若非忘記拉拉鍊，那天後來就要忍受另一種羞辱了。但我正好高高蹲在馬桶上，嚇到失禁的時候不偏不倚命中弗瑞蒙的臉。

他失聲尖叫瘋狂抹眼睛兩頰，好像遭到酸液腐蝕：「眼睛！我眼睛好痛！」

歐雷利慌了，不由自主退後，鞋底踩在地面一灘尿，失去平衡扭動兩秒之後伸手攀上弗瑞蒙肩頭，但弗瑞蒙自己那雙腿也沒踏牢。他們溜冰似地左搖右擺，差點穩住時歐雷利腳滑開，兩個人一起摔倒。躺下以後，弗瑞蒙劈哩啪啦連珠炮地狂罵：「你死定了，我要斃了你！」

第二次鐘響。

守在廁所門口的列夫科維茲開門張嘴，那時候我以為他大喝一聲「鐘響了」，長大回想才明白根本只是失聲低呼。我竄出隔間，雖然不知道被誰扣住腳踝，但甩開後直接闖過驚魂未定的湯米．列夫科維茲，將他撞向垃圾桶。爬階梯時擔心弗瑞蒙和歐雷利隨時會從背後飛撲過來，但登上頂端還平安無事，便趕快衝進校舍裡。凱瑟琳修女站在教室門口等大家排隊，所有學生都「心平氣和、遵守秩序」才能一起回教室上課，不知道誰沒守規矩讓我趕上最後一刻，可是明知道大衛．弗瑞蒙追過來要殺掉自己，我也顧不得什麼先後次序，直接沿著隊列不斷狂奔到最前方。這種行為嚴重違反規則和禮儀，同學們看呆了。

「什莫．希爾！」凱瑟琳修女斥責：「你知道不可以在走廊奔跑吧？」

「抱歉，修女。我是怕遲到了。」

「守時是好習慣，但你不就應該提早回教室嗎？」

「是，修女。對不起。」同時我心裡吶喊：「修女妳快開門啊！有一頭怪物要殺過來啦！」

「到隊伍最後面去，」她吩咐。見我站著沒動，修女又開口：「什莫，你聽見沒？叫你去最後面排隊。」

我踏著沉重步伐走到瑪麗．貝斯．帕特後頭。中庭另一邊，爾尼他們班都很乖，隊伍已經進入教室。大衛．弗瑞蒙這才從轉角狂奔過去，漲紅臉的他還是被莉干修女伸出手掌擋在門外，連忙緊急剎車。

「學生遲到必須填遲到單才能進教室。」她說。

「可是——」

「沒有可是。去校長那邊，跟她解釋為什麼你沒辦法準時從操場回教室。」

跨進有凱瑟琳修女保護的教室聖地前，我看見弗瑞蒙神情猙獰，又舉起拳頭敲打自己掌心。

4

放學鐘聲傳來，我搶頭一個排隊，還要同學動作快別吵鬧，等凱瑟琳修女開門立刻衝出去。紅階梯另一頭莉干修女也開門了，我猜大衛・弗瑞蒙為了讓我死也會搶在最前面。三步併作兩步下階梯，發現自己得救了：母親坐在藍色獵鷹敞篷車內，今天車頂沒放下。她戴著大而圓框墨鏡朝我微笑，披著白色頭巾在下巴打結保護頭髮，模樣很像好萊塢明星。

我趕快打開副駕車門鑽進去，不必她提醒自己就繫好安全帶：「好了媽咪，上路吧。」

「今天上課還好嗎？」

「很好。可以走了嗎？」

「午餐有沒有吃乾淨？」她拿走我的餐盒打開蓋子，我轉頭朝右看卻沒瞧見大衛・弗瑞蒙下階梯。「蘋果又沒吃。」

我探頭過去瞥一眼：「大概忘記了。」說完馬上再轉頭留意校門口，大衛・弗瑞蒙站在階梯頂端張望，搜尋我的行蹤。

「老是忘記，」母親叨唸：「再不吃蔬菜水果的話，以後裡頭就不放奶油捲了。」

「知道了。」

母親開始翻自己皮包，我趁機繼續提防弗瑞蒙。這回我們對上眼了，天知道我被什麼附身，可能是坐在自家車裡有母親陪伴，我竟然膽子大到朝他吐舌頭。

「什莫，你把這個拿去給凱瑟琳修女。」母親從皮包取出一張紙：「早上忘記放進你袋子了，沒有家長同意書你下星期沒辦法去動物園校外教學吧？」

我盯著同意書，底下是母親秀麗筆跡的簽名。「不行。」

「為什麼不行？」

「我……我身體不舒服。」

「不舒服？」

也不算真的說謊才對，那時候我真的想吐。「午餐時就覺得怪怪的，好像肚子有東西要噴出來。」

「什莫，那個叫做『嘔吐』。」

「喔，我想嘔吐。」我趕快補上。

「所以才沒吃蘋果？」

「嗯。」

「那怎麼不說呢？」

「唔，忘記了。」

母親伸手輕觸我額頭。「有點熱，」她又摸摸我下顎周圍與後頸：「脖子也黏黏的。」

「下星期再拿給修女就好了，先回家吧。」

母親嘆口氣：「趁沒忘記趕快交上去吧。」她轉身要開車門。

「別！」

她回頭瞪著我：「一下子而已。」

「我想嘔吐。」

「這麼嚴重？」

我往後一仰嘴裡呻吟。

「今天不交給修女，你可能沒辦法去動物園。」

左右兩難，我很想去動物園玩，但也很擔心會被大衛．弗瑞蒙殺掉。轉頭看看校門階梯，他已經不見蹤影。「感覺好一點了，」我說：「應該沒事了吧。」

母親蹙眉，摘下墨鏡：「確定？」

「可能肚子裡有氣。」我故意打了很大聲很長的嗝，這個只要我先吸夠氣隨時都能做到。

「什莫．希爾——」母親不悅。

「對不起。可是這樣舒服很多。」

「別養成習慣。」母親下車小跑步繞到後面，我一直盯著看，直到她上階梯進入校舍。一轉頭，大衛．弗瑞蒙那張臉貼在我這側車窗，我嚇一大跳邊叫邊縮，可是大腿被安全帶綁住根本動不了，最多只能在車廂裡躺下。弗瑞蒙手越過玻璃，只能抓到空氣。

「你死定了，魔鬼小子。」他罵道：「我要把你腦袋塞進馬桶沖個夠，然後慢慢殺掉你。」弗瑞蒙說完抬頭望向階梯頂端，露出冷笑慢慢退後到馬路轉角消失。

母親回到駕駛座，墨鏡搭在頭巾上。她仔細打量我之後問：「你真的沒事？臉白得像是看到鬼。」

「又有點不舒服。」我回答。

她眉頭一皺：「本來想開車過去艾迪那邊換機油。超過五百英里了，你爸一直嘮叨。」

艾迪？我立刻抬頭。「沒關係啦，」我再用力打個嗝：「對不起。」

5

除了父親的藥局，百老匯大道走到底快槍俠艾迪的修車廠是我最愛去的地方。他會帶我過去維修區看技工用液壓升降機抬高或放下汽車，還教我引擎各個部位叫什麼名字，說我學得很快，說不定以後可以過去上班。最令我開心的其實是每次回家前，艾迪會讓我從櫃檯管子抽一支同笑樂棒棒糖（Tootsie Pop）。雖然母親會叫我留到晚餐之後當點心，但感覺反而更珍貴。

艾迪穿著滿是油污的藍色連身工作服出來迎接：「H太太今天要處理什麼？」

「機油該換了一直忘記過來，麥斯唸了我兩星期。艾迪你能幫忙把我排進去嗎？」

「H太太開口哪有不能的事，都那麼熟了。」他轉頭朝車廠裡面瞥了眼：「停在二號吧，我馬上叫榮恩過去給妳換。」

母親如言將車子停進二號升降臺，帶我進去辦公室等候。

「我想去廁所。」我說。

母親蹙眉。我望向快槍俠艾迪，所有人都這麼叫他，只有母親例外，她說不禮貌。「艾迪，請問我可以用洗手間嗎？」

艾迪遞給我一呎長的木棒，他把廁所鑰匙繫在上面。「要是裡頭很髒就出來告訴我喔，小夥子？」

我把木棒當步槍架在肩上，在修車廠走道一邊轉彎一邊朝著只有自己能看見的納粹兵開火，然後找到標示「男士」那扇門。進去之後先看看牆壁與地面瓷磚，好像自己來視察。之前乾淨一點，但今天勉強能過關。小便過後去洗手——母親每次都會問。洗完以後回到辦公室，快槍俠艾迪已經不在櫃檯後面，母親也沒坐在紅色長凳，我自己走向維修升降臺，看見艾迪與另一個技工蓋瑞正在聊天，兩人背對我，眼睛盯著被架高的獵鷹敞篷車。

「伯靈格姆最棒的一對車頭燈。」快槍俠艾迪說。

「保險桿也挺不錯的。」蓋瑞哈哈大笑。

我與有榮焉。

「該找個機會把保險桿抬起來，拿我的油尺伸進去量一量，」艾迪繼續道：「給她來場畢生難忘的活塞運動。」

我開始不大肯定他們到底在聊什麼，但直覺知道話題並非那輛車。兩人挪了位置，我才明白怎麼回事：母親穿著白色毛衣站在技工旁邊，榮恩指著汽車底盤什麼東西，她前傾彎腰想看清楚。

我手中木棒落地砸出咔噠聲。

艾迪轉頭：「嘿，小夥子，廁所還乾淨吧？」

我撿起木棒還給他，沒有回話。

「應該是散熱器要換水管。」艾迪告訴我：「得稍微花點時間，你幫我把棒子拿進去掛在牆上好嗎？」

走進辦公室，蓋瑞抓了下我頭髮：「你好啊，小什莫。」

我將棒子皮繩圈吊在壁釘，過沒多久母親也回來坐下看雜誌，蹺腿時裙襬高過膝蓋。蓋瑞到櫃檯後頭了，似乎沒盯著母親看，但預防萬一我還是上前擋在中間。

三十分鐘過後，艾迪倒車出來，拿著紅色抹布將門把擦了一遍，然後為母親開好門：「H太太，有問題隨時過來找我們，期待下次見！」艾迪低頭朝我笑道：「欸，什莫，你忘記去拿一根棒棒糖了。」他回頭大叫：「蓋瑞！給小什莫拿棒棒糖來。」

「不必，」我說：「不想要。」

「什莫！」母親斥道：「不可以沒禮貌。這時候應該說『謝謝』才對吧？」艾迪臉上笑意不再，微微瞇起眼睛打量我。蓋瑞拿著棒棒糖小跑步過來從車窗上方遞給我：「小夥子你喜歡這個顏色的對吧？」

我只想趕快離開。

「什莫？」母親又開口：「要跟人家說什麼？」

「謝謝。」我接過糖果。

6

回家以後我又說人不舒服。一樣不完全是說謊。上樓回房之前，我把棒棒糖丟進廚房垃圾桶。沒過多久母親衝進我房間，甩了甩體溫計，接著坐在我床邊，一手將溫度計插到我舌頭底下、另一手舉起來看錶。就是此時此刻，我意識到母親在自己心中多特別。小孩大概都有這種本能，只是平常故意不當一回事。

母親將體溫計取出：「沒發燒呀，」她說完用手背碰了碰我額頭與臉頰確認：「白天在學校還好嗎？」

「還好。」我翻到旁邊閉上眼。

她出去以後，我自己躺著呆望天花板，上面有釣魚線懸掛飛機模型，週末與父親一起組裝的。忽然想起送報員常常堆滿笑臉親我媽。也有時候，母親放下車頂出門，一堆男人開車圍過來讓引擎轉得很吵。當初我都以為是因為覺得敞篷車新奇。

「別理他們就好了。」母親是這麼吩咐。但我忍不住偷看，發現那些人總是嘴角上揚、擠眉弄眼，用各種辦法引她注意。

「他是不是認識妳呀。」經過幾次我開口問。

「肯定不認識的。」母親回答。

「那為什麼人家要對妳揮手？」

「想飆車吧。」她說。

「可以嗎？」我脫口而出。

「當然不行啊，飆車違法又危險。汽車不是玩具，什莫你要記住喔。」

可是要我不注意到也難：每次紅燈變綠燈，我家這輛敞篷車總會搶第一衝出去。

然後想起快槍俠艾迪、蓋瑞還有他們聊的內容。那個年紀還沒聽懂什麼油尺和活塞，卻已經下意識察覺那不是什麼好話。已經有大衛．弗瑞蒙和畢翠絲修女找麻煩，又冒出旁人對自己媽媽說三道四，心裡實在很煩，不希望她再去那裡修車。

父親回到家，樓下傳出講話聲。今天懶得爬到床底聽他們談些什麼，事後推敲得出大概：母親說我不舒服、在樓上，但她覺得我沒生病，還有她去換機油了，花費高出預期，因為連散熱器的水管也得換。父親有點悶，他覺得自己來就好，不必花那個工錢。

幾分鐘以後樓梯間迴盪比較重的腳步聲，父親悄悄開門入內，房裡被床頭上百葉窗射進的光線照得一條亮一條暗。他也觸了下我額頭：「聽媽媽說你今天不舒服啊？」

「沒事。」

「沒事就好，不然晚上誰陪我看《峽谷情仇》⓫呢。」

「應該可以吧。」

「是不是上學碰上什麼事情？要說說嗎？」

⓫ 一九六五年開播的西部主題連續劇。

「沒有啦。沒事。」

「唔，可是如果要打賭，我覺得你一定有什麼心事。」父親拿起包裝完整的棒棒糖。

我坐起身：「爸，把保險桿抬起來、伸油尺進去量，這些都是什麼意思啊？」

他坐直身子：「你從哪兒聽到這種……」我還沒回話，他目光回到棒棒糖上：「原來如此。」

「到底什麼意思？」

他微微噘嘴：「就是該找別家維修廠了吧。」

7

大衛・弗瑞蒙無所不在。躲在柱子後面、趁我午餐在操場四周繞圈圈。每天出門前回家後都記得去廁所，我不敢碰運氣，要是又在學校洗手間被他們堵到就完蛋了。只有星期五上學比較開心，因為放學鐘聲一響就代表有兩天半時間不必擔心他像鯊魚忽然咬上來。某個週五午後，衝下校門階梯時，我看見母親與一位高挑黝黑的女性談話。

「什莫，」母親開口：「這位是坎韋太太，爾尼的媽媽。」

坎韋太太頭髮散開，好像包著臉蛋的黑色光圈。我照大人教過的伸出手：「妳好。」

「好有禮貌，」對方回答：「爾尼說了好多你的事情喔，什莫。整天一直講，什莫東什莫西的。」

「真的嗎？」我問。

「真的，」她說：「謝謝你一直跟爾尼當好朋友。」

「不客氣。」我雖然這樣回答，心裡其實有點困惑。跟爾尼交朋友應該是上學最簡單的部分了，而且該說謝謝的是我才對。沒有他，恐怕到現在我還離不開看臺。

爾尼跑下來人行道找我們：「妳問了嗎？她怎麼說？」

坎韋太太畫過的眉毛往上揚：「插話要說什麼？」

「對不起，」爾尼再問一遍：「妳問了嗎？」

「正在聊呢。」坎韋太太回答。

母親伸手放在我肩頭笑著說：「爾尼邀你明天下午去他家裡玩。」

「他講了一整星期。」坎韋太太附和。

好訝異。之前從沒被人邀去家裡過。「媽媽，我可以去嗎，拜託？」

母親笑得更燦爛：「當然可以啊。」

「方便的話，午餐前過來好了。」坎韋太太說。

「我們可以騎車嗎？」爾尼問。

「什莫有沒有腳踏車？」坎韋太太問。

「有啊。」母親回答。

「太好了，那明天見嘍。」坎韋太太說。

爾尼被媽媽帶著走向福斯金龜車，途中回頭好幾次。我倒是一下子忽然冷掉了，因為自己那輛單車是娃娃時代的東西，上面還有輔助輪呢。爾尼一看到大概會捧腹大笑，往後也不會再找我過去玩。

8

星期五晚上父親正好去藥局開會，所以我沒能告訴他要騎單車這件事。事後回想，我也不確定為什麼沒乾脆跟母親說，或許因為單車之類的事情她都會推辭吧。孩提時代的我並不知道家裡財務很緊，儘管藥局業務不差，父親還有創業和房屋貸款要繳，其實新單車對當時的我家非常奢侈。

翌日清晨我自己早起。父親看見我穿得整整齊齊坐在廚房桌邊露出會心一笑：「你是不是太緊張啦？」

「要去爾尼家。」我回答。

「聽你媽說了。今天早上不看卡通了嗎？」我根本忘記週六晨間卡通這回事。「還有時間吧，」父親繼續說：「我們泡個穀片粥吃？」

嚼了嚼幸運符（Lucky Charms）穀片粥吞下肚，我放鬆之後輕巧得像野牛似地切入正題：「爾尼說要騎單車。」

父親手裡湯匙停在半空：「單車啊？」

我怕他沒聽出弦外之音還特地皺起眉頭。他立刻瞥了牆上時鐘，把碗放進水槽。「你媽在洗澡，」父親說：「跟她說我有事先出去一下。」我還來不及追問單車的事，他直接衝出家門。

幾分鐘後，換母親進廚房，頭上還包著毛巾：「你爸呢？」

「他叫我跟妳說，他有事先出去一下。」

輪到母親抬頭望向時鐘：「這種時間？」

十一點半，母親準備帶我過去爾尼家，我就到車庫搬出舊單車。其實心裡想的是乾脆把單車推到街上給汽車撞壞算了，但又怕母親覺得我不懂事就不讓我去找爾尼玩。舊單車好小，我腳一抬就跨過座位了，真的坐上去膝蓋沒空間伸展，踩得很辛苦。感覺臉是丟定了，只希望母親至少知道怎樣拆下輔助輪。

她走出前門，穿著短褲T恤，墨鏡搭在頭頂。「你爸怎麼沒開敞篷車出去？」

我滿腦子只有自己的問題，根本沒留意到這點。明明是週六，獵鷹卻還停在車道上，車庫裡倒是空了個位置，克萊斯勒旅行車被開走了。

「媽咪，妳知不知道怎麼拆輔助輪？」

話才說完，忽然聽見熟悉喇叭聲，回頭一看旅行車從外頭行道樹間進入我家車道。穿著藥局白罩袍的父親跳下來，母親看他的表情好像他瘋了一樣。「你怎麼回家了？那誰看店？」

「有件事情得先處理。」

「跟我說不就好了嗎，我可以幫忙啊。」

父親將旅行車後擋板拉開：「是去幫什莫買東西。」他搬出一架全新施文（Schwinn）腳踏車，消防車紅，我那個歲數所見過最亮眼的外形。父親將車放在我面前，撐起腳架後自己退到旁邊。

我繞來繞去檢查，還不相信是給我的禮物。兩個輪子都裝了擋泥板，輪輻上有反光鏡，最重要的是沒輔助輪。

「有車牌喔，」父親提醒。我走到單車後方，發現一塊小小白色金屬板，上面紅色字體刻著我名字：**什莫**。「還有，你看，把手有燈，你踩踏板的時候自動發亮。喜歡嗎？」

我點點頭說不出話來，一會兒之後跑過去頭埋在他肚子：「謝謝爸。」

「也要謝謝媽媽喔。」他說。

我過去抱著母親：「謝謝媽。」

「當作提早送聖誕禮物吧。」她說。

「這樣聖誕老人晚上可以省點力氣啦。」父親附和。

我無所謂，當下覺得一輩子不再有聖誕禮物也沒關係了。

「騎得上去吧？」父親問。

我爬上坐墊、踢起支架，在車道邊兜了幾圈。沒輔助輪，但不妨礙我平衡。

「座位會不會太高？」

「不會。」我回答。

「試試剎車，」父親吩咐。我按了下，輪子立刻靜止。「不會卡吧？」

「不會，」我接著問：「這個是？」扣下控制桿，車鈴響了起來。「酷！」

「你還是趕快回去開店吧，」母親提醒：「付不起的話就得退款了。」

父親和她親了下，過來抓抓我頭髮。「你跟爾尼好好玩，」他說：「晚上要告訴爸爸今天幹嘛去了喔。」

我在人行道上騎腳踏車，母親或散步或小跑步亦步亦趨。她不讓我騎上馬路，途中車流比較多的只有王者大道。它像個四線道的雲霄飛車將伯靈格姆市分為東西兩半，左右長有許多尤加利樹，樹根導致路面起伏不定。這天之前無論走路或騎車我都沒穿越過王者大道，畢竟沒理由出門。在轉角等綠燈以後直接過去了，沒什麼特別。

好幾個轉角與路口後，我看見爾尼騎單車在一條短短車道上來回，碰壁了就U形大迴轉。他也看見我了，將單車丟著直接跑過來。他母親追在後頭：「爾尼！講過多少次，不可以隨隨便便把車子丟在路上？」

「好酷的單車！」爾尼一過來就大叫，我心裡非常得意。

母親與坎韋太太聊了片刻，對方問她是否共進午餐，我警戒起來望著兩人。是我跟爾尼開開心心一起玩耍的日子，不需要媽媽在旁邊監視。

「還有點事情要辦，」她回答：「什莫該回家的時候麻煩妳打個電話給我吧？」

坎韋太太做了水煮熱狗、薯片搭配葡萄汁，在他家後院野餐桌吃。中間爾尼逗我笑過頭了，果汁從鼻孔噴出來濺在衣服上，但我一點也不在乎。吃飽以後他說想要玩棒球，我和爸爸試過幾次，但無論接球投球都不大行。

「沒帶手套。」我說。

「我有兩副！」爾尼不等我再想藉口，衝進家裡車庫取出兩副用了很久的手套、球和球棒，以及兩頂黑底橘字的巨人隊棒球帽，一個直接往我頭上套。我東張西望，混凝土平臺旁邊草坪很小。

「會打破窗戶。」我又說。

「去公園，」爾尼回答：「過馬路就到了。」他說完往前院跑過去，兩輛單車還放在那兒。

「不用和你媽媽說一聲嗎？」

「沒關係啦，我知道路。」

我只好將手套掛在單車手把跟著走。「多遠？」

「很近。」他踩起腳踏車上街。

小村公園（Village Park）是不遠，但道路拐來拐去還得轉好幾個彎。到達之後，爾尼進了鐵鍊圍籬直接把車停在草地，我小心翼翼放下腳架免得新車留下一丁點刮痕。

公園裡只看到一個人遛狗、一堆情侶躺在野餐墊上讀書，其餘空間都是我們的了。爾尼和我找了面朝南邊的角落，圍籬和附近兩層樓房子一樣高，聽他說是之前棒球玩家刻意搭的，球打到圍籬就會彈回來。

「我先。」爾尼說。

這倒是叫我鬆口氣，我其實不知道他打算怎麼玩，只能呆呆站在圍籬下面看著爾尼走到大約四十英尺（十二公尺）外扔下手套。「好了嗎？」他叫道。

「好了！」不知道為什麼我跟著扯起嗓門。

爾尼將球往上拋，落下時棒子一揮。球快速飛來，我站在原地心想軌跡很漂亮，然後看著球掉在幾呎外。

「你不是該接住嗎！」爾尼又叫道。

還好腦子轉得快，我立刻說：「以為只是練習啊。」

「丟過來吧。」

我拿了球，像父親教過那樣擲出去。飛得不遠，落在爾尼右手邊。他跑去撿回，再打擊一遍，這次我戴上手套撲過去，但球還是從我頭頂掠過滾向圍籬。我覺得很窘，臉應該紅了，但爾尼笑著給我打氣：「還不錯，再來！」

試了十幾次，我沒半次接得到。爾尼同情我了，「換手吧。」我也不想表現得更差勁，放下手套拿起球和球棒，模仿爾尼的動作，但只打到空氣，球掉在腳邊。

再嘗試一次，雖然棒子碰到球了，但球只是滑出去滾到草坪另一頭，停在我前面十英尺（三公尺）左右的地方。「我撿。」我邊叫邊跑。

「從那邊打吧，」爾尼說。兩個人相距不到二十英尺。「而且你要丟高一點啦。」

照他說的，我才發覺原來把球扔高些會有更多反應時間。所有環節都對了，我用力揮出球棒，球隨著清亮一聲「鏘」飛向天際，比剛才爾尼每一球都更高更遠，看得自己也傻了眼。而且球沒被圍籬擋住，斜斜往上劃過頂端，接著聽見的毫無疑問是玻璃破裂。

爾尼拔腿狂奔。

沉醉在漂亮打擊的我沒當場意識到事態急轉直下，轉頭看見爾尼竄向公園另一頭，跳上自行車用力踩。我腳力沒他那麼快，還得帶著手套和球棒穿過草地，完全沒辦法追上他。到了新單車旁邊，爾尼已經逃了半條街。慌張中我手套掛不穩、腳架踢不動，勉強坐上去了腳還踩空，差點連人帶車翻倒。雙手用力推、一腳蹬地一腳勾著車身，好不容易踩穩踏板，球棒用把手卡住，卻驚覺自己不知道怎麼回去爾尼家，騎到王者大道才明白自己迷路。轉角沒有紅綠燈，不是母親帶我走過的地方。

我知道自己家是巴爾博亞街，在王者大道另一邊。穿過去的話，應該能夠找到回家的路才對。於是我跳下單車，等車流出現空隙，探頭出去卻意識到對面兩線也會有車。我退回轉角，等了一陣子找到大空檔，用力將單車向前推，同時左顧右盼注意車子。走到一半，有輛車子逐漸逼近，我趕快加速，手套卻從把手滑到地上。想要撿手套可麻煩了，不是慢慢放腳架就是直接讓單車倒在路面。眼看汽車越來越近，我既不願讓爾尼的棒球手套被輾過，又捨不得犧牲新單車，靈機一動想出了辦法：手繼續推單車，腳把手套往前踹。踹第二下的時候，那輛車很接近了。踹第三下把手套踹進路肩小水溝，裡頭堆滿尤加利樹葉樹皮。駕駛按了喇叭，我再使勁推，單車輪胎翻過路緣石爬上人行道。

成功了，我一個人也能穿越王者大道。暗自慶幸、喘了口氣以後我把爾尼的棒球手套重新掛回把手，繼續沿著這條街往前騎，看見雷伊公園裡熟悉的棒球場和綠色擋球網。太好了，離家只有兩個路口，雖然今天可能有點不守規矩，但能自己好好回到家應該不會受太多處罰吧。就在我心裡舒坦呼吸順暢的同時，背後傳來那個聲音。

「喂！是魔鬼小子！」

9

大衛．弗瑞蒙帶著兩個惡棍跪在球場三壘球員休息區，後來我才知道他們會拿放大鏡點燃小堆枯葉當遊戲，還燒螞蟻與甲蟲取樂。那天我運氣很背，把風的湯米．列夫科維茲抬頭時我正好經過，他一大叫三個人都發現。找到遠比燒蟲子好玩的事情，他們立刻跑向自己的單車。

生存本能馬力全開，我全力踩踏，對方也快速沿著對面菱形鐵絲圍籬逼近。他們得穿過外場草坪，我的優勢是混凝土地面。就在暗忖或許有機會平安回到自家車道的時候，大概也是生存本能所致：我回頭想知道他們距離多遠，結果反而心神渙散，腳又從踏板滑落。帆布鞋鞋尖碰到地面，抓地力出乎意料很不錯，車子一剎我整個人向前跌出去。推開腳踏車要起身時，弗瑞蒙騎過來一個急剎，後輪朝我濺出沙礫。

他放下單車，揪提我衣領推向公園，新車和球棒被列夫科維茲接管。弗瑞蒙把我逼到煤渣磚公共廁所前面，起初以為他記得自己說過的話，認真要灌我馬桶水，結果卻又走到廁所後面。從公園各種遊樂器材的角度都看不到，下午帶小孩來玩的家長也不會經過這裡。

「抓緊他。」

歐雷利和列夫科維茲一左一右扣住我手臂。弗瑞蒙走向我那輛剛剛才摔過的新單車，拾起旁邊的球棒。

「魔鬼小子你車不錯嘛。」

第一棒砸壞手把燈，第二棒砸壞車牌。弗瑞蒙不停揮舞，打掉了鏈條、反光鏡與輻條，歐雷利與列夫科維茲在旁邊哈哈大笑。最後一擊他保留給車鈴，敲出的旋律好淒慘。

弗瑞蒙丟下球棒重重喘息，滿頭大汗冷笑的模樣像隻瘋狗。可是我記得當下自己莫名冷靜，或許接受了命運，反正無能為力，準備好被痛毆一頓就是。又或者承認朝著弗瑞蒙撒尿、後來又吐舌頭，都是自找的。再不然，眼睜睜看著弗瑞蒙砸爛新車，我不在乎自己有什麼下場。以前總覺得不外乎這幾個理由，說不定三者皆有，但認真回想才察覺到事實並非如此：那時候心裡覺得自己活該，誰叫我是紅色眼睛的魔鬼小子，身為異類註定受苦，就像父親說過的那樣——世界於我只有殘酷，大衛．弗瑞蒙恰巧第一個出手罷了。

他拳頭往我腹部招呼，我膝蓋一軟，肺裡的空氣全吐出來，沒有歐雷利與列夫科維茲架著的話早就癱了。奇怪的是明明這麼痛，我卻好像鬆了口氣——只是好像而已。事實上太疼了，換不過氣，無法呼吸，而且大衛．弗瑞蒙沒給我時間喘息，兩手握拳朝我臉頰肚子一下接一下，我像自己的腳踏車一樣被徹底砸爛。

10

我不知道那頓打持續多久、什麼時候或者為什麼會停下來。可能弗瑞蒙累了，可能歐雷利和列夫科維茲孬了。印象中兩人一開始神情得意洋洋，但笑意逐漸褪去，看著弗瑞蒙狂風暴雨的痛毆同時交換猶豫眼神。砸爛腳踏車是一回事，砸爛別家小孩是完全不同的遺傳傾向——極度原始衝動的情緒，缺乏罪惡感和悔悟，不具正常人的同情心。

「他應該怕了啦。」不知道誰先開了口。

「抓好他，不然就扁你。」弗瑞蒙回答。

「流太多血啦，你自己衣服上都是喔！」

說不定這才是弗瑞蒙住手的原因。或許那個年紀的他已經生出罪犯直覺，懂得避免留下行凶證據。

我倒在地上抬不起頭，聽見三個人踩過地上礫石，上了腳踏車揚長而去。一個人被留在煤渣磚公廁後面，我左眼腫得睜不開，嘴裡瀰漫鮮血的金屬氣味，下唇完全沒知覺。伸舌頭舔了下，發現有道傷口，非常刺痛。後來我勉力起身，搖搖晃晃走向壞了的單車，怎麼抬起來、怎麼讓輪子轉動的沒印象了，卻清楚記得公園裡面明明有幾個母親在場，推兒女玩盪鞦韆或坐在長凳休息，還有一男一女本來裹著浴巾做日光浴，見我走回圍籬邊特地坐起身。再來是一名男子牽著狗與我擦身而過。

父母說這對紅眼睛只是種特殊「狀況」，但我切身體會到不只如此。我天生不同，而且沒辦法隱藏。

扶著腳踏車在人行道跌跌撞撞，儘管距離家裡才幾個路口，那時候我覺得這是一段千辛萬苦的旅途，自己可能無法生還。不過出了公園，還沒到第一個路口，藍色獵鷹敞篷車朝我慢慢駛來。母親應該是從駕駛座站起來了，所以臉探出擋風玻璃左右張望。坎韋太太蹲在副駕座，也不斷環顧四周。後座看得到爾尼腦袋瓜頂端。

母親發現我那瞬間彷彿時間暫停，整個人呆掉了。我記得她皺著眉頭，好像認不得我；在我印象中，她閉上眼睛好幾秒，後來回想其實應該只是一眨眼。車門被猛然推開，她鑽過停在路旁的車子，捂著嘴巴淚流滿面。記憶中還有她嘴唇抖動朝我伸出手的那一幕：「怎麼回事？天吶，究竟怎麼回事？」

當然可以全部說出來，只是那個當下我察覺母親並不是真的在問我。發生什麼事情她自己看得一清二楚，哭訴的對象是上天，是她滿懷信心的主。哀慟之中，母親只想簡單問一句：「敬愛的天父，這是為什麼？」

我沒辦法給她答案。

11

誰幫忙將腳踏車放進行李廂的我不知道，猜想大概是坎韋太太。母親抱著我不放，將我送進後座才甘願鬆手。爾尼鑽到另一邊靠著扶手，雖然低著頭但我能看到他臉頰都是淚。後來我聽說大人根本不准他一個人騎車去小村公園，其實他提議要去玩的時候我心裡有數，只是沒開口戳破。畢竟自己也想出門探探險，假裝是個平凡的孩子、與朋友平凡地玩樂。

汽車往家裡開，途中感覺幾根手指搭上肩頭試探，我沒有理會。爾尼將手縮回去。我不怪他丟下我一個人落荒而逃，也不認為事情變成這樣他該負責。不願與他目光交會是覺得太狼狽太尷尬，保護不了自己，被唯一一個朋友看到軟弱無助可憐兮兮的模樣。

母親直接開到慈悲聖母醫院急診室前面，沒去停車也沒熄引擎，一跳下車就把座位向前扳。「什莫，來，」她柔聲將我摟進懷裡，穿過玻璃自動門便揚聲叫道：「我兒子受傷了，拜託幫忙一下。」

一位護理師上前與母親合力將我抱上輪床，推過日光燈照亮的走廊進入有簾子的隔間。「請問發生什麼事？」她問。

「我也不清楚，」母親回答：「看起來好像是從單車摔下來，或者被車撞了？他去朋友家玩，出事了到現在都沒說話。寶貝，看看我呀，寶貝。」

「請問孩子叫做？」護理師將我從輪床移到一般病床。

「什莫。」

護理師低頭望過來，一如往常也微微瞇起眼睛。她很快別過臉：「什莫，你幾歲？」

「七歲。」我嘴唇仍舊麻木，講話不大容易。

「上什麼學校？」

「慈悲聖母。」聽起來口齒不清。

「身體哪裡痛？能告訴我嗎？」

問我哪裡不痛比較簡單，但我還是乖乖指了幾個地方，護理師複述出來：「眼睛、嘴唇、肚子、手肘，還有膝蓋。兩邊膝蓋都痛嗎？什莫，你怎麼受傷的呢？」

我沒出聲。

「什莫？」護理師語氣溫和：「你怎麼受傷的？」

母親看著我，臉皺了起來，顯得十分擔心。如果不講話是為了避免母親心疼該有多好，但我無法自欺欺人。沉默是因為懦弱，因為想自保，因為大衛・弗瑞蒙那雙拳頭讓我體悟這世界的冰冷殘酷。父親母親無法永遠陪在身邊。母親抱我抱得多緊、愛我愛得多深都不足以抵抗外人對我的惡意，她那些禱告看來同樣沒用。同時我不禁開始質疑自己的信仰、母親口中的天主旨意，什麼樣的神會讓一個幼童有這種經歷？

「從腳踏車摔下來。」我開口。

12

護理師剪開我衣服褲子還沒破的部分，給傷口做了清潔消毒。有點刺痛，但比起弗瑞蒙的拳頭都不算什麼。戴著銀框眼鏡、留著銀色頭髮的醫師進來，聽診器放在我皮膚上感覺冰冰涼涼。

「深呼吸。」他重複好幾次，金屬圓盤在我胸部背部不斷游移，又將我手腳擺了幾個角度、要我蜷曲手指腳趾。接著探了探我腹部，還有點痠。最後他按壓我肋骨。

「會痛？」醫生問：「是刺痛嗎？」

「有點痠而已。」我說。

醫生取出冰棒棍抵住我舌頭，用手電筒照我瞳孔，要我視線追著他手指移動。「唔，」他解釋：「應該沒大礙，照兩張X光就好，目前看來都是皮肉傷。你頭怎麼樣，會頭痛嗎？」

「一點點。」

醫生轉頭告訴母親，「不像腦震盪，如果嘔吐了就帶回來檢查。今天晚上他睡著之後去搖醒，問幾個問題試試看。」他望向我：「很勇敢喔，什莫。應該流了滿多血吧？」

我點頭。

「是不是撞到東西了？」

「沒有吧，」我回答：「好像是滑倒。」

「滑倒？」

「可能是樹枝，我拐了一下沒抓穩。」

「但是沒撞到東西？」

感覺得到醫生開始懷疑了。母親說過神父會保守秘密，就算告訴他們自己做了什麼天大壞事也沒關係，醫生是不是一樣我就不曉得了。

「應該沒有吧。」我說。

「好吧。棒棒糖還吃得下嗎？」他從口袋掏出一根紅色的。

「可以吧。」我說。母親也沒叫我晚餐後才吃。

醫師說要與她去走廊談，兩人出去之後護理師給我包紮，在膝蓋、手肘、頭頂纏繃帶，左眼上方傷口也遮住了。「感覺摔得很嚴重。」她說。

「很痛。」我附和。

「嘴巴撞到把手了？」

「沒印象。」

「坐起來看看。」她說。

這時瞧見鏡中倒影，與自己想像的傷兵造型差不多。上衣沾了血被剪開丟掉，護理師找了件寬鬆藍袍子給我。她說這叫「刷手服」，醫生也會穿。就在她幫我將衣服套過頭頂時，忽然湊到耳邊悄悄說了句：「什莫，面對愛你的人，不要害怕說實話。」

「都好了嗎？」醫生帶著母親回來。

護理師朝我眨眨眼：「好了。什莫是個英勇的小士兵。」

母親問我能不能起來走路，還是想要坐輪椅。受到關愛的感覺也不錯，所以我就坐了輪椅。

回程中爾尼母子一直沒出聲，到了他家門口坎韋太太才開口道歉。「是爾尼不好，」她說：「我們叫他不要一個人騎車亂跑的，真是抱歉。我應該……」

母親態度很客氣：「小孩子難免。」話雖如此，她也沒下車與人家告別。爾尼和我沒講到話就分開，車上路以後我轉頭看見兩人在路邊目送。他舉起右手怯生生揮了揮，我手裹著繃帶無法回應。

13

母親陪我上樓換了睡褲，藍色的醫生袍我不想脫。爬上床以後，她居然舀了一球拿坡里冰淇淋來，說我舌頭嘴唇受傷的話可能吃這個比較舒服。小時候的我哪會想反駁這邏輯？她坐在床邊神情很淒苦，見我開始挖來吃伸手撫了撫我頭頂。「什莫，能不能跟媽媽說一下事情經過，到底怎麼了？」

我把匙子含在嘴裡拖延時間：「有點記不清楚。」

「醫生叔叔說你受的傷不像只是摔車而已。」

於是我肯定醫生和神父不一樣。

「是不是有人對你做了什麼呢，什莫？你被打了嗎？」

我讓冰淇淋融化以後滑入咽喉。

「什莫，說出來沒關係，媽媽不會再讓別人欺負你。」

唉，我很想相信她。我也希望她的禱告能保護自己，為大衛．弗瑞蒙的恐怖統治劃下句點，往後生活平安順遂。可是我心裡明白：終歸是要回去學校的，大衛．弗瑞蒙還是會在那兒等著我。

「意外而已。」我回答。

母親拍拍我手臂便下樓了，房門沒帶上。走之前說有事情叫一下就好，平時都不准我扯嗓門。

床頭櫃上有一本《基度山恩仇記》，讀起來很辛苦，裡頭的詞彙比課本單字還難發音，但是讀了幾次以後逐漸適應。我放下冰淇淋，開始想像愛德蒙．唐泰斯承受的苦難和他的復仇。真希望自己能和他一樣，找到寶藏改頭換面，靠財力和權力擊垮大衛．弗瑞蒙與兩個跟班。然而立刻一個念頭粉碎幻想：我是沒辦法偽裝身分的人，這雙眼睛誰也瞞不了。

接著我想起自己的祈禱撲滿。儘管充滿質疑，我決定做最後一次嘗試。「主啊，拜託，」我在心中拉開塞子讓所有禱告掉出來：「請讓我和大家一樣有雙褐色的眼睛。」

自己唸唸有詞同時聽見床底下通風口傳出窸窸窣窣的低語，坐起來以後聲音還在。我溜下床走到樓梯間，第三次聽見停住腳步，鬼鬼祟祟再下兩級，靠沒腫的眼睛從欄杆縫偷窺。有時候父母要我睡覺，但我還想看電視，也是這樣躲在樓梯。電視沒開，是母親坐在墊子上背對我，身子搖搖晃晃不知道是不是胃痛。「萬福瑪利亞，祢充滿聖寵……」我聽見母親忍著抽噎繼續祈求。

不知何時外頭傳來旅行車引擎聲，因為停頓了一陣才啪嚓作響特別引人注意。父親回家了，我也發現自己漏算一件事：腳踏車。我跟大家說是自己跌倒，父親聽了會怎麼想？總之還是先緩緩起身，走路膝蓋會痛，只能一小步一小步回房間。爬上床鋪，跪在床頭櫃上隔著百葉窗往外看望，父親下車之後首先是卸貨，每週六都會拖一大袋要清洗的白色工作袍回來。然後他就看見了——早上還是全新，而且聽我媽語氣應該很昂貴的腳踏車——現在已經變成破銅爛鐵。父親一把抓起車子丟出去，單車飛過母親的花圃掉在院子草坪上，面紅耳赤咬牙切齒、握緊的拳頭不斷發抖的氣憤模樣我以前從來沒見過，嚇得心驚膽跳。

他走到門廊遮雨棚下，我趕快下窗臺回床鋪，拉起被子蓋到下巴之後卻想起碗還擱在床頭櫃上，裡頭有冰淇淋融化的痕跡。都弄壞單車了還有點心吃，給父親看到了豈不更要暴跳如雷，我又趕快掀開被子，想著是不是將碗捧到走廊對面浴室，但決定直接藏在床底下。

前門被撞開，力道大得我床頭窗戶震動起來。「妳有沒有看到，他的腳踏車——」父親叫道。

「我當然看到了。」母親語調很鎮定。

「壞成那副德行！」

「我打電話問了單車行，之後送去看看修理要花多少錢。」

「不光是錢的問題，梅德琳。這不一樣，全新的東西啊。」

「重點不是單車吧。」

「說得對，重點不是單車，是他媽的究竟誰幹的好事。」

「別說髒話，什莫會聽見。」

「不能就這麼算了。」

我腦子裡開始算自己小豬撲滿裝了多少——不是禱告撲滿，是桌上那個真的存錢筒——怎麼算都差太多。

「他在樓上？妳有看一下嗎？」

「剛才拿了冰淇淋過去，」母親回答。我一聽只好皺著眉頭再把碗取出來放到櫃子上。「醫生說沒大礙。」

「但是又說腦震盪？」

「只是擔心有可能而已，叫我們晚上多留意。你上去看看吧？」

別了吧，真是餿主意，我媽在想什麼？讓我爸留在樓下喝他的雞尾酒讀他的報紙吃他的晚餐啊——今天有他最喜歡的烤雞，等他吃完我也睡著了。

睡著？好辦法。小孩不想被罵，最好的掩護就是睡覺。

父親上樓，我閉緊眼睛調整呼吸，耳朵聽見他停在門口、又感覺他走進來站在床邊。絕對不能睜開眼。

「什莫？什莫！」他伸手搖我，我打定主意不理。看我沒立刻反應，父親竟然吼了起來：「梅，梅！他不大對勁！」

我彈了起來，但父親已經衝進走廊朝樓下叫道：「梅妳過來看看……叫救護車好了。」

「不必啦，我沒事。爸，我沒事！」

母親跑上樓，父親回頭進房喘了好大一口氣，整個人像是癱軟在床緣上。

「怎麼了？怎麼回事？」她追進來就摟住我腦袋，連珠炮問了一堆問題：「什莫，你知道自己幾歲嗎？上的是什麼學校？認不認得我啊？天吶，是腦損傷嗎！」

「沒有啦，媽，沒事，我很好。今年七歲，上慈悲聖母學校。」

她轉頭拍拍父親肩膀：「耶穌、瑪利亞、約瑟夫保佑。你大驚小怪什麼啊？」

父親用掌跟揉揉眼睛。「他剛才眼睛一直沒睜開，也沒有反應，」他看過來：「什莫，為什麼不講話呢？」

我忍不住哭了，這回眼淚貨真價實。「怕你會罵我。」

他起身繞到床另一邊與母親站在一塊兒：「罵你？我幹嘛罵你？」

「我把車子弄壞了。」

「唉，什莫……」兩人同聲嘆息。

「什莫，腳踏車沒關係，」父親坐下來告訴我：「那種東西可以買新的，但你不一樣。世界上只有一個什莫，沒有哪間店買得到你啊。」

「我看見你把車子丟到草坪上，整張臉氣紅了，還在樓下罵人。」

母親雙手環著胸口朝他挑眉。

「不是生你的氣啦，什莫。是覺得……怎麼會有這種事呢，覺得碰上這種事情不開心而已。」

「不開心也不可以罵髒話喔。」母親提醒。

「嗯，不可以。」他附和。

母親轉身下樓：「我去煮晚餐嘍。」

父親手肘撐在大腿上盯著硬木地板：「什莫，我看到廣場那邊有空手道館，裡頭很多你這年齡的小朋友，更小的也有。找天帶你過去看看吧，」他轉頭過來：「有興趣嗎？」

我聳肩：「可以啊。」

「爸爸大學打過拳擊喔，有跟你說過嗎？」

我搖頭。雖然父子倆星期五晚上一起看拳擊節目，他倒沒提過自己有練，這個我比較好奇：「你打得怎麼樣？」

「勉勉強強啦，」他說：「但教你幾招，像怎麼擋人家拳頭、怎麼出拳還擊，還是沒問題的。」

拳頭是我那天最不想聽見的兩個字，可是心裡知道父親希望聽見什麼回應。「嗯，好啊。」

電話響了，母親在下面叫道：「千層麵剛烤好要拿出來，你幫忙接一下好嗎？」

我聽了精神一振，母親的千層麵是週末才有得吃的招牌菜，舌頭趕快在嘴裡轉了一圈，暗忖嚼麵條應該不至於太疼才對。父親隔著被子拍拍我的腿以後進走廊拿起分機話筒。

「你好。」他應答以後聽了好一會兒：「謝謝你，卜羅根神父。」

是慈悲聖母的教區主任，我下意識坐直。

「嗯，完全正確。」父親停頓片刻：「現在好些了，多謝關心。神父你怎麼知道的呢？」又一陣沉默。「原來如此，今晚嗎？好，我們會過去。什莫嗎……」他從走廊望進我房內，「我想應該沒問題，什莫也該親自到場。」

一句話又讓我胃口盡失，連母親的千層麵也救不回來。

14

晚餐時間，母親一直在餐盤裡撥千層麵，沒糾正我坐姿，也沒要我手肘挪到桌面外，連我咀嚼時張開嘴巴也不管，其實我是嘴唇腫了不得已。三個人沒聊我今天怎麼樣、我父親店裡怎麼樣，沉默得令人心慌。我有點忍不住想問：為什麼得去見卜羅根神父？想想覺得算了。既然大家都沒胃口，母親靜靜收了餐盤放進水槽，但也懶得洗。

「要給什莫換衣服嗎？」母親問。

父親盯著我看。

「麥斯？」水槽前的母親轉頭。

「不必，」他回答：「什莫現在這樣剛好。」

剛好？我樣子像是打完美國革命戰爭，肩上揹著國旗、頭上裹著紗布，走路還跛腳。這德行面見教區主任感覺不成體統，但母親沒講話，我覺得自己也別多嘴比較好。

獵鷹停在教區宿舍前面。我身上還是藍色刷手服與睡褲，褲腳太長垂到磚塊路面，走起路十分彆扭。一位女士出來迎接，領我們走過以彩繪玻璃和大紅色地毯裝飾的走廊，氣味像地下室，燈光也同樣黯淡。半途她忽然轉身，示意我們走進開著的房門。

我僵住了。

坐在長桌一端的人是大衛．弗瑞蒙，身穿白領襯衫與紅色毛背心，簡直像是唱詩班。他瞇起眼睛，我想是種警告。弗瑞蒙太太坐在一旁，看見她的蝴蝶袖我又想起上次在校長辦公室糟糕透頂的經驗。今天大衛身邊多了個男的，又高又壯，體型之巨大我前所未見，簡直是長了頭髮、戴著粗黑框眼鏡的消波塊。他一瞧見我就吹鬍子瞪眼。桌子主位是卜羅根神父，左側畢翠絲修女面色蒼白得詭異。

神父起身歡迎，他身穿一襲方濟會長袍，腰間繫著白索並掛上玫瑰念珠，銀黑交雜的眉毛微微蹙成一個倒V形。開口之後先是感謝我父母同意前來會晤，接著目光轉向我。

「什莫，」他問：「也很謝謝你跑這一趟。身體應該還好吧？」神父的愛爾蘭口音濃得讓人聯想到糖漿。我說感覺還行，頭頂被他輕輕拍了下。「乖孩子。」

回到主位以後，卜羅根神父請我們也入座。母親先看了畢翠絲一眼：「修女，妳好。」有人搭話似乎造成她驚慌失措，兩眼無神地聲音微弱答道：「妳好。」父親沒打算與她交流的樣子。我察覺氣氛有異，直接拉了一張高背椅坐下。

「什莫，」母親開口：「要有禮貌，跟畢翠絲修女問好啊。」

我很想說「爸就沒講話啊」，但還是從卜羅根神父背後繞過去伸出手。這時候嗅到一個刺鼻氣味，暗忖神父是不是噴了太多古龍水，可是印象中第一次見面完全沒聞到。

「畢翠絲修女妳好。」

她與我握了手之後微微點頭：「什莫你好。」

卜羅根神父一坐回去，弗瑞蒙太太立刻尖聲叫道：「我不知道那孩子究竟說了我家大衛什麼壞話，但我跟你保證我兒子和他受傷半點關係也沒有。我問過了，大衛完全不知情。」

卜羅根神父撫著下巴一撮黑色鬍子等我就定位。椅子太大，感覺我在上頭好小一個。

「什莫，知道為什麼今天晚上請你過來嗎？」

「不知道，神父。」

「你把自己傷得挺重。」

「嗯。」

「什莫，我問你：你是怎麼受傷的？」

克制不住，眼睛就是會飄向大衛・弗瑞蒙，即使他眼睛瞇成一條線發出無聲恫嚇也沒用。我連吞口水都哽在喉嚨。

「什莫，在這裡老實說沒關係，沒有誰會傷害你。」

弗瑞蒙眉心緊蹙。

「我……我從腳踏車摔下來。」

畢翠絲修女和弗瑞蒙太太似乎同時鬆了口氣，但卜羅根神父臉上卻蒙了一層陰霾。

「你確定嗎，什莫？」

這可真是兩難。我知道說謊不對，更覺得對神父說謊大概註定下地獄回不來。再挨大衛・弗瑞蒙的揍很可怕，下地獄永恆焚燒卻也同樣恐怖。我侷促不安，過了幾秒鐘才看見隧道盡頭有道光：從腳踏車摔下來，理所當然會刮破手腳，卜羅根神父問的不也如此而已嗎。

「騎車不小心。」我回答。

「真叫人同情。」弗瑞蒙太太嘴上這麼說，語氣卻聽不出半分同情心。

「沒有要妳開口。」神父斥道。

弗瑞蒙太太嚇一跳，室內空氣彷彿瞬間下降二十度（攝氏五度）。

「大衛，」卜羅根神父望過去：「輪到你了。我希望你思考清楚再回答，準備好了嗎？」

他點頭。

「什莫今天受傷，和你有沒有關係？」

這問法完全不同，幸好不需要我回答。我身子前傾，母親也一樣。她雙手交握放在腿上，指節有點發白。長桌兩側感覺一觸即發。

大衛．弗瑞蒙毫不遲疑：「沒關係啊。」

無論如何，至少我肯定大衛．弗瑞蒙要下地獄了。

卜羅根神父先抿起嘴，接著又問了一遍：「你確定要這樣回答？」

「我沒碰他半根汗毛。他自己連車都不會騎怎麼能怪我。」

神父低頭看著桌面，雙手抹平寬八吋半、長十一吋的文件。再抬起頭，他直接望進我眼底：

「我在都柏林長大，家裡孩子很多。母親沒辦法照顧到每個人，也不可能時時刻刻盯著看。父親每天上班，感覺永遠都在忙。我還清楚記得自己是哪一天理解到這麼多。那時候和哥哥法維安在外頭玩，被別家三個男孩子打了。不是我們兄弟膽小怕事，是因為對方個頭高太多、力氣大太多，法維安和我完全不是對手、毫無勝算。後來母親反而生氣了，怪我們把制服褲子的膝蓋弄破，說家裡沒錢買新的。我們解釋事情經過，她還是覺得我們不聽話，因為她一直叫我們要先回家換了衣服再出門玩。接著就要我們脫褲子，找出針線縫補，從頭到尾沒關心過我們鼻青臉腫。

那天我和哥哥就是什莫你現在這模樣。」

回想起來，其實我當下就體會神父說故事的用意，而且聽得很認真。

他嘆口氣：「那時候我覺得母親不愛我和我哥，晚上帶著滿腔怨氣入睡，很不諒解自己父母。長大就明白了，不是那麼一回事。成熟之後才知道我母親也很無奈，十一個孩子要顧，自己三餐都要腿上抱一個、搖籃車裡哄一個，怎麼有空出去幫我們打架討公道？我們只能自立自強，打不贏得自己想辦法解決。所以我都懂，也知道男孩子小時候是怎麼回事。對抗惡霸需要勇氣，承受惡霸的欺凌需要更大的勇氣。」

我心裡五味雜陳，有點驕傲，也有點焦躁。卜羅根神父應該是表揚我，但也代表他知道我不老實，地獄之火的熱度攀著腳跟竄上來。

「揮拳打人這種事情誰不會？被打了卻不怨天尤人，沒被仇恨沖昏頭可就不是人人辦得到。」卜羅根神父目光射向大衛．弗瑞蒙：「敢做不敢當的騙子又是另一回事。」

「卜羅根神父，我向你保證——」弗瑞蒙太太開口。

「弗瑞蒙太太，我也向妳保證：妳兒子睜眼說瞎話！」卜羅根神父氣得漲紅臉，眼睛彷彿要噴火。我無法想像有人敢跟他打架，當年就算他輸了對手應該也不會多好過。

弗瑞蒙太太氣炸：「我兒子才不會！」

這次她先生從旁附和，嘴裡咕噥道：「太誇張了。」

「誇張？」卜羅根神父手掌重重往桌子一拍：「告訴你們什麼叫誇張——三個人個頭比人家大了一倍，竟然聯手圍毆到對方站都站不起來？大衛．弗瑞蒙，你真是不要臉。在我眼中，懦夫比騙子還可恥。」

「神父，請你自重。」弗瑞蒙先生低吼。

「我可是教區委員會會長！」弗瑞蒙太太尖聲叫道。

「休想仗勢欺人。我現在就將妳解職，還有大衛．弗瑞蒙也從慈悲聖母學校退學，立刻生效！」

神父的話比刀子還利。弗瑞蒙太太捧著心窩，弗瑞蒙先生差點沒跳起來。大衛自己倒是紋風不動。

「退學？」弗瑞蒙太太朝對面指著我，蝴蝶袖抖來抖去：「他是自己摔傷的，和我家大衛又沒關係！」

「從頭到尾根本不是他舉發妳兒子。今天傍晚歐雷利太太和列夫科維茲太太都打了電話過來，她們兩家孩子參與了這次暴行，幫忙架住受害者讓妳兒子施虐痛毆。可是他們還懂得擔心什莫被打死，而且尚未徹底泯滅良知，肯老實告訴自己父母。」

「他們誣賴！」弗瑞蒙太太叫道。

卜羅根神父雙手按著長桌站起來，「不到兩小時之前，我親自在這裡問話。」他拿起兩張紙：「兩個孩子描述得鉅細靡遺，指證你兒子行凶並且簽名畫押。還不明白嗎，房間裡唯一會說謊的人就坐在你們夫妻中間。」

弗瑞蒙先生聞言終於按捺不住跳了起來，畫面十分駭人。他比卜羅根神父高大許多，粗壯得像個大酒桶。但神父半步也沒退：「你們的兒子被退學了。而且兩位該感恩，原本後果遠不止如此。如果什莫是我兒子，現在已經跟警察報案，星期一大衛要去的就不是公立學校，而是少年感化院。」

弗瑞蒙太太拎起大手提包：「才不要坐在這裡聽你羞辱我兒子。」

大衛跟著他媽媽站起來，但才跨出一步就被他爸爸抓著後衣領，那隻手跟棒球手套一樣大。「是真的嗎？」在弗瑞蒙先生手裡，大衛就像個布娃娃被扭來扭去，「說清楚。你是不是對你爸你媽說謊？你是不是打了人家？」

滿臉通紅的大衛眼淚泉湧而下。「沒有！」他叫道：「爸，我發誓沒有！別打我，別打我，是他說謊，他騙人！」

弗瑞蒙先生還是出手了，一巴掌過去聲音清脆得像鞭子。「還不說實話。」他又朝自己兒子伸手。

大衛臉頰多了幾道指印，放聲哭號起來：「爸你弄得我好痛！你又弄得我好痛！」

他被自己父親舉起來，腳拇趾幾乎要離開地毯，像待宰的動物被人從頸子提起。「回家等著挨皮帶，」弗瑞蒙先生說：「叫你丟你爸你媽的臉！」

大衛．弗瑞蒙的恐懼哀號在教區宿舍走廊迴盪不已，之後隔著被甩上的大門仍舊能聽見。我回頭一看，母親在桌邊低頭啜泣，這時忽然意識到：以後上學不會再遇見大衛．弗瑞蒙，無須膽戰心驚提防他從暗處竄出、或者下一秒會有顆球朝自己臉上砸。理論上我該高興得手舞足蹈，感謝上天賜我重獲自由，事實上我心中卻湧出哀傷——至少有那麼一點，因為大衛．弗瑞蒙即將挨一頓畢生難忘的鞭笞，但我完全不認為他會因此改過自新。方才他連續撒謊兩次，面對神父都毫無悔意了，一頓痛打又有什麼用。

「希爾先生、希爾太太，」卜羅根神父等她情緒平復了才開口，臉上紅暈還沒完全褪去：「鄭重向你們致歉。更要和你說聲對不起，什莫，是我們沒照顧好你。歐雷利先生和列夫科維茲先生不只說了今天的事情，還提到之前每天你怎麼度過，那絕對不是孩子該有的生活，更何況我們還是所天主教學校。我向你保證，只要我還在這兒當主任，絕對不會容許同樣的事情再度發生。」他轉頭望向畢翠絲，我暗忖難道連她也可以退學嗎？修女不發一語面色慘白，我猜神父已經用別的方式教訓過她。

一家人起身準備離去時，神父伸手探進袍子口袋——我們都開玩笑說那是袋鼠包包。他拿出一張卡片，上面畫了綠色衣服、白色高帽的男人⑫，然後轉到背面給我看：「什莫，這是愛爾蘭祝福卡，我把它交給你，帶在身上會給你力量，幫你成為男子漢。」神父掌心輕觸我頭頂，唸誦我在卡片背面讀到的文字。

「敬愛的天父，賜福這個孩子以及今日的重生，對他微笑並以您的慈愛溫暖披掛其身，指引他步向您，活出愛、信仰、希望與仁慈。」

感覺神父用手指在我頭髮上畫了十字。

後來我將卡片藏在床頭櫃上鏡框內，等我買了房子又帶到新臥室，依舊放在床頭櫃上的鏡子後頭。

父親摟著我肩膀準備帶我離開，出了會議室以後不久我停下腳步抬頭望著他們：「有件事情想問一下神父。」

「什麼事情啊？」母親問。

「就一個小問題。」

「嗯，那回去找他。」

「不必啦，」我說：「自己去就好。」

只是想知道剛才那樣的白色謊言有沒有關係。我不想下地獄，尤其明知道大衛．弗瑞蒙已經在永恆折磨佔了位。回到會議室，卜羅根神父不見了，畢翠絲修女站著背對門口。

她從袍子前面口袋掏出一個小金屬瓶，轉開蓋子灌下長長一口。接著不知是否察覺了視線，轉頭過來與我四目相交。被我看見這幕，修女臉上卻找不到尷尬為難之類，既沒有嚇得退後、低呼，也沒有將金屬瓶藏起來，謊稱自己喝的是開水、感冒了要吃藥之類。她高高舉起瓶子再吞一大口，好像故意喝給我看。放下酒瓶，畢翠絲雙目微閉。剛剛大衛．弗瑞蒙也是這個表情，都是對我的恫嚇。於是我知道走了一個大衛．弗瑞蒙，往後上學還是得活在畢翠絲修女的陰影下。

⑫ 卡片人物是聖派翠克，公元五世紀傳教士，在愛爾蘭成為主教，著有《懺悔錄》。他對抗當地德魯伊的故事成為「將蛇趕出愛爾蘭」的寓言。聖派翠克節是許多國家的國定假日，會進行盛大慶祝。

第三部　問題少女

1

一九八九年十月十六日，美國加州伯靈格姆

診療室內，檢查臺上女孩緊緊挨著母親。崔娜．柯羅齊現在一臉冷淡，可是方才我提起前夫姓名大衛．弗瑞蒙時，她顯然面色發白、肢體僵硬。那種反應裡不只是訝異，還有恐懼。

「你怎麼會認識他？」柯羅齊問。

「一起上小學，時間很短就是了。」

她瞇起眼睛打量我：「不會吧……應該不是你。」

「就是我。」這麼說完，我心裡閃過一絲怯意。

如果柯羅齊聽說過我和弗瑞蒙之間的往事，代表他本人從未忘記。

她搖頭：「不可能呀。」

「我眼睛是紅色的，現在戴隱形眼鏡。」

父親中風之後過沒多久我開始戴變色片。自那天起，我也發誓不再踏入教堂不禱告，拒絕相信有所謂主的旨意。小時候我一再用這理由解釋為何自己受到霸凌、為何周圍的人對我沒有同情心，我努力效法母親的虔誠，試著相信她口中的非凡人生不是虛幻。但如果相信神，也等於相信父親中風的背後存在什麼崇高意義。好好一個人，年紀輕輕就失去行動力，反而能孕育善果？這

我無法接受。正值壯年的父親忽然中風，在我看來除了現實殘酷沒有別的道理，醫生歸咎於基因並不能改變我的觀點。

「丹尼菈摔車的時候，和父親在一起？」我問。

崔娜．柯羅齊別過臉。

女孩像隻小老鼠怯生生黏著母親不放，金色長髮散在面前。

「丹尼菈，我可不可以和媽媽出去講幾句話？」

她眼睛瞪得又圓又大，看得出不願母親從眼前消失，半秒也不要。我轉動診療椅滑到房間另一頭捧回玻璃罐，裡面裝滿各種糖果——同笑樂除外。放到女孩面前，她先瞥了母親一下，母親首肯後丹尼菈才將小手伸進罐子掏出一支紅色棒棒糖。不知道算不算天意。

「紅色啊，」我說：「我比較喜歡紫色。」

她低頭。

我和崔娜．柯羅齊到了走廊，才關上門她立刻開口：「我不能待太久。」

「不會耽擱妳。丹尼菈在她爸爸家裡有沒有出過別的意外？」

柯羅齊雙臂抱胸微微揚起下巴：「為什麼這樣問？」

該怎麼說？以前挨過女孩爸爸一頓痛打，我也謊稱只是摔車？還是單刀直入告訴她：我懷疑她前夫打小孩，醫學文獻也指出受虐兒長大之後容易虐待兒童？「急診室的報告說……妳女兒摔車受的傷很輕。」

柯羅齊眼睛盯著牆上海報：「你想說什麼？」

「柯羅齊小姐不必太多心，我只是覺得根據事情經過的描述，再考慮到造成眼部創傷所需要的頭部衝擊力道，外傷應該要更明顯才對。」

柯羅齊張望走廊前後，接著望向我露出熾烈目光：「你是覺得我沒照顧好小孩嗎？」

「我相信妳一定是個好母親。」

「所以？」

「但妳女兒這樣下去會失明。這次我還救得回來，再出類似事故、頭部再受到撞擊的話——」

她放下手臂，兩眼浮現淚光。「我女兒騎腳踏車摔倒了，」柯羅齊語帶哽咽：「我這麼告訴你，警方調查也是這麼告訴你，對吧？」

「嗯，警察的報告上是這麼說。」

「那不就好了嗎。」

我點點頭：「只是請妳留意，要是妳察覺女兒跟前夫在一起的時候特別容易出意外——」

「沒有的事你別亂說，她只是騎腳踏車摔跤，意外而已。我聽說你能治好丹尼菈才帶她過來的。」

「有些事情醫生無能為力。」

柯羅齊掉頭走進診療室，扣著女兒手腕拖到走廊，將糖果從丹尼菈嘴裡拔出來往我手掌一塞悻悻然離去。

2

我回到辦公室關了門，坐下以後盯著牆壁上一張裱了框的活寶三人組（Three Stooges）照片。老莫站在中間，一手抓著賴瑞一撮頭髮，另一手兩根指頭朝捲毛鼻孔插過去。因為除了爾尼沒別人邀我去家裡玩或開生日派對，小時候常常自己看活寶三人組喜劇打發時間，他們帶給我很多歡笑。之前我和米琦在這裡開業，爾尼在店裡看到海報就買下來，特地裱框當作禮物。

辦公桌面朝東方，隔窗眺望百老匯大道整排平房。店鋪前方都裝設看板，我常聯想到舊西部主題遊樂園，因為仿造的西部房屋也裝擋板遮住樓頂。差別是西部樓房正面擋板遮掩的屋頂鋪著瀝青和碎石，這邊的屋頂鋪著各種管線與冷暖氣機。視線飄到桌上相框，裡面嵌著伊珏的照片，她彎著手肘、托著臉側躺，秀髮幾乎垂到地面。那對綠色瞳孔彷彿勾引著我，白色針織毛衣滑落露出的香肩也是。那身打扮還突顯了平坦苗條的腹部，她努力維持身材也不吝展示。

看看手錶，暗忖她應該還沒抵達波士頓的酒店。機組員通常會一起聚餐、喝點小酒，何況伊珏並不喜歡聽我講工作的事。接著想到的是米琦，她該是我認識最勇敢無畏的人了，不過此刻正在做熱瑜伽。換作米琦，應該毫不猶豫直接打給兒童保護專線報告我心中的懷疑：丹尼菈遭到父親虐待。問題在於崔娜．柯羅齊說得沒錯，我手中沒有任何憑據佐證，反倒警方報告認定只是單車意外。認為丹尼菈的傷勢與摔車說法兜不攏的是急診室醫師診斷，以及我對於被大衛．弗瑞蒙毆打的親身體驗，然而當事人和崔娜不配合的話誰也幫不了她們，反倒可能激化大衛．弗瑞蒙的虐待行為。

我能做的只有聯絡急診室醫師派特．勒貝倫。時間有點早，我本打算在語音信箱留言就好，沒想到鈴響三次以後本人接聽了——我看名字沒意識到其實是位女醫師。

自介是她轉介崔娜．柯羅齊求診的眼科醫師之後，我提起下午已經見過母女倆。

「那孩子很乖巧，」勒貝倫醫師說：「只是文靜得過分了點，都是媽媽在講話。」

「我讀過妳寫的病歷，所以想請教一件事：就是……丹尼菈身上有沒有其他傷口？」我不知道是不是該像活寶三人組那樣直接拿棒子往人家頭上敲，說是當頭棒喝。

「你應該是指同時符合頭部創傷與摔車兩件事情的擦傷或瘀青吧？」看來勒貝倫醫師腦袋轉得比活寶三人組快，隔著電話重重嘆息：「可惜沒有。」

「從診斷書內容來看，妳覺得有點奇怪？」

她語氣很小心：「在我看來……是有點不尋常。」

「我問了媽媽——」

「嗯？結果如何？」

「我猜跟妳問的時候是一樣狀況。」

「她否認到底。我直接問她有沒有懷疑前夫打女兒，她大呼小叫罵我『胡說』，強調警察已經做了調查，質疑我『有什麼權力那樣說』，憑什麼懷疑她沒照顧好小孩之類。」

「我還被她塞了一根棒棒糖。」

「啊？」

「總之都一樣。那妳應該也還沒聯絡兒童保護專線？」

「打過去要怎麼說？人家媽媽不承認，警察也說只是單車意外，我拿不出東西反駁。你有辦法嗎？」

「沒辦法。」除了孩提時代就與那位前夫交過手。

「那想不想得出方法幫幫那孩子？」勒貝倫問。

「得先做檢驗，」我回答：「丹尼菈可能視網膜剝離了。前提是她們還願意來我這兒。」

「希望如此。」我們對話到此結束。

望向窗外不遠處，王者大道兩側尤加利樹頂端後頭聳立的是慈悲聖母堂尖塔。晚上家裡沒人，不急著回去，我就先打另一通電話。爾尼．坎韋專線，這號碼只有我、他妻子和父母知道。

「半小時到家。」他說。

「以為我會衝上去舔你滿臉嗎？」

「你少在那邊鬼打牆。」

高中以後外號升級了，從魔鬼變成鬼打牆，爾尼當作口頭禪三不五時搬出來用：「鬼不打牆，打來幹嘛？」

「問你要不要去穆恩那邊喝啤酒，看看舊金山四九人表現如何。但我剛想起來你是怕老婆膽小鬼，沒女王大人恩准不能出門。」

「你就繼續猖狂吧，紅眼珠的魔鬼。」爾尼模仿拳王阿里的低吼維妙維肖：「海水退潮就知道誰沒穿褲子……何況我在家裡就是王，不穿褲子也沒人管得著！」

「所以要不要等你確定了再打給我？」

「你說呢老兄。」

3

穆恩．麥咸開的酒吧就在百老匯大道上，熟客多，有不少舊金山四九人忠實球迷。

我到的時候裡面桌子大都有人，只好在吧檯找板凳坐下，點了啤酒馬上喝掉半杯。事隔多年想起大衛．弗瑞蒙依舊挑動我敏感神經，知道他可能虐待自己孩子更令人渾身不自在。

十分鐘後爾尼進來，但感覺又隔了十分鐘他才終於走到我留給他的位子。大家主動圍過去，就像金屬被磁鐵吸引。從小就這樣，無論慈悲聖母學校、聖約瑟高中，還是史丹佛大學都是如此，大學我還比他晚一年進去。爾尼是美式足球隊外接手，主修計算機科學，賓夕法尼亞州匹茲堡鋼人隊看了三次比賽就決定簽約，他在國家聯盟打滾幾年拿了大把鈔票以後急流勇退。爾尼的父親搬來伯靈格姆以後在自家車庫研究電腦，爾尼原本就打算承襲父業。坎韋電腦公司確實發展得不錯，但爾尼認為前景還未可限量，相信電腦會在未來成為各行各業甚至家家戶戶的必需品。我個人持保留態度，總覺得那是《星艦迷航記》看太多了，不過發自內心期待他們成功——因為我也有投資。爾尼半哄半騙讓我從提早繼承來的錢撥出一份，當上坎韋電腦公司的股東。

他跟我握了手，轉頭跟酒吧要了和我一樣的飲料，我順便叫第二杯。「乾杯，」他向我敬酒完馬上臉一皺：「怎麼還戴著隱形眼鏡啊，好醜。」

「你要問幾遍？」

「問到你摘下來為止。」

「不想嚇到病人。」

「不想嚇人，你不是該戴面具才對嗎？」他抬頭望向電視機：「下午聽廣播，四九人好像狠狠教訓了達拉斯牛仔。」

今天我沒注意分數。「放風多久？」

「跟她說中場回去。」爾尼在匹茲堡認識現在妻子，結了婚才搬回加州，住在伯靈格姆南邊市郊，兩個兒子還小，見我都叫叔叔。「這種小事不跟她吵，留著等大的。」

「比四九人對牛仔還大？聽你胡說八道。」

爾尼從外套口袋掏出兩張票，我一眼就認出來了。灣區誰不知道呢？「真的假的？居然弄到世界大賽⑬門票？」

「而且有兩張。咱們老朋友了，所以要問你……」

「奇蹟！」

「明天有沒有空幫我看小孩？我和蜜雪兒要去看球賽。」他笑得太誇張，但啤酒居然沒從鼻子噴出來，我小時候喝葡萄汁怎麼就辦不到？蜜雪兒完全不看運動比賽，連轉播也沒興趣，他們怎麼走在一起還結了婚我徹頭徹尾不明白。

「去你的。」

「客氣點，否則不給你票喔。」

「怎麼拿到的？」

舊金山巨人對決奧克蘭運動家，媒體取名海灣大橋大戰，盛況空前一票難求。「我爸的客戶沒空去就給我了，記得你說要去太浩湖所以本來打算找別人，結果怎麼沒走？」

之前沒跟爾尼說過要結紮，現在也不打算說了，否則會被他唸到我耳朵跟眼睛一樣紅。

「週末被康仁租出去了，就調整計畫，反正今天剛好有病人要諮詢。」我回答：「是對母女，女兒頭部受傷，逐漸失去視力。」

「真慘。」爾尼眼睛在我和電視機之間來回。

「媽媽叫做崔娜・柯羅齊。」

他搖頭示意沒聽過，然後繼續看比賽。

「媽媽離婚了。女兒登記的名字是丹尼菈・弗瑞蒙。」

爾尼這才放下啤酒。

我點點頭：「沒騙你。」

「是他女兒？」

「是他女兒。」

我們兩個沉默一陣自己喝自己的。大衛・弗瑞蒙被慈悲聖母退學之後反而成了傳奇人物，據說轉到公立學校卻毆打教師又被退學，然後又有傳言說他被父母送去東岸某所軍校，畢業以後加入陸戰隊。

「回來了？」

⑬ 美國職棒大聯盟每年十月總冠軍賽，是美國及加拿大職棒最高等級賽事。

「應該吧。女兒腦袋受傷說是摔車的緣故。」

爾尼注視我，我也知道他在想什麼。我自己那次「摔車」是兩個人無法磨滅的記憶。「警察那邊紀錄是單車意外，不過急診室病歷見解不同，孩子只有膝蓋和手肘擦傷，而且沒達到有可能造成視力問題的程度。」

「會是母親那邊嗎？」

我搖頭：「丹尼菈受傷的時候和爸爸在一塊兒。我問了急診醫生，她也很懷疑。」

「你們打算怎麼做？」

「還不知道，目前沒有具體事實，除非母親拿急診醫師的說法出面。」

爾尼目光飄回電視，但只看了一下子就轉頭：「什莫，你的工作是治好她眼睛。」

「萬一半夜忽然接到電話，跟我說孩子死了呢？」

爾尼低頭盯著吧檯：「我爸和地檢署有聯繫，叫他明天問問，或許會有點頭緒。名字就先不告訴他們。」

我點頭：「謝了。」

爾尼看看手錶再看看電視。「該回家嘍，」其實他也無心比賽了，我和崔娜・柯羅齊會面之後也一樣。「明天三點去你家接你，我想早點入場看他們揮棒練習。」

他走了以後我本來想點一份特製漢堡薯條，但店裡人滿為患，說不定餐點上桌時比賽老早結束了，所以我繼續喝、連喝三杯代替晚餐。很久沒喝這麼多了。付錢的時候，帳單上面根本沒算爾尼的份。每次都這樣。

4

外頭還很暖。今天秋老虎，白天氣溫上看九十度（攝氏三十二度），日落以後還是有個八十度（攝氏二十六度）。沒什麼好抱怨，十月還能穿短袖看棒球是人生一大樂事。喝了酒，我想著是不是該叫計程車，但自駕也沒多遠，沿著王者大道兩英里左右而已。

上車以後我轉廣播找四九人隊後續報導，忽然聽見警笛聲才抬頭看了後照鏡。「該死，」警車不知道哪兒冒出來的，我趕快確認自己沒有超速、沒有違規轉彎或闖紅燈，心裡算了下到底喝了幾杯啤酒和過了多久時間。早餐後就沒吃東西，做酒測恐怕很難開脫。但不至於才對，警察通常不找醫生麻煩，所以我習慣將醫師證跟駕照放在皮夾同個位置。看在他們眼裡，所有醫師都可能是急診醫師，自己性命哪天說不定就交在對方手上。

我降下車窗，用力吸一口新鮮空氣，在王者大道右轉到長老教會停車場，停在一片高樹籬下。警車跟到我後面，紅藍燈號不停閃爍。聚光燈照亮我車子內部，我趕快將反光的後照鏡轉個角度。警察還在車上沒出來，應該正透過無線電查詢我車牌號碼是否有前科或案件。我打開手套櫃取證件，從後面口袋掏出皮夾，然後從側視鏡再觀察對方狀況。感覺過了特別久，終於等到警車車門打開，人從裡頭出來。他戴好警帽、繫緊勤務腰帶和警棍以後走近，可是五官背光沒法看清楚。我高舉皮夾讓對方能看清楚駕照與醫師證，但警察沒有立刻接過去。一抬頭發現他彎了腰，靠在車窗外那張臉讓我嚇得面無血色。

圓臉稍有差異，眼神完全沒變。

「瞧瞧遇上誰來著，」大衛．弗瑞蒙開口：「居然是魔鬼小子。」

5

一九六九年七月，加州伯靈格姆

大衛・弗瑞蒙被開除學籍後的日子在爾尼和我口中堅稱「AF」，就是「後弗瑞蒙[14]」。校園惡霸彷彿自人間蒸發，如同尼爾・阿姆斯壯離得那麼遠。一九六九年七月十六那個戲劇性的日子，太空人從階梯跨出最後一步，留下我們永遠不會忘記的名言：「這是我的一小步，卻是人類的一大步。」我們開玩笑說大衛・弗瑞蒙或許被阿姆斯壯帶去月球了，無論公園或少棒賽都沒看見，連他父母也離開慈悲聖母教區。

偶爾會有關於他的傳言，但我從沒遇見與他打過照面的人。久而久之，大衛・弗瑞蒙變得不像真人，而是傳奇故事。

派翠克・歐雷利和湯米・列夫科維茲一直迴避我。我猜卜羅根神父搬出耶穌基督，嚇壞兩人與他們父母了。畢翠絲修女通常也對我不聞不問，只是有幾次發現她遠遠瞪著操場上的我，那種眼神在我看來像警告：她袍子前面口袋是藏著銀色酒瓶，但說出去我就完蛋了。

我確實沒告訴別人。

⑭ 此處是仿照「西元前」為BC（Before Christ，耶穌基督誕生前）的形式。

6

爾尼的爸爸一直在車庫忙自己的事，所以母親得出門工作，暑假和週末就由我母親照顧兩個小孩。她會帶我們參觀舊金山的展覽館和兒童劇場，或者到斯圖亞特公園聽音樂會。此外也去伊斯頓（Easton）圖書館借書，感覺每週都要我帶新書回家，像《頑童歷險記》、《黑神駒》、《老黃狗》、《老鼠娶新娘》、《森林王子》之類。通常週六晚餐前，母親會要我自己在床上安安靜靜讀一會兒書。某個星期我的《湯姆歷險記》看到一半，聽見家門口車道有聲音，放下故事書拉開百葉窗竟看見坎韋家的福斯金龜車。我急急忙忙衝下樓大叫：「爾尼來了！爾尼來了！」

「什莫！」母親從廚房拐出來：「腳步聲像野牛一樣！」

「是爾尼來了。」

「聽到啦。」

緊接著門鈴響起，我拉開門只看到坎韋太太自己站在那兒，手中那張紙巾揉成一團。

「什莫，上樓看書。」母親叫道。

「爾尼沒來嗎？」我問。

「抱歉，今天沒有。」坎韋太太擦了擦鼻子。

「什莫——」母親朝我露出那種表情，「上樓去。」

我飛奔上樓，迅速趴下來鑽到通風口前面。廚房各種聲音我都很熟了，母親從櫥櫃取出藍色鐵壺的叮叮咚咚、水龍頭打開稀里嘩啦、鐵壺放上爐子噹噹響——總之她泡了茶，然後與坎韋太太坐下——從椅腳摩擦亞麻地板推論得知。坎韋太太聲音很輕，我沒辦法完整聽清楚，只知道提及看醫生，還有爾尼。

班上有個女孩子生病休學，再回來頭髮全沒了，黑眼圈好重。母親說她血液出了問題。所以聽見坎韋太太說「醫生判斷爾尼有閱讀障礙，大腦會將字幕順序打亂，沒辦法好好辨識」，我鬆了很大一口氣。可是接著她又說：「醫生認為慈悲聖母學校不合適，建議轉學去公立學校才有這方面專家能追蹤爾尼的狀況。」

這可就不妙了。我只有爾尼一個朋友，他不在我會過得很淒慘。再來我又想到更嚴重的問題——大衛．弗瑞蒙不是也去了公立學校嗎，爾尼這是羊入虎口。

「什莫對爾尼真的很好。」坎韋太太繼續：「學校裡沒別的黑人小孩，爾尼過得很辛苦，只有什莫能陪他。還好有你們一家人在。」

之前我從來沒這麼想過，一直認為爾尼才是自己的救星。我可是魔鬼啊，何況皮膚黑了點有什麼問題嗎，應該說我根本沒注意過黑人不黑人的問題，反正他是我最好的朋友。沒想到他媽媽卻跑到我家廚房，說是爾尼依賴我。

茶壺響了。

我爬回床上，躺著呆望天花板上用釣魚線垂著的一堆飛機模型。

之後一下午都在思考這件事，父親回家也沒急著下樓。他親自進房間看我：「兒子，在幹嘛？」

「看書。」

父親從床頭桌拿起《湯姆歷險記》。「馬克．吐溫，」他說：「我最喜歡的美國作家。你知不知道，其實他名字和你一樣[15]？」

平常我可能對這件事情很有興趣，現在腦袋裝不下：「爸，可不可以問你一件事？」

他將書放在床上：「當然可以啊。」

總不能承認自己偷聽母親和坎韋太太說話，只好省略人名了：「如果你有個朋友遇上狀況……比方說在學校成績不好。你想幫他，但又不想讓他知道你在幫他，怎麼辦？」

「是我認識的人嗎？」

「不是，」我回答：「只是想像。」

「唔。想像啊。為什麼不要讓對方知道呢？」

我記得發考卷的時候，爾尼總是塞進抽屜不給我看、不告訴我他考幾分。「嗯……人家會尷尬吧，怕大家覺得他很笨之類。」

父親雙手在下巴靠攏，手勢看上去也很像禱告。「確實別讓人家覺得自己笨才對呢，」他想了一會兒以後露出笑容，拿起《湯姆歷險記》開始翻：「你有沒有讀到湯姆要油漆圍籬那一段？」

「他騙班．羅傑斯幫自己油漆那裡嗎？」

「沒錯。你看喔，湯姆就利用了班．羅傑斯的性格。」

「性格？」

「湯姆瞭解班的脾氣，早就猜到如果自己要做事，班卻可以去玩水，一定會嘲笑他。所以趁著班還沒開口，湯姆想辦法讓自己做的事情看起來比玩水還有趣，如此一來班就會想去粉刷圍籬了。懂嗎？」

「不太懂。」

「你也要去瞭解朋友的個性。你跟他很熟嗎？」

「很熟啊。」我說。

「那就想想看，什麼情況會讓他感覺不到，但又接受了你幫忙。」

「像湯姆那樣騙他。」

「不是害對方就好。」

我自己想了想：「謝謝爸。」他準備下樓，我補上一句：「爸，剛剛我說的事情，不要告訴媽媽好不好？」

他打量我一陣：「什莫你知道的，我和媽媽之間沒有秘密。不過呢，我可以不要主動提起啦。」父親眨了下眼睛轉身。

我躺在床上思考爾尼是什麼性子。最明顯的一點：他不服輸，為了別輸給其他人什麼都肯做。之前他和表哥打賭，看誰能在鼻孔塞更多花生，居然玩到送急診。學《湯姆歷險記》的辦法應該也能拐到爾尼，讓他乖乖漆圍籬。

⑮ 馬克．吐溫為筆名，本名Samuel Clemens。

7

到了星期一，我開始執行計畫。課間自習時段，我故意到讀本區前面找爾尼。大部分同學比我慢一階，從紅架子拿書，爾尼連黃架子都沒讀完。

「跟你打賭，我過紫色的時候你連黃色都看不完。」我開口。

爾尼微微瞇起眼睛：「不公平，你本來就比較會念書。」

「有什麼不公平？你足球籃球也比我行啊，我還不是照樣上場。」

「不一樣。」他說。

「哪裡不一樣？」

「就不一樣。」

我聳肩走回座位，爾尼不服氣跟過來：「你都快讀完紫色了，我才剛開始黃色。」

辦公桌那邊，瓊安修女抬起頭：「爾尼，你找不到座位嗎？」

「沒有，修女。」

「那你還不乖乖坐好，安靜讀書？」

爾尼在我旁邊那排就座。我打開書，裝作速度超快，一頁一頁翻個不停。

「莫名其妙。」他小聲罵道。

我手動得更急。瓊安修女正好起身走到中庭，天氣好的時候她習慣將門開著，一陣風吹得百葉窗晃來晃去，聲音很像棒球卡夾在單車輪輻上[16]。我趁機轉頭望向爾尼，「踢足球打棒球的時候你知道自己穩贏，怎麼就不覺得莫名其妙？」我餘光瞥向門口，沒看見修女回來：「換成我比較厲害的東西，你就嚇成縮頭烏龜。」

附近一些同學聽見我挑釁：「哦——」

「賭就賭。」爾尼說：「那你把紫色藍色全都讀完給我看。」

「那有什麼難，星期五之前喔。」

他星期四終於突破黃架。

同一年後來某個午後，坎韋太太下班接爾尼回家，順道送了個自己烤的巧克力蛋糕過來。我偷聽她和母親聊天，提起爾尼的閱讀能力進步神速。坎韋太太離開以後，母親帶我到廚房，明明快到晚餐時間，她卻切了一大塊蛋糕又倒了一大杯牛奶。原本我還以為是要考驗自己守不守規矩，但母親真的擺了叉子在旁邊，撥了下我頭髮說：「爾尼能夠認識你，也算是有福氣。」

[16] 美國小孩的一種遊戲方式：將卡片夾在輻條，騎車時便會拍打出咔噠聲。（有些人會聯想到重型機車引擎。）

8

一九七〇年代重點其實不是大衛．弗瑞蒙退學，而是一個搖撼我人生的新面孔。一九七〇年聖誕節過後不久，一開學大家發現八年級班上有新生轉入。我聽到幾個女生討論米可菈．甘迺迪，外號米琦，據說她在公立學校惹出不少麻煩，父母才決定送到慈悲聖母學校，希望藉助修女的力量加以「導正」。才頭一天我就察覺米琦確實不同於一般女孩，例如不像她們留長髮、綁馬尾或蜈蚣辮還要繫上蝴蝶結與緞帶之類，而是剪短到差不多貼齊耳朵，幸好當時沒穿耳洞。另外，學校規定裙子長度在膝上一英寸，我卻覺得米琦的裙襬每天慢慢變高，也聽到午餐媽媽斥責她「腿太暴露」。

米琦反駁：「讓我像男生一樣穿褲子，就根本不必露大腿。」為了這句話，她被留下來撿垃圾直到午餐時間結束。

米琦喜歡和男孩子玩在一塊兒，不像其他女孩那樣只會當啦啦隊或跳跳繩。足球籃球她都喜歡，但一開始並不順利，班上男同學排斥女生加入。不過大家立刻學到教訓：米琦這個人，你無法拒絕。

「怎麼，怕輸給女孩子丟臉嗎？」她撂下這句話，有點自尊心的男生都很難一走了之，結局就是不只被擊敗，還要被羞辱。只有爾尼一開始就歡迎米琦，而且與他瞭解歧視與否沒關係，只是因為喜歡贏球的他很快看出米琦運動天賦極佳。但我就淪為爾尼身邊第二順位，為此我當然討厭米琦，躲在旁邊看她與爾尼打牆球和四格躲避球看了整整一個月。他們聯手擊敗所有挑戰者，我卻心裡恨得牙癢癢，完全不想給他們喝采。即便如此，用不了多久我也發現對米琦這個人是無法置之不理的。

9

一月底要舉辦全校彌撒，我們班負責主持，算是個大事件，不只校內師生會出席，父母和一般教徒也都能參加。我母親就每年出席。既然要主持，班上就要決定經文、禱詞以及輔祭人選，張羅儀式用品，練習詩歌合唱。獲選擔任讀經員是最大殊榮，那個位置露臉時間最久，當然承擔的壓力也大。當然嚴格來說輔祭也可能袍子沾到蠟燭著火、搬聖餐的人在走道摔倒聖餅會砸到來賓身上，但我沒見過那種場面，倒是知道在全校彌撒砸鍋的讀經員。所有人都認識她了。

前一年七年級的安娜．露易絲．葛雷斯基走上講臺，望向觀眾，然後就一個字都說不出口。我們以為她只是想營造戲劇氛圍，但最後已經入座的新教區主任克利安神父都忍不住抬頭，猶豫著要不要過去查看。這時候大家才知道安娜她是僵掉了，整個人像冰塊一樣動彈不得。又過了緊繃的一分鐘，有個修女上臺將呆滯且沉默的安娜送返座位。事情當然沒這麼容易過去，之後整個學年她不斷受到挖苦奚落。

星期一，班會時間討論工作分配。有了安娜．露易絲．葛雷斯基的前車之鑑，大家知道膽子小的人別去當讀經員比較安全。其他工作採取自願制，只有讀經員必須透過提名，由於還要舉手表決，正常來說最受歡迎的人才會被選上，比較可能的一個是爾尼，另一個是啦啦隊隊長裘莉．強森。

「從獻禮開始吧。」瑪麗．威廉斯修女出來主持大局。學生私下叫她瑪芬鬆餅修女，因為她戴上頭巾以後臉好像擠成一團又不少皺紋，加上那副黑框眼鏡鏡片太厚，眼珠子好像水底的兩顆藍莓。修女在黑板寫下最早報名的四個名字，字跡行雲流水。引座和接待也很快就找到人。

「誰想當輔祭？」她問。

我正要舉手，爾尼就開口：「我來。」爾尼上臺演講不自在，我猜他是以退為進，當了輔祭就不可能身兼讀經員。思考這些的時候又有兩個同學舉手，沒我的機會了。剩下的工作統稱唱詩班，實際上就像舞臺演出的雜役，出不了什麼風頭。

瑪麗・威廉斯修女若無其事走到黑板一端：「現在開始提名讀經員。」掛在教室的時鐘分針走到十發出嗡嗡聲。爾尼有工作了，提名只是形式而已。之前情人節給我死蒼蠅信封的裴勒莉・強森穩操勝券。

「我提名什莫・希爾。」

班上所有人應該都像是聽見外國話那樣轉頭了吧。開口的是瑪麗・貝斯・帕特，也是啦啦隊的人，與裴勒莉・強森交情甚篤。她們和我沒講過幾句話，想不出有什麼提名我的道理。修女也遲疑一陣之後才轉身將我名字寫上黑板，同學們竊竊私語，還冒出幾聲嬉笑，接著爾尼緊張地低聲喊我。

「什莫，什莫！」

他坐在我右後方，隔著一個人。我回頭看，他表情焦急用力搖頭：「拒絕啊！說你不想要！」回絕？瘋了嗎？除非我說自己要去當神父，否則當著全校師生的面站上讀經臺最能讓母親引以為傲。就我個人而言，也是絕佳的機會，可以證明給同學、給他們的父母看看：我真的只是個普通孩子。思索同時，爾尼還在喊我，然後另一隻手舉起。

米琦．甘迺迪。我一下子怒火中燒起來，輪得到一個新面孔插嘴嗎？已經搶走爾尼了，現在連我難得的榮耀也打算奪走？

出乎意料的是，米琦居然說：「我附議。」

表決規定很清楚，其實沒有附議的必要。

米琦隨即更高聲說：「直接投票吧？」

裴勒莉．強森一馬當先舉手，她的親衛隊立刻跟進。

男孩子跟著表態支持，爾尼最後一個加入，表情不大甘願。

「恭喜了，什莫。」修女說。

短暫童年時光中幸福的一刻，可以與父親帶著亮紅色新單車回家那天相提並論。可惜結局不夠圓滿。

10

下課時間，爾尼衝過來找我：「什莫！什莫！」

「幹嘛？」我問：「為什麼不想投給我？」

他猶豫之後說：「什莫，她們想害你。我看到裴勒莉．強森跟瑪麗．貝斯咬耳朵，叫她提名你，感覺就是要你跟安娜．露易絲．葛雷斯基一樣在臺上呆掉，之後才能笑你。」

「啊？你怎麼知道，有聽見她們講什麼嗎？」

爾尼搖頭。「不過那是裴勒莉．強森吶，」他說：「人家幹嘛提名你？」

「不是她啊，是瑪麗．貝斯——」

「是裴勒莉叫她出面的啦，什莫！」

儘管他說得有理，我還是充耳不聞，因為自己確實想要上臺。「我為什麼就不能當讀經員了？明明成績也是全班第一啊。」

「你該拒絕的，什莫。去跟修女說你不想上臺就好。」

「不要。」我冷冷道。

「要是出事怎麼辦？」

「出什麼事？」

「現在我哪知道，但她們可能會整你，讓你尷尬丟臉啊。」

「我不會。」

下課時間要結束了，我正好在路上遇見米琦。聽完爾尼那番告誡，我忍不住開口問：「妳為什麼也要提名我？」

「別自作多情啊，希爾。」她回答：「只不過看你腦袋好又認真念書，本來就該你去才對，總比讓裴勒莉．強森那幫傻乎乎的傢伙上臺好吧。」米琦在我手臂輕輕捶了下，迎著鐘聲竄進教室。

11

放學之後我馬上回家，單車停在草坪就往屋裡跑：「媽？媽！」

「什莫．希爾——」母親從廚房出來，拿抹布擦乾手：「什麼時候讓你像個老巫婆大吼大叫的？」

「我當上了！」我繼續叫道：「班上一個女生提名我，米琦附議，結果全班一致通過，每個人都舉手了！」

「緩一緩，」母親說：「講清楚。當上什麼了？」

「讀經員。星期五在全校彌撒上臺。我當上讀經員了！」

母親卻沒有如我所想那般雀躍、立刻大大擁抱我之類。「大家選你當讀經員？」

「對啊，而且所有人都同意。」

「什莫——」母親神情有點嚴肅。

「怎麼了？」我問：「還以為妳會很開心。」

「我是開心啊，」母親擠出微笑，接著才抱了我：「嗯，什莫，我很高興，很以你為榮。上臺讀經很光彩，爸爸一定也覺得驕傲。」

「會讀兩篇經文，還有答唱詠。」我從她懷中退開：「然後要舉手，像這樣。」我示範動作，「其他人就知道輪到自己了。我現在就要開始練習。」

「嗯，媽媽應該幫得上忙喔。」她說：「大學的時候我常常上臺演戲。」

「真的嗎？」好難想像她除了當媽媽之外做過別的事情，更何況是演戲。總以為她會覺得演戲是愛慕虛榮的表現。

「要知道，我可是演過《傲慢與偏見》裡的伊麗莎白。」

那時我根本聽不懂，但看她神情得意，猜想對母親而言意義重大。「太棒了，所以媽妳要來教我？」

12

每天放學回家我就和母親一起研讀經文，遇上艱澀字詞她會教我發音，也指導我正確的站姿和舞臺動作。

「頭要抬高，」她說：「講話前先和觀眾目光接觸。放慢，你太急了。」

姿勢儀態對了，她又調整我語調的抑揚頓挫，不過父母有時候意見矛盾。

「不對、不對，這裡不是強調『道路』，是強調『不是』才對。」我爸說。

「明明就是強調『道路』才合適。」我媽卻這樣認為。

為了模擬現場，她用好幾本《大英百科全書》做了臨時講臺，晚餐過後就讓我上去演練。連著好幾天，他們應該都看膩了吧，但沒半句怨言。

「家裡出了個會表演的呢。」某天父親在桌邊說。晚餐是烤肉餅和肉汁薯泥。

「我的遺傳啊，」母親說：「你難道忘了，我大學可是上臺演過《傲慢與偏見》的伊麗莎白喔。」

「怎麼會忘呢，」父親拿了一片肉餅以後遞盤子給我：「你當著天父和一千人的面，在臺上親了比爾．馬勒。」

我差點把烤肉餅掉在地板。「妳親了別人？」我問：「爸你沒有過去賞那個人一拳嗎？」

「不是我親別人，」母親反駁：「我是在演戲。接吻的是伊麗莎白。」

父親翻了個白眼：「比爾可是假戲真做，一吻之後連兩年拚命約妳。什莫，我也想賞那個人一拳，但人家是籃球校隊隊長。」

母親笑道：「什莫，搞清楚，你媽可沒搭理過別人，唯一一個就坐在這兒。」

我一邊笑一邊塞了根四季豆進嘴巴裡嚼。

「好想去現場聽，可惜我只能精神與你同在了。」父親說。

他仍舊一週得顧店六天，早出晚歸、偶爾連晚餐都趕不上。少了他就覺得餐桌空蕩蕩的。

「家裡最近得省著點。」有一次趁他不在，母親解釋：「伯靈格姆大道那邊開了新的連鎖藥局，你爸這邊的來客減少了。」

他不能過來觀禮我好失望，但畢竟辛苦工作都是為了這個家。

13

週五早上我非常緊張，主要是整個星期爾尼在耳邊嘮叨。他想了一大堆可能出錯的情節，還叫我裝病、說自己喉嚨發炎什麼的。我專注一個念頭：大部分同學和他們父母心裡都覺得我「是魔鬼」，這次主給我一個機會證明自己很普通，又或者像母親說的不平凡。畢竟她可是主演過《傲慢與偏見》的人。

到了學校，我將腳踏車前輪塞進停車架，大鎖穿過輪胎。爾尼在我身旁剎車：「準備好了嗎？」

「應該吧。」我回答。

和他走在庭院長廊，我很肯定每個學生都盯著自己看。這是人生最美好的一天。不過推開教室門我呆住了，轉身迎接的不是瑪麗・威廉斯修女溫和寬厚的面孔，而是畢翠絲修女雷射槍似的尖銳眼神。

14

爾尼還沒看見畢翠絲修女，直接撞在我背上。「什莫鬼——」

校長目光如刀戳了過去：「坎韋先生放學留下來。沒允許各位說粗話才對。」

爾尼垂頭喪氣，穿過我身旁回到自己位子。

「希爾先生，不知道自己座位嗎？」

「是，修女……我是說，我知道。」

「那趕快就座。」

坐下一看，大家臉上都很無奈。

「瑪麗．威廉斯修女身體不適，今天我代課。鐘響之後各位請整齊列隊前往教堂。」

爾尼舉手：「修女，輔祭得早點過去準備——」

「瑪麗．威廉斯修女准你們未經許可就發言嗎，坎韋先生？」

「沒有，修女。」

「那請你等被點到再發言。」

爾尼沮喪地往椅背一靠。

「坎韋先生剛才要提問？」

「沒有，修女。」

「不是說輔祭要提早到教堂？」

爾尼沒回話。

「坎韋先生？」

「隨便……」

教室原本就可謂一片死寂，此刻真是一根針掉地上都能聽見。

「坎韋先生，第二次警告，另外我會寫信與你母親討論你言行不檢的問題。」

「眼鏡不見？你有戴眼鏡？」彼得．哈蒙茲問。

我肯定他不是故意。哈蒙茲本來就不算聰明，語文方面沒什麼造詣可言。但畢翠絲仍然視為對自己權威的挑戰：「哈蒙茲先生，你和坎韋先生一起留校。還有誰想測試我的耐心？」

沒人講話。

「輔祭有誰？」

爾尼、麥提．曼托亞、比利．費雷舉起的手臂像軟掉的麵條。

「輔祭先出發。」

裴勒莉．強森舉手，等被叫到了才開口：「報告修女，負責裝飾祭壇的人也得先過去。」

畢翠絲放行，等他們離開之後注意力轉到我這邊。「希爾先生，你大概也覺得自己能像那幾位同學一樣先離開吧。」

「不，修女。只有輔祭和裝飾祭壇的人需要先準備。」

「虛榮是種罪。」從她嘴裡說出來，總覺得是醉。「有人能解釋何謂虛榮嗎？」這回就連彼得．哈蒙茲也不敢亂猜。「沒有？虛榮是對自己的能力或魅力過度自信。希爾先生，你認為自己比班上同學優秀嗎？」畢翠絲壓低嗓音咄咄逼人，口氣像是被吵醒的響尾蛇嘶嘶叫，同時眼神空洞黯淡。

我搖頭：「沒有，修女。」

「更聰明？更重要？」

「沒有，修女。」

「很好。那就請你展現謙遜的美德，最後離開教室前往教堂。」

鐘響了，全班肅穆靠牆列隊，沒人想在畢翠絲修女眼皮子下偷聊天。我們像囚犯受刑般穿過操場朝教堂前進，冬季清冽冷風揚不起大家的精神。

來到大教堂門口，高年級禮讓低年級。他們湧入走道坐下，輪到我們就定位。畢翠絲修女忽然上前，像母親緊急剎車時那樣伸手攔在我面前，視線彷彿想要刺穿我，嘴裡飄來酒精氣味。

「同學選你，是想看你出糗。」她對我說。

15

隊伍魚貫進入教堂，我目光不由得飄向遠處。木頭長椅上，前面一區是穿制服的學生，後面則是家長和社區住戶。裴勒莉．強森那一隊人事前掛好白色牌子標示保留給師生的座席，修女們分配位子確保男女交叉排列，我則從人群中找到母親，她與坎韋太太站在一起。兩人先朝我微笑，然而母親瞥見畢翠絲修女之後笑意瞬間消失，垂下頭胸口不停起伏，應該還出了聲，所以爾尼的媽媽才有點慌張轉頭查看，輕輕拍她手臂，似乎擔心她會昏倒。母親閉上眼睛搖搖頭。

到了我們班的位置。既然我在隊伍殿後，左邊自然是長椅靠近中央走道的最後一席，而且必須是個女性——結果畢翠絲自己坐下了。有種噁心感，不完全因為她身上的酒味。第一首聖歌大家起立，不久之後爾尼率隊高舉十字架穿過走道，身著白底金邊法袍的克利安神父高聲吟唱，緩緩步向前方登上主座。聖歌結束，他奉主耶穌之名迎接師生、家長和社區教友，領在場所有人做完信德宣言之後回到座位。

然後輪到我。

起身離開長椅，馬上看見裴勒莉．強森那幫人轉頭望著我竊笑，只能在心裡怪自己為什麼不聽爾尼的話，對今天懷抱了太高的期望。同學們真的是想看我出糗，可想而知畢翠絲修女也一樣。

登上祭壇之前要先屈膝跪拜。雖然排演很多次，如果我直接在中央走道上嘔吐了不知道會是什麼場面。現在忽然覺得只要能離開這間教堂去哪兒都好，主的旨意似乎就是羞辱我。

後來爾尼跪在祭壇旁邊，視線越過我，跟著轉頭過去發現裴勒莉・強森湊近她前排另一個女孩子講悄悄話。我單膝跪地、畫十字架之後踏著階梯上講臺，如排練先調整麥克風位置，接著伸手從講桌架上取經文稿。稿子由負責裝飾祭壇的人事前準備，我抽出之後只瞥了一眼就大驚失色：裴勒莉・強森放的稿子裡面有我完全不懂發音規則的古希伯來文字詞。焦慮湧出，臉頰發紅，嘔吐感越發強烈，整個身體像是發燒一樣，我不知道怎麼辦才好。

下一刻卻聽見了鐘聲。起初我不明白怎麼回事。沒有人反應過來。望向祭壇，爾尼抓住金色指扣搖晃，敲打掛在祭壇上方的四只大鐘，還是我之前之後從未見過的力道與專注。克利安神父猛然轉頭，表情夾雜煩躁困惑，還朝爾尼揚起手，像是驅趕惱人蜜蜂。不幸的是他手臂就這麼剛好揮向旁邊小桌，桌上有學生擺好的開水。玻璃杯在半空劃出一條弧線。

不知道第一個發出笑聲的究竟是誰。我站在講臺，居高臨下眺望，看見學生紛紛摀住嘴巴，壓抑歇斯底里狂笑的衝動，大部分人沒忍過去。過了大概整整一分鐘，爾尼放下指扣結束敲鐘，反應好像不知道自己弄錯順序，但我怎可能沒看出來，何況下午回家以後他也對我認了這件事。爾尼料定裴勒莉那幫人動了手腳，從我表情猜到問題出在經文稿，於是故意犯錯轉移焦點。事後要被譏笑好久，何況畢翠絲修女必定重罰，明知如此還敢出頭的也就只有爾尼・坎韋一個人。

所幸他這計畫還真生效了。轉頭再望向底下，我不再緊張，心裡知道接下來無論錯了漏了多少字都沒人在意，大家只記得爾尼搞出那麼大一個場面。同時我還意識到另一點：其實我不需要稿子。那些經文我從小反覆唸誦，全都背下來了。禱詞躍然眼前，還能看見書頁上母親以鉛筆留下細細小小的字跡。

我稍作停頓，就像母親教過的那樣。接著望向臺下，觀眾席前面一半是穿著紅色毛衣的學生，後面是家長。母親臉亮了起來，但爾尼的媽媽又一臉愁雲慘霧，就像之前發現兒子有學習障礙那天。坎韋太太那份沮喪令我意識到爾尼做出多大犧牲，而且畢翠絲修女滿臉慍怒雙眼冒火，肯定會給爾尼好看。

最後我望向裴勒莉．強森，藏在眼底的一絲怒火嚇得她笑意盡失，整個人靠著椅背坐立難安。

「今天選出《但以理書》的一段。」我開口。裴勒莉．強森瞪大眼睛，瞥了瑪麗．貝斯．帕特一眼，但她同樣大惑不解。

經文是班上同學一起選的，大家想聽聽但以理和獅子坑的經典故事。我能確定是因為母親將經文也保留在剪貼簿內，包括她自己的筆記、練習中用來提醒我發音的鉛筆痕。故事中，國王將但以理拋進獅子坑，主卻因為但以理的信念與風險而派出天使保護。唸到這段，我忽然明白自己也有守護天使——從操場相遇的第一天起，總有爾尼陪在身旁。

讀完經文，我心裡知道並不完美，但錯漏不多，沒人留意得到。再來就是答唱詠，我同樣稍微停頓、閉上眼睛讓禱詞浮現在腦海。睜開眼，視線掠過觀眾，畢翠絲修女仍舊板著臉。

「上主是我的牧者，我實在一無所缺。」我揚起手掌，這個手勢代表請臺下眾人複唱。

會場所有人齊聲：「上主是我的牧者，我實在一無所缺。縱使我應走過陰森的幽谷，我不怕凶險，因你與我同住。你的牧杖和短棒，是我的安慰舒暢。」

接近詩篇結尾，我知道自己不能讓爾尼獨自穿越幽谷，下定決心與他並肩同行，無論後果。

第二篇選讀是保羅給哥林多人的短信。

「因天主的旨意，保羅蒙召作宗徒……」這裡的經文我也記得很清楚，接下來是：傳耶穌基督的福音。他是聖靈感孕，被釘上十字架受難，死後復活。

「……傳耶穌基督的福音，」我抬高的嗓音透過喇叭迴盪。下一句是：「他生理期——」換作普通的週日彌撒其實沒人在意，但今天可不是大人們的聚會，在場大半是小學生，對他們而言只要扯上性器官就是世界上最好笑的東西。在教會講臺上說出這種字詞，胡鬧程度自然更勝隨便敲鐘。

觀眾們倒抽一口氣，然後全力忍住。不過我和爾尼一樣，沒打算讓自己刻意為之的過錯就這麼算了。

「抱歉。」我清清喉嚨重新來過，下面已經隱隱約約傳出竊笑。「傳耶穌基督的福音，」我重複一遍：「他生理——」我搖頭，「他是，聖靈感孕……」

有效果了，教堂這種地方越是壓抑的笑聲越有感染力，加上爾尼暖場過，第一聲嬉笑傳出便如漣漪擴散，很快引爆哄堂大笑。我望向臺下，看見七年級大衛．巴特菲在長椅最旁邊笑到捧腹坐不直，居然摔進中央走道。才生理期三個字大家就受不了，一個學生滾到地上還有誰撐得住？

修女們紛紛起身，如企鵝在座位間來回試圖維持秩序，當然沒什麼作用。

我望向母親，心裡其實不想，但自己也克制不住。她陪我準備好多天就是為了這幾分鐘，還那麼以兒子為榮。本以為母親臉上會是一片慘澹悲涼，沒想到她不但沒低落，甚至沒難過——一點也沒有，她笑了，還學別人伸手遮掩笑意。

16

走出教堂前廊來到學校中庭，我們班沒人敢出聲。修女們個個還在氣頭上，畢翠絲則已經先一步進去教室，等門關緊了破口大罵，也算難得一見的畫面。

「爾尼．坎韋，你是小丑嗎？什莫．希爾，你令全班、全校、全教區蒙羞！別以為我不知道早上那是怎麼回事，沒笨到會相信你們不是故意的。把教堂當作你們要寶搞笑的舞臺了是嗎？誰會覺得有趣？」

「我覺得喔。」

一時間沒人反應過來。就像忽然響起的鐘聲，那句話與現實太過脫節，我猜每個人都還試著判斷自己究竟是不是生出幻覺。不是我說的，也絕對不是爾尼說的。那嗓音比較高，所以是女生。大家同時轉頭，望向坐在第一排最後的米琦．甘迺迪。

「氣氛不是很歡樂嗎？我說不如投票表決吧。」她話聲方落就自己舉起手，那份叛逆太耀眼太狂野，我想大部分同學都是因此一下子忘記自身處境多沉重，竟然一下子半數人跟著舉手。

「都給我把手放下！」畢翠絲失聲尖叫，氣沖沖到了米琦面前卻不知道該說什麼好，臉漲得由紅轉黑，像小朋友閉氣那樣。我以為她腦袋險些就要炸開。「還有臉說這種話！」修女總算爆出一句：「妳真是……真是……」這時候的畢翠絲就像卡在角落的玩具機器人，一直轉來轉去卻脫離不了窘境。最後她走到瑪麗．威廉斯修女辦公桌，找到學生名簿：「妳是……什麼名字來著……」

「甘迺迪，」米琦自己回答：「就總統那個姓氏，不過我們沒血緣關係。」

「米可菈．甘迺迪！」畢翠絲脫口吼道。

「請叫我米琦[17]。」她糾正：「而且這有什麼好生氣？至少彌撒就不像以前那樣沉悶無趣了啊。」

畢翠絲整張臉失去血色，彷彿下一秒就會昏倒。她又沿著走道過去米琦面前，好像低頭盯著桃樂絲的女巫，卻不知道究竟該怎麼責罵，反倒莫名其妙說了句：「本校不用外號稱呼人。」

「那為什麼大家都叫妳齙翠絲修女？」

那是畢翠絲的外號，我也記不得第一次什麼時候聽到。總之她兩顆大門牙特別突出，很久以前學長姐們就偷偷叫她齙翠絲或齙修女。

畢翠絲直接掐住米琦手臂，幾乎是拖出教室。門又被甩上，我和爾尼面面相覷，才剛演了兩齣大戲彼此掩護，我們不僅懷疑米琦的行動也經過盤算，只是好像做過頭了，而且在之後一輩子友誼裡成為常態。當時我們無法理解的是：為什麼？米琦不欠我們，沒必要蹚渾水，那天之前我甚至對她不理不睬，總覺得爾尼玩球時的副手位置被搶走。

畢翠絲消失後過了五分鐘，一個非神職的行政職員過來，神情疲憊迷惘。「請大家拿書出來

---

[17] 美國社會許多人自己取「別名」或採用親友給的綽號作為日常使用，雖然法律上仍以本名和全名為準，但一般人以至於媒體、學術機構等等的通例是尊重當事人喜歡的稱呼方式。

自習，不要聊天，」她補充：「出聲的人我會帶去校長室。」

也真的沒人講話。

後來操場上和午餐時間都沒見到米琦身影，下午還是沒進教室。畢翠絲修女也消失了，似乎忘記要將我和爾尼留校。瑪麗．貝斯．波特與裴勒莉．強森後來戰戰兢兢如履薄冰，深怕我會告發，但我沒有。放學後，我、爾尼，應該說全班同學都像逃獄似地往外衝，以最快速度騎車回家，到了前院才敢鬆口氣。

進了家門，我聞到所有小孩熟悉的香味——巧克力脆片餅乾。母親正好從烤爐端一盤出來放桌上，還倒了兩大杯牛奶在旁邊。她望向我和爾尼，右側嘴角輕輕揚成微笑。

「什莫．希爾，你果然繼承了你媽的演技呢。」

17

隔週星期一，米琦和瑪麗．威廉斯修女都回到班上，同學對於全校彌撒的荒腔走板避而不談。上了兩堂課之後，修女要大家拿數學課本自習，卻指名叫我到教室外頭，我暗忖該來的總是會來。

她帶我去操場旁邊紅色看臺，隔著石牆避開同學視線。想必很多人隔著窗子偷看。

「我聽說了。」修女開口。

「抱歉。」

但她卻眼眶泛淚，流露出仁慈與溫暖：「你和爾尼怎麼回事，我想我應該不會猜錯。」

我沒回話。

修女嘆口氣：「畢翠絲修女她……有自己的問題。有時候她說的話做的事並不是真的那個意思，你能明白嗎？」

我知道一定和銀色小瓶有關係。「應該吧。」

「什莫，你是個乖孩子。主讓你背負十字架，我也一樣。」

「修女，妳？」我問。

她摘下厚眼鏡，鏡片到了外頭好像蒙上一層灰。這時我才發覺少了眼鏡的話，修女的眼珠子小得十分奇怪。

「什莫，其實我幾乎是個瞎子，就算戴上眼鏡也看得朦朦朧朧。再過幾年大概就真的失明了。」

「還有多久呢？」

「只有神知道。」

當下我心裡很憤慨。內心溫暖慈愛的修女被剝奪視力，畢翠絲那種惡毒的人卻好端端沒事，神是怎麼回事？

「事皆有因，」瑪麗．威廉斯修女的口吻變得很像母親：「如果不是這對眼睛，或許我就不會成為修女和老師。我的眼珠太敏感，從小就得時時刻刻戴墨鏡，其他小孩笑我什麼都看不見，叫我『蝙蝠女』。除了自己家，還能得到慰藉的地方就是教會，在那邊可以摘下眼鏡裝作自己是個正常人。什莫，主的安排是有道理的，每個十字架都是機會，你明白嗎？」

「應該吧。」嘴上這麼說，其實我越來越不確定自己想明白。

她重新戴上眼鏡：「今天放學以後，你和爾尼留下來十五分鐘，幫忙清理黑板和板擦吧。」

「是，修女。」

兩個人站起來，我心裡有股無法置之不理的衝動。瑪麗．威廉斯修女嚇著了，連我自己也很吃驚——因為我上前給了她一個擁抱，片刻後她掌心的溫度傳到我頭頂。

下課時間，爾尼和我看見米琦排隊等球踢。

「妳後來有沒有怎樣？」我問。

「被爸媽禁足一個月，也不准看電視。」

「抱歉。」我又說。

「又不是因為喜歡你什麼的。」她回答。

「不是那意思，但——」

「算了吧你。」米琦向前一腳踹出，球飛得又高又遠，越過大家腦袋瓜，然後丟下我一個人自己拔腿狂奔。這成了米琦．甘迺迪後來的習慣動作。

18

兩年後到了一九七一，父母開車載我到校。那天我戴著畢業帽、穿著畢業服，不知幸或不幸都是紅色，更突顯了我的眼珠。班上大家興奮迎接作為人生里程碑的傍晚，典禮會在教堂舉行，之後走到操場、再轉移到體育館參與生命中的第一次舞會。

才踏進教室爾尼就來打招呼：「成功了，希爾。終於可以逃離這座監獄，我等不及要出去啦！」

我微笑以對，但心裡似乎沒有同樣期待。自己在慈悲聖母學校這些年過得談不上平順，大衛．弗瑞蒙被退學以後稍有好轉，六年級暑假過後重返校園又有一次變化：校長換人了，由一位瑪麗．弗朗西斯修女暫代。畢翠絲修女怎麼了沒人告訴學生，如大衛．弗瑞蒙般幽魂似地消失無蹤，換言之七年級八年級我沒再遇過什麼刁難。回首八年或許不能說有什麼美好回憶，卻擔心我和爾尼進入天主教聖約瑟男子高中之後一切又要從頭開始。面對我，新同學除了這雙紅色眼睛一無所知。

就座以後導師過來最後一次解釋典禮流程。後來帶我們班的琴博小姐不是神職人員，儘管我將全校彌撒攪得亂七八糟還是被她選為三個負責「反思」的學生之一。理論上講臺上會有講稿，但小心起見我會在自己身上留備份。

打開書桌抽屜取講稿時，我找到一個繫著緞帶的小包裹，心想是不是學校發放禮品，但沒見別人手中有同樣東西。轉頭望向裴勒莉．強森，懷疑這回難道會直接滾出一條蛇，可是她那小圈子自顧自地聊衣服、化妝和跳舞，完全沒有注意我。拆開包裹，裡頭有本聖經。一頭霧水的我只能翻開，竟看見秀麗字跡寫著幾句話：

什莫：

願主賜福，眷顧你在高中的新生活。

——畢翠絲修女

我像碰見響尾蛇那樣用力闔緊書本，脈搏加速、畢業禮袍底下身子忽然熱起來。過了幾秒鐘，我慢慢再打開聖經，確認自己沒看錯，然後又一次用力蓋上。

「什莫——」爾尼隔著一排位子問我：「你怎麼啦，一副見鬼的樣子。」

我確實覺得自己見了鬼。「沒事。」

典禮過後我請母親幫我拿東西，沒時間多加解釋就去舞會會場了。對舞會這場合也毫無期盼，覺得大概就是吃餅乾喝潘趣[18]直到結束，沒想到米琦．甘迺迪再次不按牌理出牌，我才一進門就被她拉去舞池。看她左搖右擺扭來扭去，我在野櫻桃合唱團〈隨著放克節奏狂歡〉（Play That Funky Music）旋律中不知所措。

[18] Punch，微酒精飲料。

「我不知道要幹嘛！」我就著音樂大叫。

「動就對了。」

「怎麼動？」

「想怎麼動就怎麼動。」

我照著做了，但樣子一定跟褲子著火的小娃兒差不多。總之我努力模仿、跟上米琦的節奏，沒過多久舞池擠滿人根本也動不了了。此時音樂轉為洛．史都華〈就在今夜〉（Tonight' s the Night）。

原本打算到舞池外面找地方坐下，米琦還是不肯讓我如願。「希爾，我又不會咬人，而且聽說顧舞池的媽媽們比午餐納粹還討人厭喔。跳舞的時候兩個人距離六英寸（約十五公分）才容得下聖靈，你有辦法和我保持六英寸？」

這倒沒問題。之前我沒察覺，又或者心裡有數卻不承認，但一手摟著她的腰、另一手帶著汗與她相握，我知道自己是喜歡米琦的——「喜歡」是八年級生對異性情感的極限。

我很喜歡她。

夜裡回到家，母親將聖經放在廚房中島上。父親看見以後臉上表情就和我剛翻開一樣困惑。母親微笑道：「她不也釋出善意了嗎？」

「但是為什麼？」我問。

「讓你知道，她會為你祈禱。」

「又是為什麼？她明明很討厭我。」

「什莫，她沒有討厭你。」

「這太虛偽了吧？」

「就別質疑她的動機了，什莫。收下這份禮物，然後心存感激。」

我把聖經塞進櫃子，沒打算再去碰。其實很想丟掉算了，但印象中丟聖經、丟念珠也是禁止事項，沒打算為了這玩意兒下地獄。高中和大學那幾年，聖經一直收在櫃子。等母親過世、我準備賣房子，發現東西還在裡面，而且一塵不染。

之後它就到了新家客廳書架上。

大家邁入高中生涯。我還是紅眼睛，爾尼仍是唯一的黑人，米琦也依然是格格不入的怪胎。她還在伯靈格姆，被父母送進天主教主顧聖母女子中學，可是連第一年都沒熬過去。表面上「轉學」本地公立高中了，至少申請大學的文件上都這麼註明，但實際上是參加學校舞會被抓到抽菸。而且連這個說法都不完整：米琦受夠她眼中窒悶的修女與天主教教育，於是就像六年級那場戲，再次自導自演了自己的退學——舞會那天她找了個高三男生當舞伴，全伯靈格姆都知道那傢伙吸毒。不出所料，修女們逮到她吸菸，不過地點不是舞會會場，而是男方的汽車後座，吸的也不是普通菸草，而是嘴裡呼出來的大麻煙霧。

第四部

夢魘和幻想

1

一九八九年，加州伯靈格姆

大衛·弗瑞蒙拉開我車門，一副專業正經的模樣：「請下車。」

記憶中的弗瑞蒙雖是孩子時就比我高出整整一個頭，此刻出了車子卻感覺彼此差距更加顯著。陸戰隊鍛鍊彷彿雕刻家削去他身上脂肪，藍色制服被二頭肌繃緊，前臂筋肉粗麻繩般糾結。手上有個刺青，是海軍陸戰隊標誌：一隻獵鷹站在地球上。

「大衛——」我擠出聲音，希望自己聽起來像個大人，而非驚恐小男孩。

弗瑞蒙手中長型手電筒朝著胸口口袋上的金色徽章比過去：「是弗瑞蒙警官。」

我沒回話。

「說出來。」

「說什麼？」

「說『弗瑞蒙警官』。」

我猶豫一陣，想起自己喝了五杯啤酒，現在不適合唱反調。「弗瑞蒙警官。」

他照亮我皮夾。「魔鬼小子現在變成魔鬼醫生啦？看什麼的？等等，我猜猜，看眼睛的吧。」

「眼科醫師。」我回答。

他抬頭瞪著我：「幹嘛，以為我連『眼科』兩個字都不懂？」

「沒有，我只是——」

「我知道你們叫眼科，不必你多嘴。」

我咋舌不講話。

「醫生今天晚上是不是喝酒了？」

「看球賽的時候喝了兩杯。」

「應該是：我看球賽的時候喝了兩杯，『弗瑞蒙警官』，才對吧？」他糾正我之後還用手攏著耳朵，好像在等新兵回報。

「我看球賽的時候喝了兩杯，『弗瑞蒙警官』。」

手電筒光束朝我眼睛射來，我本能瞇著眼睛別開臉。「有趣，我很確定以前你眼珠子是紅色，是只有胡扯的時候眼睛會變紅，還是你長大了眼珠子也長成褐色？」

我受夠了。「大衛，你到底想幹嘛？」

「我想幹嘛？」他似乎思索了幾秒才回答：「要你轉過去，雙手放在車頂。聽見了嗎？」

「想做什麼？」

他抓我衣領，硬生生將我翻到背面，還瞬間將我雙腿向外踢。警靴前面有鋼板，敲在踝骨上我兩腿一軟跪了下去。

「起來。」弗瑞蒙再用力一扯：「又沒叫你吹，是叫你手放車頂腿張開！」

腳踝感覺起火了一樣，但我勉強站好。弗瑞蒙扣住我右腕扭到背後，手銬喀嚓一聲嵌進皮膚。接著左腕也一樣，再來我腦袋被警棍壓制在車頂。

「還想叫你聽清楚，聽仔細。準備好了沒？」

「嗯。」他用力將我腦袋往車頂壓。「準備好了，弗瑞蒙警官。」

「給你個忠告：把我女兒眼睛治好，然後別多管閒事。再讓我發現你對我前妻胡說八道那些你以為有或沒有的事情，我還會來找你，而且下次就不只是警告了。理解了嗎？」他再次按住我的頭：「不回話很沒有禮貌。」

「知道了。」

「聽不見。」他又擺出老兵態度。

「是，弗瑞蒙警官。」

「很好。」片刻後他解開手銬：「今天心情好，而且我知道你家沒幾個路口，就不叫你做酒測了。」

聽見弗瑞蒙退後的腳步聲，我以為最糟糕的階段過去了，結果一棒子狠狠打在腳筋又叫我跪了下去。如果沒抓緊車門門把，我恐怕會整個人倒在路面上。蹲在那兒忍著疼痛和羞辱，腦中浮現小時候躺在雷伊公園角落，等待弗瑞蒙和兩個跟班遠去。

好不容易能站起來，雙腿後側依舊刺痛。大衛·弗瑞蒙已經坐回警車，冷笑著揚長而去。

2

回到家，腳踝和大腿後側痛得離譜，險些爬不上樓。撐到浴室、拉下長褲，我拿伊珏的小鏡子檢查傷勢。警棍在腿後留下兩條紅色傷痕，六吋長一吋寬，像兩條鑽進皮膚的大蠕蟲。周圍微血管爆裂，冒出許多鮮紅色斑點，所幸從鏡子倒影判斷還不至於演變為血腫，但腿後面遲早瘀青一大片。

小心翼翼下樓到廚房，拿毛巾包了些冰塊，關上冰箱門以後看見我和伊珏給彼此留言用的磁鐵便條紙，順手拿了一個走向沙發，墊好冰袋以後緩緩坐下。毛巾纖維摩擦紅腫處還是刺痛，我也只能忍著不適，頭往後枕在靠墊。

彷彿又回到七歲那年，明明被人揍了還得說謊掩飾，堅稱是自己摔車。那麼小的年紀我就意識到世界上沒人能夠真正保護自己，他們說再多次都不行。另一個念頭閃過腦海，嚇得我從沙發跳起來：我沒料錯，是大衛．弗瑞蒙重擊自己女兒頭部造成創傷，可能導致一眼失明。不只如此，弗瑞蒙還調查到我是眼科醫生，知道我開業地點、他前妻來過。換句話說，弗瑞蒙跟蹤前妻，於是也開始跟蹤我，難怪崔娜．柯羅齊矢口否認。

一如小時候被打的我，她得出同樣結論：必須靠自己保護女兒。執法單位不可靠，會偏袒前夫。崔娜．柯羅齊能找誰求助，能向誰提出質疑？難怪我表態要幫忙，反倒遭她一笑置之。幫忙？怎麼幫？幫她報警嗎？

拿起話筒撥給波士頓的酒店，當下忘記了三小時時差。我請櫃檯轉到伊珧．普萊爾房間，等待轉機的空檔努力鎮定情緒，免得語氣真的像個小男孩。

鈴響兩次之後我聽見話筒被拿起。「哈囉？」

一個帶著醉意的含混聲音應答，聽起來是熟睡被吵醒，說不定臉還埋在枕頭內，大腦不十分清楚。

但絕對是男人。

「哈囉？」對方加強語氣再問一次。

我正打算回答「抱歉撥錯房號」卻聽見簾子掀開與伊珧驚恐低呼。

「糟糕——」她叫道。

3

一九七一年，加州聖馬刁市聖約瑟中學

初入高中，過程不像進小學那麼粗暴激烈，但也談不上真的順遂。我猜學校教師事前就對紅眼有所耳聞。同學一開始冷淡，頭幾天不少人偷偷瞪我、在走廊耳語。我和爾尼的交情成為破冰關鍵，男校總是崇尚體育，他馬上像搖滾明星竄紅，我則類似經紀人之類角色。有爾尼．坎韋站我這邊，沒人敢開口辱罵，久而久之我得以融入大環境——在可能範圍之內。

聖約瑟中學裡，學生分作幾個大群體，例如運動健將、書呆子、邊緣人、癮君子等等。我遊走在前面三種之間，運動方面維持得最辛苦。就體格或天賦而言我實在不算出色，但高一還是進了校隊，靠的是決心與練習。教練答應的說法不怎麼動聽：「這麼努力才換來一點點進步的孩子，我怎麼忍心拒絕呢？」無所謂，只要能進校隊就有機會像班上同學證明即使「狀況」不同，我終究是正常人。

其實下場比賽機會不多，教練願意派我出去通常是已經遙遙領先、又或者是絕對追不上了。在場上我的戰略是在對手身邊轉來轉去如蚊蟲糾纏不休，配合這雙紅眼睛確實能嚇到對方失誤。隊友與少數來觀戰的球迷倒挺喜歡這打法，在場外給我打氣時大喊：「堵死他！讓他鬼打牆！」後來傳開養成習慣，四年聖約瑟中學歲月我就叫做鬼打牆。母親不大中意，但比起「魔鬼小子」

的話我自己倒覺得沒那麼多負面和貶損的味道。男校裡誰沒外號，我得到的待遇已經比很多人好。

4

六歲那年，父母初次帶我到「十六英里」餐廳慶祝生日。父親騙我說懷特．厄普[19]與西部一干神槍手隨時會衝進擺門，踩著馬刺靴子走向銅邊木吧檯，或者挑張圓桌坐下吃炙烤紐約客牛排。我也挺喜歡撒了木屑的實木地板，以及戴高帽穿條紋襯衫的樂師演奏立式鋼琴。每年我都是點牛排、烤馬鈴薯和沙拉，也曾經認為這就是世界上最棒的館子了。不過十六歲生日這晚，我心飄到別的事情上。

「什莫，吃慢點。」我又叉起一塊肉，母親在旁邊嘮叨：「嚼都不嚼，小心噎到。」

早上父親如先前承諾，帶我去監理所領駕照。我考了九十四分，考卷與成績都收在剪貼簿內，標註了一九七三。爾尼比我大一個月，也是生日就考照，他爸媽給了個驚喜，禮物是輛番茄紅福斯金龜車。我自然期待父母也有準備，但同時明白家境並不寬裕。

「他不是不嚼，」父親開口：「是把肉當空氣。」

「餓了而已。」我回答。

「再怎麼餓也要有餐桌禮儀喔，什莫。」母親繼續嘮叨：「嘴巴塞滿東西就別講話。」

才吃了半小時我就將餐盤推開：「飽了。」

[19] Wyatt Earp，美國西部歷史上著名的賭徒和警官。

「烤馬鈴薯都沒動，」父親說：「很不像你喔。」

確實不像。母親常開玩笑說我會把家裡吃垮。其實我個頭不算大，爾尼直接拔到六呎三吋（約一百九十公分）、超過兩百磅（約九十點七公斤），渾身都是肌肉。我才接近五呎九、一百四十磅（約一百七十五公分，六十三點五公斤），只是代謝率媲美長耳兔。

「留點肚子吃蛋糕。」蛋糕在家裡，我希望新車也在家裡等著。

5

父親將獵鷹停在門前，沒別輛車了，我的心跟著引擎熄滅。不能怪別人，只能怪自己，何必存有不切實際的期待，家裡什麼境況做兒子的還不瞭解嗎？這幾年父親每天在藥局待更久，怎可能買得起新車。道理我都懂，但畢竟是個剛考到駕照的十六歲少年，盼望沒那麼容易放下。

鑽出後座，我緩緩朝屋子邁步。

「一整晚不知道急什麼，真的到家了反而像隻烏龜慢條斯理。」母親說。

父親開了正門，轉頭對母親說：「眼鏡好像丟車上了。」他看似要穿過我身旁，卻突然腳跟一扭，將我推進屋內。

「驚喜來啦！」

燈光一瞬間亮了。爾尼、米琦、六個高中同學站在玄關，坎韋先生太太在後頭。

「所以我才要慢慢吃拖時間，」母親嘆道：「你差點害大家來不及準備。」

後來我得知都是米琦的主意。她還逼著爾尼去拉幾個班上同學露臉。

一開始大家圍在餐桌，母親與米琦硬要我戴上尖帽子，其他人跟著起鬨，感覺好糗。合照也收進剪貼簿，妙的是閃光燈把大家都拍成了紅眼。吹蠟燭之後母親幫忙切蛋糕，給我時間拆禮物。

爾尼遞上卡片：「大家一起給你的。」

「七個人才一張卡片，你們對我可真好。」我打開看到裡面居然黏著牛皮紙袋，袋子裝了六張五塊美元鈔票。

「詹森欠著。」爾尼解釋。校隊中鋒李奇．詹森是眾所周知的小氣鬼，我才不信自己拿得到他五塊錢。

坎韋夫婦交給我一個包好的盒子。母親說其實沒必要包裝的，他們真有心。打開一看，有顆棒球像無價之寶收藏在透明塑膠盒內，上面竟然有威利．梅斯[20]的簽名。「不會吧，」我邊驚呼邊拿著盒子轉來轉去從各種角度觀察字跡：「怎麼拿到的呀？」

坎韋先生聳聳肩。他從自家車庫轉移到摩天辦公大樓，還給爾尼買新車，可想而知新公司業務蒸蒸日上。

之後母親帶我們去地下室，兩人佈置成青少年娛樂中心。父親搬了電視機、撞球桌、飛鏢圓靶和彈珠檯下去，都從百老匯大道那邊停業的酒吧買過來。米琦打撞球像作弊，誰都贏不了，當然大家還是躍躍欲試，只不過目的單純就是多看她幾眼，理由也很明顯。前一年夏天，我家去俄羅斯河玩水的時候帶上了米琦，她居然穿了比基尼，身材真是健美，除了蠻腰和結實腹部，臀部翹得我那些同學打趣說可以扭開啤酒瓶蓋。大家看她給球桿上滑石粉、俯身貼著桌子就開心了，米琦每個動作姿態都流露性感。而且在我看來，她自己也很享受大家的注目。

「不給別人一點機會嗎？」我低聲問。

「有人出來贏我就好了呀，」她回答：「還以為聖約瑟的男生多厲害。」

又逼得大家蜂擁而上。

午夜過後，其他同學先散了，其中三個表態想送米琦回家，全被她拒絕了。她直接坐在我和爾尼中間，拿我肩膀當枕頭一起看深夜電影。

「米琦，我該送妳回家——」父親下樓話說到一半改口：「不對啊？什莫你不是有駕照了嗎，所以應該是你送人家回去吧？」

我們上樓到廚房，母親正在收碗盤。我從背後抱住她：「生日很開心，謝謝媽。」後來對自己想要新車有點罪惡感，父親為了讓我們吃飽穿暖就很辛苦了。

「願望都有實現嗎？」她問。

「超乎想像。」我說。

「開車是要負責任的事情。你小心些，別在外頭晃。」

我答應會盡快往返。

「也別停了車又不下車。」她一副了然於心的表情。

「媽——」

米琦選在這時候闖進來：「別擔心，希爾太太，我才不會給他亂來的機會。」

「當然嘍，米可菈妳可是好女孩。」唯一一個叫她本名也不會怎樣的就是我母親。

「好、好，」我猜自己臉紅了：「走啦。」

父親將獵鷹車鑰匙放在我手裡。我為米琦推開正門，跟著走到門廊卻撞了上去。她忽然停住

⑳ Willie Mays，被譽為棒球史上最優秀球員之一、最出色的現役球員等等。

不動。

「不會吧！」米琦盯著前面，口氣非常訝異。車道上還是同樣一輛獵鷹敞篷車，只不過用紅色絲帶繫了大大的蝴蝶結。我轉頭望向雙親。

「驚喜！」兩人齊聲喊道。

「怎麼可能！怎麼可能！」米琦從門廊走向車道，在獵鷹周圍轉來轉去：「居然把獵鷹給你？」

「可惡——」爾尼跟著低呼。

原本我以為就算能有車，也就是講究安全而非速度的二手車。獵鷹外形就酷，何況還是敞篷跑車。「真的假的？」我問。

父親聳肩：「你媽想要換車啦。」

我知道母親還很寶貝這輛獵鷹，即使累計里程數挺多了，也稍微有點漏油。

「真的要給我？」我還是有點難以置信。

「你得自己付油錢和保養喔。」父親回答。

週日下午常常跟著父親換機油和調整零件，或許是不想再去快槍俠艾迪那邊、也或許是為了省錢，當然也可能兩者皆是，總之該學的我已經學會了，有把握能將獵鷹保持在巔峰狀態。油錢則是另一回事，現在每加侖要三十六分，朋友們贊助的三十塊美元撐不了多久。

「你開這輛車就成為美女磁鐵啦，鬼打牆。」爾尼說：「特別是我也在車上的話。」

「你居然有車了。」米琦聽起來倒是不怎麼喜歡今天第二個驚喜。

「正好星期五星期六，」爾尼繼續說：「去王者大道兜一圈就知道！」

「別那麼著急，」母親朝著爾尼挑眉：「什莫才剛拿到駕照。」

「我幫忙盯著，」米琦說：「不會讓人隨隨便便上他的車。」

6

王者大道上，米琦從長條椅另一側滑過來挨在我身邊。後來這就變成她專用的座位了。「你爸媽太溺愛了。」

「哪有。」講是這麼講，我自己也藏不住臉上大大笑容。

「居然給你一輛跑車。」

「又不是全新，我還得自己付油錢和維修。我爸說的妳都聽見了。」

「好可憐喔。」

「要說溺愛也是爾尼才對吧，他那輛車可是全新的。」

「拜託，金龜車和敞篷獵鷹也能比？大家搶著要這輛好嗎，就算是希爾你要約人上床都不成問題了哦。」

我又感覺臉一紅。

米琦稍微後退笑了起來：「怎麼，希爾，你還是處男嗎？」

「才不是。」但我一直不擅長說謊，尤其在米琦面前。

「分明就是，」她繼續笑著：「還是處男呀。」

「是、是，怎麼樣？這年紀男生很多都是吧。」

「學校沒女生，就全變成同性戀了。」她取笑道。

但我沒那種心情。「不對，是因為女生對紅色眼珠的男孩子沒興趣。」

之後兩個人都不講話。高中舞會上，稱霸球場的爾尼．坎韋身邊從來不乏女伴，米琦也是眾星拱月好比《亂世佳人》郝思嘉。我總是躲牆角等他們找藉口脫身。米琦除了發育之後身材姣好，男孩子像蒼蠅受到生肉吸引，我也懷疑是否與她被天主教女子學校退學以後的名聲相關。爾尼和我都聽過別人背後講她閒話，也想過該告訴她，但始終沒提起勇氣開口。此時此刻，或許因為自己有了受傷的感覺，顧不得那麼多說出口了。

她先開口：「抱歉，什莫，只是開個玩笑。」

「米琦，妳自己得注意一點。」

她斜眼瞟我：「注意什麼？」

「男生私底下也會風言風語。」

「例如天主教家庭的女孩都很飢渴之類的？」

我是聽過這種說法，自己見識有限不覺得有證據支持。「也會說妳的閒話。」我解釋。

她微微轉身別開臉：「我又不在乎他們那些胡扯。」

「應該要在意的。」

米琦頭轉過來，表情帶著挑釁：「為什麼？」

「別人說的是例如妳……很隨便，這一類。」

「那些混蛋愛說什麼隨便，他們根本不認識我。」

「今天晚上妳幹嘛都不讓別人撞球？」

「這又什麼意思？」

「怎麼說呢，妳沒看到他們那種眼神嗎？」

「那又怎樣？你不喜歡他們盯著我屁股看，我就得故意輸球？」

「沒這樣說。」

「不然什麼意思？」

「沒事。就這樣吧。」

「你自己為什麼不阻止？」

「因為我不是妳男朋友啊。」

「那不就得了。」

又沉默了。我沿著王者大道前進，兩個人盯著擋風玻璃。到了她家前面，停車以後米琦轉過頭來。「抱歉，」她說：「說你處男什麼的不是想諷刺你，就覺得好玩，而且還挺可愛的吧。」

「沒關係。」我總覺得自己被當成小狗狗了：「我也不該管妳讓不讓別人上桌。」

米琦的笑容蒙上一股憂鬱：「這樣好了，希爾。要是你滿十八歲還是處男，我就跟你上床歡送你進大學。」

我試著擠出笑聲，但聽起來反而像噎到。接著我說：「幹嘛，非得毀了現在美好的關係？」

「現在是什麼關係？」

感覺氣溫又瞬間降了好幾度。「什麼什麼關係？不就朋友嗎？」

「嗯，」她回答：「朋友。」

「怎麼了？我說錯什麼嗎？」

「沒事。」米琦往外一滑推開車門。

我在紅色長條皮椅上探身。她關了車門，我便隔著車窗問：「嗯？妳怎麼啦？」

小盒子砸在我臉上以後掉在座椅。「生日快樂。」米琦說完跑進她家車道。

不解的我拾起盒子打開，裡面一塊薄薄方形海綿墊著銀鍊，墜子是守護旅人的聖克里斯多福徽章。我將銀墜翻面，雖然沒開車頂燈也看見了米琦刻下什麼文字。

平安順心。

——M

7

高二那年春天我加入棒球校隊的二隊。雖然一開始我連輪流投接都做不好，母親願意花時間在週六陪我練習，打滾地球給我、又當我的捕手，最後我總算還能打出一壘安打，防守過得了關。但才一兩個月，我開始頻繁地揮棒落空。

「想過可能原因嗎？」某天晚餐時父親問。

我很挫折，告訴他：「不知道，就覺得好像看不見球。」

翌日就被母親帶去間普萊德摩爾醫師。

檢查過後，醫師給了臨床診斷：「你真的看不見球。其實你上課怎麼看見黑板的我都不知道。最近會不會頭痛？」

的確會，但我每堂課都往前一排解決。

「視力掉了很多。」醫師繼續說。

母親恐慌起來。「很嚴重嗎？」她問：「不會失明吧？」

醫師斬釘截鐵說不會：「可是得戴眼鏡了。」

我挑了粗黑框，就像克拉克．肯特[21]。沒發生整容般的奇蹟，我本來長得也就一般。不過這兩年褐色頭髮由淺轉深，下顎方正前額寬，開始有人說我像父親，看照片的確與他年輕時神似。出乎意料的是，戴了眼鏡好像也略微修飾掉過去最引人注目的特徵。

看完醫生回去，米琦到我家裡等，反應算客氣，說我新造型「斯文帥」。隔天上學，爾尼可沒那麼委婉：「不就《隨身變》[22]裡面的傑利．路易斯嗎？」

---

[21] DC漫畫中超人的凡人身分。

[22] *The Nutty Professor*，一九六三年傑利．路易斯（Jerry Lewis）主演的喜劇電影（造型為黑框眼鏡和齙牙的書呆子教授）。一九九六年艾迪．墨菲（Eddie Murphy）重拍，主角更改為極肥胖身材。

8

高三那年籃球校隊一隊首輪選拔，我勉強留下來。過程慘烈，教練莫朗直接將名單釘在辦公室外面軟木板。我是倒數第二，暗忖在上頭也留不了太久了。十三個人搶十二個名額，教練說最終落選者會得到他當面通知。忽然有人拿著粉紅色紙條闖進我那堂微積分先修班，臺上老師瞟我一眼，當下我就心裡有數。

「鬼打牆，」後來連教師也習慣用外號叫我：「莫朗教練請你下課後到他辦公室。」教練傳小紙條可不是要當好哥兒們。我要轉換跑道，去當書呆子甚至邊緣人，永遠別想出風頭。

聖約瑟中學男子更衣室急需整修，但這麼說就好比水門案只是小偷闖空門。一九四〇年代男子更衣室跟著本校落成，特色是水泥牆、鐵格窗和土耳其監獄等級的照明、通風和氛圍，櫃子明明都是金屬卻瀰漫水果腐爛的酸味。莫朗教練那間小辦公室就在角落，我有時候懷疑酸味聞太久所以他才總板著臉。

將眼鏡推上鼻梁戴好我才敲門。莫朗教練喊了聲：「進來。」

我推開門：「教練找我有事？」

他手掌掩住靠在耳邊的電話話筒。「鬼打牆，你先進來坐。」教練壓低聲音吩咐。我在幾張書桌旁邊找到折疊椅，還有兩張桌子併在一起就充當訓練床了。起初我以為他是和妻子講電話，語調前所未有的溫和，而且持續兩分鐘沒半個髒字。

「我見過最棒的，」後來聽見他這麼說：「才高三而已。」莫朗稍微停頓，「就是因為報紙去年不怎麼報我們學校啊。相信我，你絕對會想看他的比賽。」

猜得到是指爾尼。他才高二就進入橄欖球和籃球一隊，還直接成為王牌。

「所以打給你，讓你搶在那些餓狼前面先聯絡。慢了可就來不及了，他這叫韜光養晦，很快就會發光發熱。」

又過了一分鐘，教練終於放下電話靠著椅子。莫朗高中時代意氣風發，同時是橄欖球、籃球、棒球校隊的最佳球員，聖約瑟中學籃球館也有三面海軍藍錦旗以金線繡上他的大名。他身材依舊健壯精實，感覺一旦出手依舊能稱霸全場。

「該拿你怎麼辦好呢，什莫．希爾？」教練有個習慣，指導批評的時候會一直叫學生全名。

「不能這樣，什莫．希爾。不行。掩護要在這兒才對啊，什莫．希爾。你沒攔住對手的話我們就完蛋了，聽懂沒啊，什莫．希爾？」

「懂了，教練。」

「那他媽的守好啊，什莫．希爾。」

我明白剛才教練只是感慨，但覺得可以趁機自我推銷：「那就讓我入隊？」

這麼直接一句話逗得教練咯咯笑：「鬼打牆你這熊心豹子膽是值得嘉獎，確實我還沒帶過這麼堅持不服輸的小鬼。你就是缺了身高、速度和準頭，太矮太慢而且投不進籃框。」

「投籃可以練習。」我說。

他斂起笑意，蹺著的兩條腿從椅子落地：「可是鬼打牆，我面對一個困難抉擇，就是到底該留下你還是恰克．班奈特。隊伍就只有十二個號碼，然後我挑明說吧——你充其量就是十二號，每天辛苦練習卻沒多少機會下場。我知道你很勤勞很認真，但是……」莫朗低頭望向擱在大腿的兩隻手，「有個變數。舒博老師說你文筆可沒有鬼打牆，真的有天分。」

起初我還不懂兩件事情怎麼串起來。迪克．舒博是校刊《聖約瑟修士報》的指導。

「舒博老師希望你加入那邊，可是校刊無論開會還是製作大半都在放學後。」這下我想通了。「鬼打牆，你沒辦法兩全其美，」教練伸手搔下巴，好像思考著該不該刮鬍子：「與你相比的話，班奈特啥也幹不好。我把他踢出校隊等於逼他去呼大麻吸毒。你明白我為什麼猶豫了嗎，鬼打牆？」

明白是明白，但眼看要與夢想分道揚鑣，我實在善良不起來。

教練又問：「鬼打牆你以後想做什麼，有規劃嗎？」

「想過當醫生，」我回答：「可能眼科吧。」一次普萊德摩爾醫生給我檢查之後蹦出這念頭，他總是耐心仔細，不只說明我的情況，也解釋眼球內部構造，所以感覺順理成章。

「那你覺得對你未來、在你履歷上，有幫助的是什麼？寫作能力，還是罰球得分？」

教練戳到重點，我也無法否認。長大回顧這段經歷，察覺自己從最不可能的人得到最直白的忠告，人生徹底轉了個大彎。但，很不甘心，好想繼續待在校隊，就算只有掛名還是很威風。懊惱之中又一個念頭閃過：我有辦法化危機為轉機，而且對自己對爾尼都有幫助。確實我還挺喜歡寫作的，報社相關履歷也能加分，尤其若是計畫順利，還能提早存些大學學費。爾尼的部分，雖然他在球場所向披靡，學業方面儘管有我從旁協助卻不見起色，想進大學勢必被學科拖累。如果能申請體育獎學金就另當別論，但體育獎學金需要知名度。教練在電話中又說對了，本地報紙在高中運動員這塊做得很差勁。

「教練，如果對你沒分別，那我就去校刊社吧。」我開口：「雖然很想留在校隊，但其實我爸開店，也需要我下課後幫忙送貨之類，確實是忙不過來。」

我們起身握手。「鬼打牆，我保證，下午名單貼出來，你的名字會留在上面，想和同學怎麼解釋就是你的自由了。」

我走向門口。

「鬼打牆——」

「教練？」

「人最重要的還是心。我帶過這麼多學生，你是胸襟最廣的一個。希望你能不忘初衷。」

「我會記住的，教練。」走出辦公室，碎了一個夢，卻感覺自己蛻變為七呎高的巨人。

9

「什麼情況？」爾尼沒等我身後更衣室轉門闔上就急著問，他一直在走廊上等。

「我有被選上。」

他高舉拳頭，我們一起穿過走廊，很多學生用過午餐忙著找教室。「你比誰都努力，就知道教練會選你。」

「可是我拒絕了。」

爾尼停下腳步：「你什麼？」

「舒博老師想找人給校刊寫體育新聞，明年接受總編輯的位置。」

「所以？」

第一聲鐘響迴盪得清脆。「我去寫作會比繼續打球要有意義，但都需要時間，不可能兩者兼顧。何況，我爸店裡也需要人幫忙。」

「你打算放棄籃球？」

「也是為畢業出路著想。」鐘聲與置物櫃關門砰砰作響，但沒壓過我的答案。

「什莫你怎麼可以走——」

「沒有要走啊，」我說：「只是換個方式。你想想，我可以寫好多你在比賽的成績和表現。」這話勾起爾尼興趣，眼睛都亮了。「所以我還要打電話去報社應徵，看看能不能做高中體育記者。教練說他們很缺這方面的人，我成功的話你就準備成為傳奇人物。」

其實應徵報社是偷聽莫朗教練電話後想到的點子。既然都要給校刊寫文章，能順便賺錢何樂而不為。

回家之後我就付諸實行，聯絡了報社體育部編輯，詢問是否需要高中體育記者。對方約我隔天面談、想看作品集，我還沒寫過新聞所以只能用英文課散文代替。所謂乞丐沒得挑剔，報社直接錄用了，答應支付每欄每吋的稿費三十五分錢、交通往返的油費，還給我記者證。

之後一年半，每星期報紙至少報導一次爾尼的活躍。升上四年級，爾尼在我塑造下已經不只是聖約瑟中學的傳奇人物，而是整個郡家喻戶曉的運動明星。大學球隊的星探大量出沒在爾尼參與的比賽和練習場邊，邀約信從涓涓細流變成洪水灌爆他家郵箱，從郵戳來看有南加州大學、加州大學洛杉磯分校、加州大學本部、雪城大學、北卡羅萊納大學、喬治亞大學、佛羅里達大學、亞利桑那大學等等。各校教練分別在籃球、橄欖球、田徑方面提供獎學金，結論明顯指向橄欖球是最能發揮他所有優勢的項目，將來也更有機會當作事業經營。

棄籃球從寫作有兩個意料外的發展。給爾尼寫的一篇專稿在新聞寫作比賽得到第一名，我獲得五百美元獎金，後來舒博老師開始將我的文章投到更多類似競賽內。高四結束時，我累計的獎金將近兩千五百美元，母親常說不是小數目。但有沒有賺錢也不是最重要的事情，不必練球我就有更多時間到父親的藥局幫忙，於是催生出第二個意料外。

米琦與我的十八歲之約可以作廢了。

10

得知我不上場比賽了，父親起初很失落，不過在餐桌邊聽我說想去藥局打工、存大學學費以後開朗起來。我早就察覺他們手頭太緊，母親不止一次建議我乾脆先去社區大學修通識。我明白她的顧慮，也不希望自己再給家裡添負擔，但同時仍舊很想上大學。

「那明天起，你就是百老匯藥局的鐘點人員，負責外送和倉儲。明年艾利克斯上大學以後，多出來的時段你可以接過去。」

「成績能保持再說，」母親開口。對我不打球了這件事她不這麼感傷，挖了薯泥放在我餐盤之後繼續說：「說不定什莫你可以成為下一個伍德華、伯恩斯坦還是華特．克朗凱[23]，不也很棒嗎？」

能的話當然很棒，但哪個電視臺會聘一個紅眼珠的人報新聞？即使我接受了自己的長相，也沒天真到以為別人對奇特的外貌都無所謂，而且每次一放下戒心就會有人出來提醒我。

[23] 前兩者為Robert Upshur Woodward與Carl Bernstein，揭穿水門事件醜聞的兩名《華盛頓郵報》記者。Walter Cronkite是冷戰時期美國最著名的新聞節目主持人。

11

聖約瑟中學校刊隔週發行，都用課後時間進行編輯製作，我把握好時間就能準時抵達父親的藥局，幫忙拖地、上架、補滿處方藥碟，然後出門送貨。復活節過後不久，藥局櫃檯來了個女孩子，由父親的資深助理貝蒂進行新人訓練。幾個月前晚餐時父親確實提過這件事，貝蒂丈夫生病了，希望能縮減工時，母親便建議從附近高中僱用個女工讀生，這樣只需要支付最低工資就好。

貝蒂教到一半，女孩抬起頭看我，臉上立刻露出笑容。「你就是什莫吧，」她將手伸出櫃檯：「我叫唐娜。」

母親大概會用「大骨架」形容她。藍色罩袍在貝蒂身上是垂的，在唐娜身上可就不同了，胸前高高隆起，感覺身材豐滿。

「嗨。」我只能擠出這個字。

上工之後應該先拖地，總覺得比起以往來得麻煩，無論我怎麼換走道都一樣，唐娜總是剛好在前面給架上商品拍灰塵，趁沒客人的空檔找我聊天。

「聽你爸說，你是聖約瑟的學生？」她將散在肩膀的頭髮撥到耳後，露出一只銀色圓圈耳環。我還留意到唐娜上眼瞼塗了藍色眼影。

「現在高三。」我回答。

「我是伯靈格姆高中四年級。學校都沒女生是什麼感覺？」

「普通，」我說：「習慣就好。」

「我就覺得女校很無聊，」她繼續這個話題：「沒辦法想像那種生活，自己的好朋友一直都是男生。聽你爸說你打棒球？我也打壘球，是一壘手。」

「但是我要給校隊寫報導，沒辦法繼續打球了。」這番話很不老實，講得好像我是為了球隊犧牲。

「我知道，」唐娜回答：「看過櫥窗裡面的報導。」兒子成了記者父親挺得意，將我在校刊和地方報紙的文章放在店內櫥窗展示。「講爾尼・坎韋倒數第二棒那篇我滿喜歡的，描述得好刺激。」

「妳讀了啊？」

「沒有全部，但讀到的都不錯。」

只能說唐娜人真好。報社編輯將我的文章修得面目全非，就像電視節目《天羅地網》（*Dragnet*）那句標語「只給你事實」。無論如何有個高年級女生說自己寫作不錯總是開心。「或許之後找個時間去看妳們打壘球，」我說：「也可以寫一篇放上報紙。」這句話不過就想留個好印象，否則本地報社從來沒報導過壘球新聞。

「真的嗎，」唐娜回答：「不過好像沒什麼東西可以給你寫就是了。」

一直以來我不太習慣和女生講話，只有米琦例外，畢竟她後來出現在我家的時間比在學校碰面還多，就算我不在家她都會去找我媽，兩個人一起出門購物甚至偶爾看電影。有幾次我偷看到她們坐在餐桌邊，米琦似乎哭了。我問起這件事，母親答案沒變過：「女生之間的悄悄話，你不會有興趣。」問米琦也是差不多的說法。

和唐娜聊天感覺算輕鬆，沒什麼壓力、不必在乎自己表現酷不酷。反正人家是學姐而且十八了，對一個未滿十七歲的小毛頭不會有興趣。

有一天下午，外送的東西多得不大尋常，我忙到打烊前五分鐘才回到店裡。現金帳目登錄好之後，我竄到後面辦公室拿外套，唐娜正好踮著腳尖要把工作袍掛上牆壁。之前猜想果然沒錯，白色針織毛衣無法遮掩那對乳房的形狀。她一回頭就發現自己被我盯著看。

我趕快裝作若無其事走上前：「要幫忙嗎？」

「我是挺矮的，但也沒有那麼矮啦，謝謝。你還真有禮貌，好可愛。」

我覺得自己臉紅了，立刻掉頭從門口掛鉤取下外套。「那明天見。」我開口。

「要等星期三，」唐娜回答：「父母不希望我每天打工，還是得念念書。這學期修滿學分了，上學期又玩太兇。」

「那就星期三見。」我說。

明知道唐娜說自己可愛只是客氣，畢竟我可是老闆的兒子。何況口吻更像大姐姐對小弟弟。然而夜裡回房念書時我想著她，之後兩天也一樣。

12

週三課後的校刊開會比預期要久，我到藥局以後隨便和唐娜打了招呼就穿過前檯搖門上樓，父親站在裡頭對著打字機施展一指神功。

「爸，抱歉來晚了。」

「學校優先。」他撕下標籤交給技工。

「那我去忙。」說完我就拿了雞毛撣子開始清理走道，唐娜則在櫃檯與黎歐．托馬洛聊天。托馬洛在本地高中圈子是有點名氣的橄欖球員，但也聽說他腦袋傻乎乎的。他常來店裡和我爸聊體育競賽，最近消息說他大學讀了一會兒就要「暫時休息」。

我整間店清理完了他還在和唐娜聊天。我過去櫃檯收拾垃圾，他還不肯走。

「喂，小朋友，」他那語氣好像以為我十歲：「聽你爸說你變成體育記者啦？好像有句話說『行的人上場，不行的人寫文章』。」他朝唐娜露齒笑。

「應該是『能者為之，不能者不為之』吧？」我說。

「隨便啦。」

「社區大學好玩嗎？」我問。

「先不去了，」他說：「有好的工作機會，不想放棄。」托馬洛轉頭朝外指，人行道邊停著一輛舊款紅色雪佛蘭卡馬洛。「才剛換了新的『輪子』，快一千塊。」

「不錯，」接著我真的忍不住：「托馬洛開卡馬洛。」

唐娜噗嗤一聲，但假裝自己只是打噴嚏。

托馬洛回答：「是啊，我還想去申請個人化車牌呢。」

唐娜緊緊抿著唇似乎正在憋氣。我示意要拿收銀臺下面的垃圾盒，她退後一步讓出位置。咬著舌頭忍笑蹲下以後，我拉出垃圾桶，裡面大部分是面紙——貝蒂一年四季都在感冒，再來就是些糖果包裝或收據。我還得伸手到盒子後面撈出貝蒂沒丟中的紙團，唐娜忽然跟著蹲在收銀機後面。她平常就不怎麼拉緊藍色罩袍的拉鍊，現在這姿勢不僅讓我看見銀鍊與墜子，還露出清晰的乳溝。我趕快將眼睛轉到垃圾上，可是唐娜又開口說：「喏，什莫。」

她遞一個紙團過來，偷偷做了個手指挖喉嚨的動作，我看了忍不住大笑。事到如今托馬洛應該也察覺自己成了笑柄吧，我站起來之後他又說：「小朋友你上高中沒呀？」

「高三了。」我回答。

「在那個娘炮學校？」他故意嗲聲嗲氣扭手腕：「沒女生的學校我受不了。你們大概沒那種煩惱吧……還是煩惱更多？」他又扭扭手腕。父親從後頭喊了聲，代表托馬洛的藥剛配好。「小朋友幫我領一下？反正本來就負責跑腿？」他朝唐娜眨眨眼睛。

「好的。」我像隻順從的獵犬過去拿了白色藥袋，回來以後將藥單交給唐娜做收銀登記。托馬洛拿出信用卡甩在櫃檯：「好好努力，有一天你也能辦卡。」

「嗯哼，」我裝作忘記了似地話鋒一轉：「啊，我爸說這個每天擦兩次，疹子很快就會消。」實際上父親沒交代，也不會當面提起症狀造成客人尷尬，但我在店裡混久了對一般用藥有概念。托馬洛來不及反應，我又朝窗子撇了下巴，交通警察站在路邊拿出罰單。「停車費應該不能刷卡喔。」

托馬洛抓了藥袋匆匆離去，還沒跨出大門唐娜就笑出聲音。

13

送貨結束，回到藥局時父親正好鎖上前門、掛起打烊的牌子。唐娜還留著幫忙收銀結帳，過了半小時才解散。

「回家見。」父親走向自己的車。

「今天那個客人會不會太誇張了？」唐娜和我同方向。

「我爸店裡請的女孩子，他每個都追過。」但其實唐娜是藥局第一個女工讀生。

「可以想像，他在學校也是亂槍打鳥，大家都看得出來他想幹嘛。」

「想和妳們談心？」我問。

唐娜笑了起來：「怎麼可能。」

我停在獵鷹旁邊，她看了說：「哇，好車。」

我模仿托馬洛剛才的語氣：「那小朋友，妳的『輪子』呢？」

「沒輪子，鑰匙給我爸沒收了。一言難盡。」

「有人接送嗎？」

「想得美。我爸不讓我開車就是拿走路當處罰，他說運動一下說不定會醒腦。」

「妳住哪兒？」

「不遠，希爾斯堡，兩英里而已。」

我沒多想就說：「不然我送妳。」

「不順路吧？」

完全反方向。「沒關係。」

唐娜拍了下我手臂，好像電流竄過皮膚。「就說吧，可愛有禮貌。」

上了車，唐娜問：「能不能開篷？」

外頭其實有點涼，但我樂意配合。除了母親和米琦，還沒跟別的女性單獨乘車過，要是有認識的人經過看見這一幕剛好：魔鬼小子也載得到學姐。

希爾斯堡是高級社區，房子大車道寬還有開闊草坪。轉了幾個彎之後我意識到自己完全找不到回家的路。

「這裡轉彎。」唐娜吩咐。穿過兩根磚砌柱子，後面車道切過修剪整齊的花園，有英式樹籬與薔薇，還有些我說不出名字的植物。最後車停在壯觀的兩層樓高灰泥外牆房屋正面柱廊，「妳爸做什麼的？」

「是指不罵我不禁足我的時候？有名的大律師。」

「妳媽媽呢？」

「不是打高爾夫就是打牌，然後晚上喝酒。」

聽了我覺得像是被打一巴掌，不知道該如何回應。

唐娜撥撥頭髮：「什莫，你會去派對嗎？」

直到那年我都還沒喝過啤酒。「有機會的話。」我只能這樣說。

「真的很雙重標準。我媽自己大半天都醉醺醺的，我出門玩一下就被我爸禁足，太不公平了吧？」我知道她不是真的想得到答案。「總之謝謝你載我回來，」唐娜說完下了車，但沒有直接踏上階梯，反而繞到駕駛座這邊，前臂貼著車門臉湊近。她襯衫順勢滑落，銀鍊和墜子藏在乳溝中。「知道怎麼出去嗎？」

我抬起頭。

唐娜笑了笑：「出了我家車道之後先右轉，看到禁止進入標誌就左轉，下個路口也左轉，接著順路就會回到王者大道上。」

我點點頭，卻不知道自己究竟有沒有聽進半個字。唐娜忽然身子前傾，在我嘴上用力吻一下，還伸舌頭鑽過我雙唇轉了圈。我來不及思考如何回應，她瞬間帶著笑容抽身，眨了下眼睛：「小朋友明天見。」

我呆呆看著她的背影上樓、進門、消失。

回到家，母親準備好晚餐，正等我和父親到家開動。

「怎麼花了那麼久？」她問。

「載唐娜回家。」我趕快多補上兩句解釋：「她沒車，我看天色暗了別讓她一個人走。」

「真體貼。」母親開冰箱取出牛奶：「去洗手吧。」

進了浴室洗手，心思離不開唐娜的乳溝、她溫暖濕潤的嘴唇，以及舌頭在我口中翻騰的觸感。

「什莫，趁熱吃喔。」

好像臉紅了，我低頭朝自己潑水。

「什莫？」

「馬上下去。」我拿毛巾擦臉，暗忖真的能馬上下去嗎？

開車回來的路上我幾乎全程勃起。

14

週四週五唐娜不上班，我盤算著要不要找藉口從父親口中套出她電話號碼，譬如說她有東西忘在車上之類。猶豫得越久越覺得這藉口很差勁，也沒把握自己真有膽量打過去、就算打了會不會一兩句就掛掉。

終於等到星期六，我躺在客廳沙發假裝看棒球轉播，實際上等著唐娜中午過去藥局值班。十一點四十五分，我正打算動身卻有人敲門，米琦沒講話直接衝進來。

「你去哪兒啦？我昨晚打來找不到你。」

「報社那邊有工作。」我說：「到家比較晚，就沒回電話。」

「什麼時候開始計較晚不晚了？」

米琦和我確實常常聊到大半夜甚至凌晨，不過得等十一點以後才開始，否則母親就會跑出來接電話了。

「昨天有點累。」

她一屁股坐下，腿蹺在矮凳：「《鑽石宮》[24]今天上映。」米琦就愛看那些把自己嚇個半死的片。她望向電視機，「你怎麼在看奧克蘭運動家隊？今天巨人隊不是有比賽嗎？」

---

[24] 一九七三年科幻電影，為二〇一六年影集《西方極樂園》（*Westworld*）前身。

「沒轉播，然後看電影我沒辦法去。」

「為什麼？」

「有事。」我回答。

米琦拿起報紙找電影時刻表：「什麼事？」

「念書。」

「太離譜嘍，希爾。星期六耶？你各科都A⁺了，又沒辦法更高分？」

想反駁時母親正好出來，看見米琦顯得很開心。她對米琦的關愛常常讓我覺得困惑，就算沒能完全掌握米琦的交友情況，總該知道她私生活挺活躍吧？換個角度的話，兒子不是處男在她眼裡應該是僅次於殺人放火的大事，正好我還沒破處而已。

「早安，H太太。我來綁架妳家什莫看電影。」

「帶走吧。他陰陽怪氣的樣子兩天了，出去走走也好。」

「我沒有——」

「鬧脾氣啊？」米琦掐我臉頰。

「別煩。」

「有人真的發脾氣了呢。別擔心，H太太，我沒辦法讓他打起精神的話就直接打他本人。聽到媽媽說的了吧，快起來，希爾。去拿外套和車鑰匙。既然你都上班了，票就交給你買嘍。」

15

降下車頂之後我們沿著王者大道走。米琦一如往常滑過長座椅挨到我旁邊。我在百老匯大道轉彎。

「世紀戲院才對。」她提醒。

「我走快速道路，有事找我爸一下。」

每到週六百老匯大道就很熱鬧，許多人趁休假出門採買、在餐館悠閒早餐。運氣不錯，藥局前面還有停車位，趕快從車內菸灰缸底下掏零錢塞進停車表。我抬頭發現唐娜正從櫃檯向外望，剛好目睹長皮椅上米琦黏著我這一幕。我立刻推門下車：「馬上回來。」

車門幾乎被我甩在米琦腿上。「等一下啦，」她鑽出來：「希爾你在急什麼？我也要進去買些零嘴帶進電影院，順便和你爸打聲招呼啊。」

我們兩個走進店內，唐娜臉上掛著笑。

後頭配藥的父親見了也出來走道，米琦上前抱他一下：「H先生。」

「該不該問你們兩個要去幹嘛呀？」

「綁架什莫去看電影，」她說：「偷渡一些吃的進去。」

「怪不得妳，電影院東西真的太貴。」父親回答：「什莫，你給米琦和唐娜介紹過沒有？」

我才轉身，還沒來得及開口，唐娜直接繞過櫃檯：「你們要去看什麼？」

「《鑽石宮》。」米琦回答。

「聽說非常非常恐怖。」

「所以才拉什莫一起去。躲到他大腿上也沒關係。」

「妳什麼時候——」

「上次看《海神號》我幾乎整場都跟你在同一個座位了。」

「不都高一還什麼時候的事情了嗎，」我趕緊澄清：「朋友而已。」

這句話一下讓氣氛掉到谷底，我爸、米琦都有點傻眼，唐娜還是保持微笑。

沉默幾秒，父親先開口：「唐娜，米琦有家庭優惠，打九折。」說完他退回後面，「你們玩開心點。」

唐娜裝好米琦買的零嘴：「還要別的嗎？」

「問我也沒用，」米琦回答：「今天是我朋友出錢。」

結帳之後，唐娜將東西裝進褐色紙袋。「之後記得告訴我電影好不好看喔——」她朝我們走出藥局的背影叫道。這時候我還暗忖都沒問題才對，結果唐娜忽然補了一句：「小朋友。」

開了車門，米琦習慣性就要搶先鑽進去。「妳去另一邊啦，」我說：「位子又沒多大。」

她望過來的表情好像覺得我發神經。「你在講什麼，前座是空的啊？」米琦坐下，我朝店內一看，唐娜已經在招呼客人。上車之後，米琦仍舊靠很近，於是我又說：「妳過去一點吧？」

米琦開始不耐煩：「你到底怎麼啦？」

「我沒怎麼，不想出車禍。」

「你媽還真沒說錯，陰陽怪氣。」

「我不想出車禍也不行？妳都坐到駕駛座來了。」

「好好好，」她直接縮到另一側車門旁邊：「這樣滿意了沒？」

我倒車出去同時又朝藥局窗戶瞥了眼，唐娜已經不在櫃檯後面。

「哦——」米琦咧嘴一笑：「我懂了，你對那個大奶有興趣。」

「啊？誰？唐娜？怎麼可能，她十八歲了。」

「明明就是，不然何必強調什麼『只是朋友』？原來你喜歡貝蒂娃娃[25]。」

「我才沒有喜歡貝蒂……喜歡她。」情急之下踩油門太用力，獵鷹往後彈出停車格，隨即有人狂按喇叭、還聽見輪胎摩擦聲。我趕快剎車，兩個人向前抖，那袋零食灑在儀表板。

米琦笑了起來：「幹嘛這麼緊張啊？」

「沒有——」我差點撞到另一輛車，趕緊朝對方揮手致歉。等那輛車走了，我小心翼翼重新倒車。

「心不在焉。」

「夠了沒。」我越說越火大。車子從百老匯大道回到快速道路。

米琦說個不停：「沒想到你是喜歡大奶的人。」

「我沒……她不是……」

---

[25] 原文Betty Boobs，是以卡通人物Betty Boops作為戲謔。

「而且還見色忘友。」

「可以換個話題了嗎？」

「怎麼，怕人家以為我是你女友嗎？」

「我沒什麼好怕，妳也不是我女友。」

「當然不是，你對我這麼差勁，要找男友才不會找你這種。」

講到這兒我理智斷線。「不然呢，要我扯妳衣服揉妳奶子然後放生嗎？」我脫口而出後悔莫及，要是可以真想全部塞回喉嚨。

「停車。」

「米琦，我不是那個意思——」

她用力往我手臂湊過來：「停車！不然信不信我跳給你看！」說完還真的站起來了。

「好、好！」我趕緊靠邊停，米琦甩上門就沿著路肩快步離去。我跟著下車追到樹林前面拉她手臂，卻被米琦反手撥開又在胸口落下一拳。

「你他媽的別碰我！」她大步退開，引起附近行人注目。

我再追過去，壓低嗓音解釋：「妳慢一點？是我說錯話啦，對不起。」

米琦板著臉繼續走。

「我跟妳道歉嘛。」反反覆覆說了至少五次。

她總算腳跟一轉瞪著我：「你想著死肥婆做春夢關我屁事？」

兩對帶著娃娃出來散步的夫妻聽了大驚失色。「妳能不能先別大呼小叫，讓我說句話好嗎？」

米琦雙手抱胸：「好，你想說什麼？」

我等那兩對爸媽走遠：「對不起。」

「你說很多次了。」米琦繼續往前走，我再追過去。

「等一下，我要道歉是因為沒告訴妳……」她雙手扠腰停下來。「是啦，我可能喜歡她吧。」

「幹嘛不承認？」

「人家十八了！是學姐啊！我看起來不就……妳一定會笑我。」

米琦搖搖頭：「什莫，我不是你那些傻乎乎的男生朋友，沒什麼好笑你的。但是你剛剛那些話真的太傷人了，我沒想到竟然會從你嘴巴裡聽見。」

「我知道啦，對不起，我是笨蛋。」

「你不笨，只是有時候表現得很笨。在你眼裡我是那種女孩子嗎？」

「啊？」我一下子沒反應過來。

「誰都可以揉？你真相信那些白痴說的？」

「沒有，米琦。我沒有想那麼多啦，是我的問題，沒經過大腦就說出來了。」

米琦抹抹眼角，我這時才知道她一直忍著淚。「你聽好，我不是那種女孩子。我知道外頭怎麼說我，但我不是那樣。有時候我只是……」她別過臉，淚光順著她臉頰滑落：「其實呢，什莫，我家……狀況不太好。我爸大部分時間要上班，回家總是和我媽吵架，我沒辦法只好帶喬安娜到外面避一避。」我知道她有個小八歲的妹妹。「這種情況我根本沒辦法念書，」米琦胸口起伏得很厲害：「已經兩科當掉了，不知道要怎麼辦。」

「我都不知道……」

「你也不必知道，你們家就像《小英雄》（*Leave It To Beaver*）裡演的一樣幸福美滿。不然你以為我為什麼老往你們家跑？不想看身邊的人指著對方鼻子破口大罵而已。」

「這種情況多久了？」

「我懂事就一直這樣子，但看起來不會持續太久了。前幾天找了我們兩個過去一起談，我爸準備搬出去，兩個人要離婚。」

「別難過了。」我張開手臂，米琦靠著我啜泣起來。我很少看到她哭。

「嗯，」我安撫道：「再不上車要看不到開頭了。」我摟著她朝獵鷹走回去。

米琦擦掉淚痕，我替她開了車門再繞到駕駛座。

兩個人坐好以後米琦忽然說：「什莫，她是有喜歡你。」

「妳才跟人家講了兩句話吧？」

「這看得出來啊，」她回答：「不過小心點。」

「小心什麼。」

「小心就對了。」

後來回想，我明白米琦在意的並非唐娜喜不喜歡我。當下她不方便點破，而且顧慮的事情我自己根本很清楚，只是不願意面對：唐娜那樣的女孩子，為什麼會看上我呢？十八歲的女孩子忽然朝個沒戀愛經驗的小夥子嘴裡伸舌頭。明明我才是最該有自覺的人，那時候大概被初戀滋味沖昏頭了，以為唐娜不會在乎我眼睛顏色，否則為什麼要接吻？親嘴代表喜歡吧？她喜歡我有什麼不對，我也不是真的很醜，撇開瞳孔的話我還腦袋聰明，有時候人也挺幽默。

總之太天真了。當局者迷，只是很快就被逼著清醒。

米琦靠著副駕車門。「過來吧妳，看妳躲在角落也挺怪的。」

然後她就拿著一袋糖果往我身上靠，壓得車門門把嵌進我手臂。看電影的時候她還真的幾乎都在我腿上，我倒也不覺得煩，其實這樣很幸福。米琦和爾尼一樣，我需要的時候總會在旁邊陪伴，能為她做點什麼自己也覺得開心。我們是外人眼裡的三個怪胎，自然而然相互吸引、彼此扶持，只不過小時候想不透這層道理。

電影結束，我送米琦回去，她家前院有棵枝葉茂密盤根錯節的百年老橡樹。車子停好，米琦卻沒立刻下去，眼睛盯著前方兩層樓高的灰泥外牆房子。

「妳沒事吧？」我問。

「嗯，」她回答：「沒事。」

「我去藥局送完貨就回家，想聊的話可以打過來。」

「有約會。」她說。

「那之後打給我吧？」

米琦點頭，接著忽然有個前所未見的動作：她湊過來在我臉頰親了一下。「愛你，希爾。」

一如往常，她總是不給我時間反應，立刻轉身下車朝家門走去。我注視米琦背影直到消失在門後，「我也愛妳。」

16

送完米琪回到藥局，唐娜態度沒什麼變化。「電影好看嗎？」

「還不錯。」我心裡還惦記米琪家裡情況。

「她有沒有嚇到啊？」

「其實她比外表看起來堅強。」

我清掃補貨，等父親將外送的東西備齊，同時猶豫著要不要將米琪父母即將離婚一事說出來，後來覺得這是背叛她對自己的信任，應當保守秘密。或許這就是米琪和母親趁我不在場說的悄悄話吧。心裡很為米琪與她妹妹難過，尤其喬安娜才幾歲大？她們還有幾個哥哥，但聽說不怎麼可靠。我知道相比之下自己就是溫室裡的花朵。父母並非完美無缺，也會吵架、有幾次一走進家門就感覺氣氛比乾冷，我媽嫌我爸每天晚上沉迷球賽「乾脆娶電視機」好了，說是給我做壞示範，不過我爸也嫌我媽對宗教過度狂熱。即便如此，我無法想像他們離婚，更不覺得夫妻倆有一天可能分居。

要倒垃圾了，唐娜幫我取出櫃檯下面的盒子，省了我蹲下來的功夫。「謝謝。」我說。

「你們兩個認識多久？」

「誰？我和米琪嗎？七年級開始，感覺就像多了個姊妹吧。」

唐娜嘴角揚起：「哦？」

「真的啦。她一天到晚跑我家找我媽聊天。」

「這樣啊。」

人際關係越來越複雜，想得頭有點疼。「得去送貨啦，」我走到後面搬出貨箱回到前檯要出門，「待會兒見。」

「我爸還沒還我車鑰匙，」唐娜笑著問：「能搭便車嗎？」

17

送貨時，我腦袋裡排練送她回家的場景不下百遍，有些劇本裡是我先吻她、別的劇本裡她主動而我熱切回應。後來我朝自己拱起的手掌呼氣，確認嘴巴有沒有異味。有機會得從藥局拿條口香糖來嚼一嚼。

關店後我們一起走出大門，唐娜上車之後忽然說：「有點冷，車篷能放下來嗎？」

「沒問題。」我暗忖今天天氣明明比上次送她回家還暖些。

經過王者大道，唐娜又開口：「我得去學校一下，數學課本忘在置物櫃，星期一有小考。這都不敢告訴我爸，他只會罵我粗心大意。你不介意吧？」「沒關係，只不過星期六能進學校內部嗎？聖約瑟到了週末都大門深鎖像監獄一樣。」

唐娜轉過頭來對我笑了笑：「別擔心這種事。」

伯靈格姆高中外觀很像東岸那些大學，前面有片大草地、周圍種植常綠樹和紅杉樹，三層樓高白色校舍總讓我聯想到《亂世佳人》裡看過的南方豪宅，還有寬敞階梯連接到柱廊與氣派的木門。之前好幾年我常在校園隔壁球場打少棒，要從邊緣另一條車道繞過去。唐娜吩咐我進停車場，卻又叫我在棒球看臺那邊轉彎。

「學校在另一邊吧？」我問。

「停在牆壁後面吧。」

不解的我乖乖照做，但尚未完全停好、來不及開口問話，唐娜滑過座椅送上嘴唇。引擎也不必我擔心，她邊親我邊幫我關掉，舌頭在我口裡轉來轉去，喉頭微微顫動。我發現自己毫無心理準備，愣在座位不知所措。唐娜拉起我左手，用力朝自己右胸拍落，「搓它，」她說：「像這樣。」

手掌被她牽著轉，毛衣底下傳來胸罩鋼圈的觸感。我想要繼續，手卻又被拉進毛衣內。肌膚溫熱傳來，世界上應該不會有更美妙的感受了吧……錯。

唐娜的嘴和身體稍微後退。「等等，」她飛快將毛衣掀過頭頂丟在座位，撥撥捲髮散在肩膀，淺藍色胸罩似乎比我在母親身上看過的大上許多也堅挺許多。她表演軟骨功似地手探到背後，兩個罩杯受到推擠啪嚓作響。唐娜朝我笑了笑：「想看嗎？」

我沒辦法吞口水，也不確定自己有沒有呼吸。

「我知道你一直在偷看我喔，什莫。」

她手指滑到罩杯下方鋼絲後停住。那幾秒鐘在人生中至為漫長。「你要親口求我呀。」唐娜吩咐。

可是我呆了。

「說『讓我看妳的奶子』。」

我不假思索照著唸，傳進自己耳朵好像外國話，也不懂明明人就在車廂，為什麼要說那麼大聲。「讓我看妳的奶子！」

唐娜笑容越來越燦爛：「要『求』我。」

「求妳。」我答道。

「真的很乖很有禮貌。」她扯掉罩杯，露出兩球渾圓，大小就像鬆餅，上面乳頭的顏色也像鬆餅。

「想摸摸看嗎？也要自己開口喔。」

「可以摸嗎？」

「求我？」

「求妳……」

她拉起我的手引導，但本能及慾望驅使下我開始又掐又揉。

唐娜的乳頭變硬了。

「你讓我好興奮。」她又呻吟。這是女孩子給我最棒的讚美。

唐娜向前撲過來，我的臉埋進乳溝，整個人溺在溫熱與黑暗，但一點也不想掙脫。接著她的手來到我腰部，拉扯片刻後解掉皮帶、牛仔褲的釦子和拉鍊，長驅直入鑽過內褲鬆緊帶。指尖接觸那瞬間，我忍不住炸開了。

18

唐娜將毛衣套回去，我坐在原位望向窗外，心中滿是羞愧挫折。她伸手挑起我下巴將臉轉過去，嘴角輕輕上揚。

「抱歉。」我說。

「不必，能讓你這麼興奮我也很開心。」

「可以再試一次。」我懷疑自己口吻過分積極。

她看看手錶：「你爸媽會起疑心。不過可以等星期一。」

星期一？我哪等得住。

「不能告訴他們喔，什莫。」

「不會。」

「不能告訴任何人，」唐娜繼續囑咐：「尤其米琦和你那個叫爾尼的朋友。要是被我知道你拿這件事出去跟別人吹牛，那我可就不要了……我們就算了吧。」

「我不會說出去。」其實我也不知道能吹噓什麼，今天這樣應該還算是什麼也沒做吧。

她將頭髮撥到身後：「乖乖聽話，好事還在後頭喔。」

19

隔週週一，獵鷹停到同個位置，我就在前座失去了童貞。這回唐娜放慢節奏，我猜是不想重蹈覆轍，但結果還來不及留意什麼事情就結束了，有點反高潮，尤其我腦袋裡還胡思亂想整整兩天。她重新扣好胸罩時說：「會慢慢進步的，我陪你學著怎樣久一點。」

不知如何反應才好，感覺成了伊甸園亞當，咬一口禁果就赫然意識到自己的赤裸。

畢業前幾個月，唐娜真的當起老師，而我也是個積極配合的學生，兩個人在獵鷹上做了很多次。其中幾回還爬到後座，我擔心避震器都要被車震震壞了。這種情況維持一陣子，我鼓起勇氣開口問：「星期六晚上要不要一起看個電影？」

唐娜還在扣內衣，停頓一下回答：「星期六不行。」

「星期五？或者星期天白天？」

「週末我要忙，得念書。」

「整個週末？」

「不是跟你講過嗎，我爸逼得超緊。」

「晚餐總可以休息一下。」

「家裡有事，親戚來了，煩得透不過氣。」她手一比像是要勒死自己：「本來也可以約你到家裡坐坐，但真的太無聊了。」

「哪一天？」

「反正整個週末我都得待在家。走吧，再不回家就晚了。」

後來我又試著約幾次，唐娜給出各式各樣理由，像是她不只得念書還參加了畢業委員會所以雪上加霜，或者被父親禁足無法外出什麼的。原本我還期待她開口邀我去舞會，但唐娜說她打算和沒對象的女生朋友作伴，不想破壞人家心情。

內心充滿困惑，我最後還是違背承諾找人傾訴了。有一天出門看爾尼的田徑賽，路上我對米琦老實招認。面對這種女孩子也沒辦法委婉什麼保留什麼。

「人家拿你當專用按摩棒。」她聽完告訴我。

「才不是那樣。」

「別嘴硬。前陣子這些事情就好比給你充電罷了。」

「她說只是公開一起出現會尷尬。」

「當然，不過尷尬的是她。自己都十九了還上個十七歲的。」

「我也沒做什麼非自願的事情。我是說，人家沒強迫我。」

米琦搖頭：「什莫，你得結束這種關係，跟她說如果她覺得你沒有好到可以公開亮相，那不如就算了。這樣還拒絕的話，你應該也心裡有數才對。希望你之前有戴保險套。」

「有啦，」我回答：「她也說自己有吃藥。」

「才不信。何況我幹嘛擔心她懷孕，我是擔心你得傳染病。」

「傳染病？怎麼可能，她說只有我一個。」

米琦翻了個白眼：「拜託，她能這樣對你，就能這樣對別人。」

「她說沒有就沒有。」加上我想不出來她怎麼和別人維持關係，平常那麼多時間耗在我的獵鷹上，唐娜哪有閒工夫與別人相處。但同時我心底是明白的，除了自己很天真，還有她不願意一起出門也是不想被人看見與紅眼睛的男孩子走在一塊兒。只是我沉溺於兩人車震的甜蜜，精蟲衝腦的大男孩不都這樣嗎？

「拖下去沒好事。」米琦語氣帶著苦澀：「相信我，什莫，再不斷的話，會有大麻煩。」

20

我找了很多藉口不想斷。其實自己知道可能是性愛成癮了。偶爾內心會有天主教徒的罪惡感，但並不足以讓我放棄唐娜。後來米琦懶得追問我是否和唐娜攤牌，三不五時做鬼臉發怪聲表達自己的不屑。

夏季接近尾聲，唐娜給了個驚喜：她說要補辦生日宴會，邀請我星期六晚上去家裡玩。「看吧，」我找米琦幫忙挑禮物時炫耀道：「人家只是等待最佳時機。」

「嗯哼，」米琦答道：「隨你說。」

「真的，」我加重語氣：「米琦妳要從她的角度思考。」

「她當然從她自己的角度思考啊。」

後來我想了很久，認定唐娜不想與我出雙入對和兩人年齡差距無關。「她總不能忽然就帶個紅色眼睛的男生回家介紹給爸媽。」

「當然不行，藏在男方車子裡，想要的時候就把對方扒光多方便。」

我懶得和她廢話，買了紋銀的圓圈耳環和一束花過去。唐娜要我把車子停在房子後面，隔壁是她父親的保時捷九一一。她赤腳到後門接我，身上是牛仔褲、露臍背心、外頭罩著橘色低胸針織毛衣，一張素顏看得到雀斑。接過花束，唐娜送上熱情的吻，然後領我進門。

要與她家人見面我感覺很緊張，尤其她將自己父親描述得凶神惡煞。希望唐娜事前已經提過我的「狀況」。她家廚房大理石磚比陵寢還多，可是進去之後整棟豪宅內似乎就我們兩人而已。

「我父母出門了，」唐娜將花插進瓶子並裝水：「週末去太浩湖。驚不驚喜？」

我除了一頭霧水，腦海深處還浮現米琦的警告，所以不像唐娜那樣興奮：「還以為是要給妳慶生。」

「是啊，這樣不是很浪漫嗎？就不用躲在車上了。」我將禮物放在大理石檯面上。「嗯？不好嗎？」她見我沒反應，又問了一句。

「原本不是說父母幫妳補辦生日宴會？」

她笑意收斂：「對啊，只是想給你驚喜而已。怎麼了？」

「不知道，只是覺得……我好像還沒機會見見妳父母。」

「相見不如不見，真的。我想在他們床上做。」

「這樣好嗎……」

「還有按摩浴缸。」

我猛然想起米琦的告誡，這次不再自欺欺人，開口提出藏在心底的困惑：「為什麼我就不能見你的家人朋友，也從來不能一起出門？」

「你在說什麼呢？我們又不只是朋友。」

「但我們只能在車裡。」

她上前撥弄我襯衫衣領：「幹嘛忽然埋怨我？還以為你喜歡跟我做。」

「喜歡歸喜歡……」

唐娜抓著我的手，從廚房拉到一間大客廳，這兒有挑高拱頂、紅木飾條、滿是精裝書的大書櫃和各式各樣看來很昂貴的家具。「相信我，什莫，今天會更棒，可以在每個房間隨心所欲，有好多事情我還沒教你。」

「那為什麼就不能去看個電影吃頓晚餐——」

她氣沖沖轉身：「夠了，什莫。他媽的，好好的一天被你搞砸了。」

「什麼啊？我又沒有——」

「一開始我就說得很清楚了，這件事情不能告訴別人。那我們還一起出去看電影，啊？人家看了會怎麼想？」

「我怎麼知道，就兩個人一起去看電影啊？」

「我十九歲，你才十六歲。」

「十七了。」

「我是大人了，和你身邊的小孩不一樣。別人一看就知道我們做了什麼。」

「就因為我們去看電影？」

「什莫你以為我為什麼會跟你在一起啊？」

當頭棒喝的一句話。我邊後退邊在心裡怨米琦，為什麼又被她說中。

之後我把禮物放在客廳吧檯，回去車道鑽進獵鷹。儘管唐娜都說成這樣了，我卻還期盼會像電影那樣發展：她衝出來道歉，說剛才都是氣話。可惜這是現實人生，我也沒本錢當明星，所以她家後門沒再打開過。

「米琦妳真烏鴉嘴。」我一直捶方向盤。

沿著王者大道行經伯靈格姆高中大門，之前我都轉個彎躲到球場後側，此刻忍不住細數這些日子，發現其實自己與唐娜到這兒來根本不大講話。過程幾乎都一樣：她飛快脫光衣服，又飛快穿好衣服讓我載回家。我以為遇上不在意眼睛顏色、真心喜歡自己的女孩，但米琦說得沒有錯，唐娜只是將我當作人肉按摩棒。

繼續開車，我忽然想起另一個問題。

現在不能回家。

我給爸媽的說辭是與朋友出門看電影。腦海閃過打給米琦的念頭，可是想到她的詛咒一一應驗就覺得煩。後來索性一個人進電影院，片名還就叫做《無名小子》，未免太貼切。在銀幕前面坐半天，腦袋又鑽進死胡同：唐娜打從最初就沒騙過我，反倒是自己承諾不說出去，後來卻告訴米琦，也因此走到這步田地。不然原本跟唐娜都好好的。何況她沒說錯，我們兩個過從甚密確實引人注目，除了年齡差距還要考慮她是藥局員工，父母親都不會點頭。她願意保守秘密，我反而做不到？只要放不下，人就能找到理由，於是我說服了自己——唐娜不是故意傷我，米琦都是胡說八道。

我衝出電影院，差點把持不住猛踩油門飆車。回到唐娜居住的社區，我開始思考怎麼求和、她會有什麼反應。最後決定先道歉、說我無意傷害她，也知道她是真的在乎我。隨便米琦怎麼說，閉上那副烏嘴更好。

進了她家車道，我先熄滅大燈，才好給她驚喜。窗戶全暗，我心想唐娜該不會找了別的朋友出門？繞到後面，接近車庫時我一個急剎，險些撞上保時捷旁邊另一輛車。紅色卡馬洛。

21

週末我在家裡來回踱步，想到星期一下午得跟她碰面就頭大。距離大學開學、唐娜離職還一週時間，但除非真的生病，否則父親確實需要有人幫忙補貨送貨。連鎖藥局價格戰打得激烈，可是沒有免費外送，他靠這個服務勉強留得住熟客。

「和她分了。」週日米琦到家裡，我直接說了：「反正她也要去上大學，撐不了多久。」

「她什麼反應？」米琦問。

我聳聳肩：「她那性格不會難過多久吧。」

「什莫你別難過。」米琦過來要給我個安慰的擁抱，但我沒那種心情。

「還有作業。」說完就自己上樓了。

隔天下午進藥局，我在心裡給自己打氣：絕對不能表現得像個幼稚小鬼。唐娜就是那樣看待我。先前想了好幾十種尖酸刻薄的說法，我可以表態說自己知道她和托馬洛的事情，不像她以為的那麼天真愚蠢，然而思考到最後有個體悟——那麼長一段日子我根本沒察覺她腳踏兩條船，而且確實如她所想就是個不成熟的小鬼——唐娜找上我，原因也就在於我好騙。此外可能又和眼睛有關係，她料定我這「狀況」沒多少對象可選擇。實質上是一個也沒有。我就是這麼矬，何必辛辛苦苦裝成另一個人？想騙誰呢？別再自取其辱了。

同時我又感到憤怒，恨上天給的這雙紅眼、恨米琦那張烏鴉嘴、恨我媽日復一日自欺欺人說我會度過非凡人生。哪有那麼好的事，生命不外乎永無止境的挫折磨難。

我深呼吸一口然後踏進店內，準備表現得客氣禮貌、毫無芥蒂。萬一唐娜提起什麼尷尬話題，應對方式我也暗自排練好多次。可是收銀機後面的不是她，而是貝蒂與一個沒見過的女孩子，我猜是之後接手櫃檯的新員工。經過中央走道時，貝蒂開口介紹，那女孩看了我好幾眼。

「她今天開始上班。」貝蒂這麼解釋。

我急急忙忙竄到後面：「爸？」

父親又是一手一指，像兩隻小鳥猛啄打字機。但話說回來，他這樣打字居然比別人十指並用還快，打完之後撕標籤、剝背貼、俐落按在藥罐上。父親忙起來就化身處方配藥機，一天最多能做一百四十份。「嘿，什莫，」他盯著形狀神似奶油刀的碟子，清點膠囊數量以後倒進橘色塑膠瓶，「見過珊卓了吧？」

「唐娜去哪兒了？」他啪一下蓋好瓶子放在櫃檯，立刻著手下一份。

「不是還有一週才對。」

「提早去學校。」但父親那口氣聽起來就是未完待續，有些事情不想說明白。

「怎麼回事啊？」

他繼續敲打鍵盤，眼睛盯著前面：「她爸媽覺得早點送去學校比較安全。」

「為什麼？」

他的手總算停下來，我卻忽然喉嚨一緊。父親朝後方儲藏室撇了撇頭，我跟過去時很後悔自己多嘴做什麼。

「什莫，我知道你和唐娜後來交情不差，但很可惜。」我聽了覺得天旋地轉。「艾旭比夫婦，就是唐娜的爸媽，其實懷疑了一段時間。他們認為女兒一直偷偷跟男生約會……而且行為有些不檢點。」父親停頓，彷彿暗示我該心裡有數，拿捏著該不該挑明：「艾旭比先生還在唐娜的錢包裡找到保險套。」

「噢。」我低呼。

「從哪拿的可想而知。」原來父親那一絲惱怒來自這兒。但我內心又羞又怒，明白自己對不起雙親。並非天主教所謂罪孽，與教會什麼的沒關係。父母一直信任我，從不懷疑我會逾矩，完全沒料到唐娜幽會的對象就是自己兒子。換個角度看，他們忽略這個可能性只是信任嗎？或許一開始就排除我，根本不認為唐娜那樣的女孩會對紅眼睛的男孩子動心。可是這樣我更受傷。

「直接問的話她恐怕不會老實說，所以艾旭比夫妻騙她說週末去太浩湖朋友家裡一趟，」父親繼續解釋：「實際上是等待時間突襲檢查，結果真的逮到唐娜把黎歐．托馬洛帶到自己爸媽床上去了。」

我一聽瞠目結舌。

「抱歉啊，什莫。雖然你們關係不錯，但……反正呢，有些人你搞不懂她們腦袋裝什麼。」

恍恍惚惚拖了地，心裡亂成一團。本來在床上的不是黎歐．托馬洛，而是我本人。母親常說我天生想像力豐富，我也真的能描繪出週六夜裡唐娜家主臥室那幅光景，只不過鬧回我家會變成

怎樣？這我無法想像，只知道米琦確實警告過了：和唐娜繼續糾纏，勢必惹出大麻煩

我不過是運氣好，千鈞一髮避過大禍。米琦妳這烏鴉嘴可真厲害。

第五部　人生到頭終是死

1

一九八九年，加州伯靈格姆

光線強得刺眼，一瞬間我內心驚恐，以為大衛．弗瑞蒙侵入我家，拿著手電筒閃瞎我眼睛。可是接著冰涼濕潤的舌頭往臉上狂舔，又聽見土匪的狗牌與狗鍊輕輕撞擊叮咚作響。我在自己家，米琦在我家，還沒看見人在哪兒。大狗跟著來了，把我按在床上，黑白相間的身體扭來扭去，看上去非常開心興奮，還營造出旅館廉價按摩床的震動感。

「夠啦，小土匪，」我咕噥：「下去，下去。」牠講不聽。

「有人玩得很瘋嘛。」米琦現身刺穿窗戶和我眼睛的光線中，彷彿天使被光芒覆蓋全身。她手裡提著帝王威士忌酒瓶，昨天冰塊都用毛巾裹著敷後腿，我只好直接往嘴裡灌。

「下來，」米琦命令之後土匪乖乖砰一聲跳到地板上。「真搞不懂牠怎麼這麼喜歡你，尤其躺下來的你。一個人喝到昏迷，我該擔心嗎？還是哪位幸運的小姐不告而別連個字條也沒留？先說好我可沒在酸你。」

「幾點了？」我問。

「太陽曬屁股啦，快中午了。」

想不起來自己怎麼爬上樓梯和床鋪，也忘了什麼時間回到家。幸好最後一絲理智叫我去床上睡，要是在沙發躺一夜身體恐怕吃不消。其實也沒印象自己怎麼會喝掉整瓶酒，反正原本就只剩下四分之一。之所以選那瓶，因為是伊珧最喜歡的牌子。她原本想留待特殊場合，但比起男人差點為女人結紮、卻又發現女人紅杏出牆，還能有什麼日子更特別？

「妳怎麼來了？」我問。

「我猜你意思是：『哈囉米琦，謝謝妳在我一整個早上沒上班的日子來看我，說不定我會像某某白痴搖滾明星一樣被自己的嘔吐物噎死呢。喔對了，也謝謝妳幫忙處理掉我的病人。』」

「我沒有病人吧，今天請假了。」

「原本是，但你取消了切雞雞醫生的預約，昨天下午一聲不吭跑回診所了。」

我撐起身子。米琦是平常上班打扮：女性襯衫、米色寬鬆長褲與平底鞋。我的T恤黏在胸口，汗水順著脖子滴落，雖然前院有楓樹樹蔭但房間裡還是悶悶的。我暗忖今天避不了暑氣也避不了米琦：「怎麼知道的？」

「你寫在行事曆上。」她穿過房間打開窗戶，鳥囀飄進來了，卻沒感覺到涼風。「也不是我故意偷看，怕你有什麼安排而已。你搞什麼鬼啊？」

「沒雙關？」

她笑不出來。以前同學叫我鬼，米琦倒從來不掛在嘴邊：「是伊珧的主意？」

我揮揮手：「頭很痛懶得說了，而且老被妳烏鴉嘴說中也很煩。」

「不然？你們不想要小孩？」

「雙方共識，別跟我吵。」

「犯賤的是你自己，跟我有什麼關係。」

「妳說的都對。」

「希望你沒打算說到做到。」

「是沒那麼篤定。」

米琦嘆口氣：「看起來心智功能尚未完全喪失。」

「小米，妳知道妳什麼毛病嗎？講話可真是太委婉了。妳就不能學著好好講話嗎？」

她坐在床緣：「什莫，認真說，到底為什麼？」

我呼出一口氣：「伊琺說她不想要小孩。」

「不想要小孩，還是不想要你的小孩？」

「不知道。」說歸說，心裡或許早有答案，就像當年不是不知道自己被唐娜當作性玩具。

米琦搖搖頭：「可以問嗎？」我笑了起來，她這人居然還會管我願不願意。「為什麼一直逆來順受？」

「什麼東西？」

「明知道她在胡扯，為什麼還要答應？」

「我愛她。至少之前我認為自己愛她。實際上不知道，也許不是真的愛，也許只是覺得……有她那樣的人喜歡自己，已經很幸運了。」

米琦表情好像咬到檸檬，而且不知想說什麼，但最後忍住了沒講出口。她舉起酒瓶：「這個又是怎麼回事？」

「以為做了個惡夢，結果發現是真的。」千頭萬緒一時說不清楚，加上我尿急得好比脫韁野馬，「待會兒說……」才站起來，大腿後側跟起火沒兩樣，我五官全擠在一起。

還沒走進浴室就被米琦發現：「我的天，你那腿怎麼回事？」

「就剛剛說的惡夢。」我嘟囔著也沒轉身：「等我洗個澡。」

2

沖澡之後我簡短交代了自己怎麼遇上大衛．弗瑞蒙、被他用警棍毆打後腿，同時米琦幫我在紅腫處抹凡士林裹紗布。

「打算怎麼辦？」她問。

「還不知道。」

「這種事情可以告發吧？」

「跟誰告發？」

「他總有上司。這已經威脅到人身安全了。」

「何止，根本精神有毛病，但我就擔心這點。」

「所以更應該告發啊。」

「怕的是告發之後，他前妻女兒的處境更糟糕。」

「那就這樣過去了嗎？」

「現在我沒嘔吐給妳看已經很了不起了。聽我說：我也不是小孩了，怕的不是被他打。」──事實上成年弗瑞蒙比幼齡弗瑞蒙更恐怖。「但目前把事情鬧大，除了自我滿足沒別的意義，無法解決根本問題。該關切的不是我腿怎麼樣，皮肉傷遲早會癒合。」

「只要警察把他掃地出門，就能避免下一個受害者。」

「卻保護不了他前妻、他女兒。」我說。

米琦又坐下。

「能挫他銳氣自然是好事。但不能只從我的角度思考，」我繼續解釋：「那樣太自私。妳應該能理解才對，他前妻太害怕了不敢輕舉妄動、不會回應任何質疑。就算發生奇蹟，他前妻敢出面指控，弗瑞蒙也一定會矢口否認，所以要動手就得將他的軍，不只保護自己，也要阻止他虐妻虐女。」

「什莫，我可不想看你受傷。」

「是受更多傷的意思嗎？當務之急是幫那女孩挽回視力，再來才是想辦法救她們離開那個神經病。」

「有想法了嗎？」

「目前還沒。」

米琦先出房間讓我更衣。我找了條合適短褲，褲管鬆垮不會緊緊箍著腿，長度也足夠遮住紗布，上半身套了件史丹佛灰T恤、腳下再踩雙涼鞋，打理好以後聞到廚房飄來香氣，大蒜、甜椒、洋蔥經過嫩煎的辛甜味道刺激出一嘴口水。

我走下樓，看見米琦正在廚房中島朝盤子撒調味料，裡頭除了炒蛋似乎就是冰箱裡所有能吃的東西了，有切碎的馬鈴薯、番茄、櫛瓜和漢堡排。土匪坐在米琦旁邊舔排骨。

「沒胃口，」我說。她一聽遞來十六盎司玻璃杯，裡頭裝了鮮紅色液體。「這是？」

「世界上最好的解酒配方，外頭買不到。喝吧。」

「摻的都是些什麼？」

「我好歹也是個醫生，有什麼好怕。」

「這句話怎麼很耳熟？」

「喝下去就對了。」

第一口就好噁心，我嘴裡嘰哩咕嚕然後放下杯子。

「到底長大了沒啊。當然不好喝啊，這是你殘害自己身體的代價。」米琦後來超級注重養生，不喝酒不抽菸，當然也不濫用藥物：「不喝乾淨我就用這鍋鏟伺候你那兩條腿。」

喝是得喝，埋怨也是得埋怨的。不過剛喝下去以為自己會全部吐出來，之後卻訝異發現腸胃真的開始舒坦。頭依舊痛，只能等止痛劑生效看會不會緩和一些。「這玩意兒能賣，」我說：「可以賺大錢。」

「祖傳秘方。」她臉上毫無笑意。

米琦還是把一大盤吃的端到我面前擺好叉子，我忽然閃過個念頭：她在我家做菜的次數應該比伊珈多。我就著中島開始吃，她回頭清洗廚具。「味道不錯，」我讚美道：「真的不錯。」

她給自己倒了杯開水，自己也拿起叉子加入，吞了些維他命以後專吃炒蛋。「其餘的事情經過不解釋一下嗎？」

「不是講過了？」

「跟弗瑞蒙相關的是說了，但你可沒交代為什麼會醉到不省人事。」

我只好一五一十和盤托出。土匪蹲在旁邊，腦袋一下左一下右，好像我和米琦打網球似地。

最後提到伊珐在波士頓的旅館房間，米琦開口問：「會不會接錯房間？」

「我聽見她聲音了。她在場。」

米琦點點頭，卻保持沉默沒發表意見。謹言慎行可不是她的風格，而我心裡那片蜘蛛網雖然密密麻麻但多少還有縫隙。「妳早就知道？」

她挑眉。

「知道多久了？」

她聳肩：「你們交往多久？」

「不會吧？從一開始她就有別人？這我不信。」

「真相你得自己去問她，不過我的確這樣認為。」

「為什麼？」

「看你們互動、她的態度就知道了。」

「她態度又怎麼了？」才剛脫口而出，我意識到自己簡直被賣了還幫人數錢，幸好米琦沒逮住機會炸我一頓體無完膚。

「什莫，她平常對待你像手足而不像情人。你們之間感覺不是靈魂伴侶，只是室友而已。」

「沒這麼誇張吧？」

「你確定？她為什麼搬過來？」

「我開口的啊。」

「對，但原因呢？是你跟她說省房租水電吧？」

「的確省啊。」

「然後伊玆也覺得有道理，對不對？」

「工作夥伴的話很有道理，但我是沒聽說過有人拿這種理由彼此陪伴、白頭偕老。」

「本來就有道理。」

「不代表就要出軌吧？」

米琦終於露出一點不耐煩：「她還分房呢。」

「她常常一大早四點鐘就起床，不想吵到我。」

「可真體貼。」

「分房也不代表會出軌。」

「是沒錯，不過她才搬進來一個月，就在夜店舞池和別人摟摟抱抱，這應該很有代表性才對。」

我差點被雞蛋嗆死：「結果妳什麼都沒說，一直瞞著我？」

米琦起身拎包包：「我該走嘍。」

「給我等等，」我也站起來：「哪有人這樣子話說一半就跑掉？」

她把包包再丟回沙發：「好。那你覺得我該說什麼？」

「嗯……我怎麼知道。大概譬如說：『喂，什莫，你知道嗎，你打算為人家切蛋蛋，可是人家背著你亂搞，而且搞了很久哦』這樣？」

「別把責任推給我。要不是之前看到你行事曆，我哪知道你竟然傻得會去考慮結紮手術。」

「妳告訴我她在外頭有別人，或許我就不會那麼傻。」

「是嗎？我告訴你，你會怎麼回答？一定是『我不信』、米琦妳亂講、不要胡說八道，伊珐愛你你也愛她。接下來你和她對質，她全盤否認，說自己只是和老朋友見面。再來就是嫌你的朋友愛道人長短、表示不想見到我。那往後我們之間呢，什莫？每天還要在診所見面，兩個人裝作若無其事嗎？更何況她在外頭做什麼不歸我管啊，什莫。我只是你的合夥人兼老朋友。」

「是因為這樣，所以妳一直不欣賞她？」

「我不欣賞她，是因為她配不上你。你每次都要作踐自己，從高中認識大奶胖妞就這樣。」

「人家叫做唐娜．艾旭比。」米琦認為我對戀愛關係過度自卑，針對這件事和我聊了幾次……可能五十次吧。我的成績是不光彩，即使認識了不在乎紅色瞳孔的女性，也沒能讓人家看見醫師身分與收入之外的東西，更沒說服誰留下來共度人生。

「你自己愛去招惹有問題的女人，又自己合理化她們對你的言行，就是不願意相信對方根本配不上自己。」

「多謝妳給我的自尊打了這麼大一劑強心針。有沒有金．貝辛格[26]的電話？我很有自信！」

「不然寧願我說謊？」

「有時候。」

[26] 八〇年代美國名模、女演員。

「好。那下次我說謊，等著看你再翻車。」

「等等，妳找的那些男朋友又有什麼不一樣啊？」

米琦眼睛噴出火，我也立刻後悔了。「有什麼不一樣？那我來好好告訴你：我沒跟人家同居，也沒要跟人家結婚。」她看看手錶，拿起包包穿過客廳走向正門，「好心提醒你，你不想聽那就算了，關我屁事？但別拿你跟你室友那種關係套在我頭上，我也沒必要為自己和誰約會上床向你或任何人道歉，尤其我根本沒跟你以為的那麼多人上過床，不知道你和當年高中的那群白痴腦袋裡到底裝的是什麼。」

「我沒有——」才開口，米琦忽然轉過身去。

「沒錯，我是享受性愛，喜歡看男人進入極致又純粹的愉悅之後五官擠在一起的表情，還有大口喘氣在我面前毫無防備的模樣。你懂不懂為什麼？」

我不敢多嘴。

「因為只有那一刻，他們為了再次體驗快感，什麼都會答應我。但是我從來沒提出要求，一次也沒有。什莫，我沒有定下來，沒有與人同居，也沒有對誰說過我愛他、要與他們繼續走下去，因為一旦我說了那句話，以後就再也不會和別人上床。」米琦推開門以後回了頭：「你值得更好的對象，可是每次都拿眼睛當藉口不去相信，不敢守住自己的界線，拒絕那些對不起你的人。伊玹背著你亂搞也沒對你好過，如果這樣的人你還打算廝守終身那隨你的便，但拜託你至少記得簽個婚前協議書，省得為了你的有眼無珠我還得把診所切一塊拱手讓人。」

直到門關上我還是想不明白。米琦發飆就算了，幹嘛那麼氣？回想方才她究竟說些什麼，卻聯想到另一件從未留意過的事。

伊珐沒說過愛我。

3

快下午三點，伊珐還是沒打電話回來，但她永遠有理由，因為航班是東岸時間早上六點從波士頓起飛，換算過來是我這邊凌晨三點鐘。所以她可以說：「不想吵醒你。」而我很想回答：「我也不想吵醒你們倆。」

於是她得到六小時緩衝時間慢慢編故事。或許會裝傻，說自己沒接到電話、我一定是轉到別的房間了，然後我究竟把她看成什麼樣的女人？又或者她懶得演戲，給彼此一條活路，承認自己老早就與別人有染。更甚者，坦白說她沒愛過我，兩個人在一起沒未來，乾脆就搬走吧。我也覺得自己太懦弱，但如果她自己離開真的簡單些。之所以簡單，因為儘管我憤怒、受傷、痛苦，心中仍有一塊地方如高中那時候天真，即使知道唐娜．艾旭比拿自己當玩具卻願意回到她身邊。那部分的我害怕一輩子找不到對象孤老終生。

無論大衛．弗瑞蒙或者伊珐出軌我都決定先別告訴爾尼。他很期待世界大賽，沒必要拿這些事情出來破壞氣氛。天氣也十分配合，暖和得不合時宜，華氏八十多度（約攝氏三十度）。換作以前，大家去燭臺球場這個大風洞一定穿大衣戴帽子，但今天轉播畫面一定被黑橘拼色的巨人隊球迷T恤填滿。

爾尼露臉，從頭到腳、無論帽子襯衫都是巨人隊商品。米琦以前開玩笑說除非肩膀繡了「輸球」兩個字，否則看到我穿職業球隊的衣服就開槍射我。但難得世界大賽，我還是套上巨人隊球迷服了。上了他賓士，爾尼拿出一頂帽子給我，我想起頭一回去他家玩拋接好像也是這樣，差別在於眼前這頂棒球帽很新，底色黑色、前側橘線繡出SF字樣。「以前我爸買了想送客戶沒送出去，現在可派上用場了。」

「真剛好，」我調整扣帶，搭在頭頂，拉下帽舌：「我們倆看起來好像放大版的少棒球員。」

4

燭臺球場四處掛上紅白藍三色旗幟，就算本來像座混凝土陵寢此刻也洋溢節慶氣息。綠草如茵，晴空萬里，熱狗、爆米花、烤花生香味瀰漫。

「去買啤酒，」穿過票閘時爾尼開口說：「我想在開幕式之前找到座位。」

上階梯找到最靠近的啤酒攤，沒多久就有仰慕者過來：「哇，你是爾尼．坎韋吧？」

「今天不是。」他回答：「今天我跟你一樣，就只是巨人隊球迷。」

「以前很喜歡看你比賽，」對方還是問了：「後來到底怎麼啦？」

爾尼常碰上這種狀況。他將情緒掩藏得很好，但我看得出來：被外人以為體能不行了悄悄退出，他心裡不是滋味。「退休了，」他回答：「現在幫這傢伙幹活。」爾尼朝我一比。

「嗯？那您做什麼的？」那男人繼續追問。

「給廢了的前選手們復健。」我這句話讓對方識趣走開。

我朝外頭張望，最後一批車輛進入停車場，然後整個體育館搖晃起來。爾尼與我面面相覷，後來聊天發現兩人第一反應相同——我們以為自己看漏了，球場裡有什麼表演精采得讓六千人同時用力跺地。可是緊接著站都站不穩，彷彿腳底下是層層海浪，而且停車場那頭汽車防盜器齊聲大叫。

「地震！」還在排隊的人吼道。

我本能反應就想跑。距離出口並不遠，感覺頭頂上那好幾噸混凝土隨時會落下來砸碎大家頭蓋骨。但爾尼拉住我手臂，瞪著我眼睛：「別動！」

所有人像是站在高速船隻的甲板，兩腿拖著身子前後搖擺，臉上刻畫了恐懼。地震停止，現場覆蓋一層詭異驚悚的死寂，任誰都害怕餘波蕩漾。接著許多人抬起頭，看見上空那片水泥頂，然後歡呼此起彼落、最後連接為無法自遏的集體嘶吼——是安心的喘息，也是慶祝自己經歷史料等級大地震還平安無恙。幾秒前素未謀面的人開始熱絡地彼此問候、擊掌打氣，同時販賣部後面螢幕重新點亮。站在草地的體育播報員還在調整耳機，臉上神情很困惑，他們身後一群球員來來回回望向看臺找親屬。電視切到插播畫面，很眼熟的主播坐在舊金山新聞臺棚內，可是周圍太嘈雜，我沒辦法聽到快報內容。正好我們前面的男子不只戴著耳機，手裡還有收音機。

「天吶！」他猛然回頭，扯下耳機：「海灣大橋垮了！」

更前面一點也有人附和地叫道：「海灣大橋垮啦！」

情緒一瞬間又緊繃了，群眾變得安靜，大部分人應該和我是同樣幾個念頭：首先今晚不大可能繼續比賽，再來不知道出去最快的路線怎麼走？再不離開真的會被壓死在混凝土底下。螢幕上的主播繼續說著唇語，但右肩後面跳出大橋現場影像。並非整條橋斷了掉進水裡，不過上橋垮坍了一截，還有輛車懸在斷裂處岌岌可危。

耳機男繼續轉述：「海港區發生多起火警，警消回報大量民宅倒塌與瓦斯洩漏，正在全力搜救。」

朝北眺望，沖天的烏煙給死水般天色再蒙上一層灰。男子從收音機聽到體育館和市區各式各樣災情，販賣部那邊拉下鐵捲門，啤酒攤跟著收起來。

爾尼瞥我一眼，要說什麼我自然也懂。「得趕回去看看。」

停電了，電扶梯不能用，我們三步併作兩步跳下階梯，左閃右拐鑽過密密麻麻人群。球場這邊只有一條路出去，待會兒就會大塞車。能想到這點的當然不只我們，就看誰的腳程能夠略勝一籌。平常我就追不上爾尼，今天大腿後面還纏著紗布，奔跑的時候會拉扯腫塊，所以速度更慢。但我能感受到爾尼保護妻小的那份急切，顧不得自己身體盡全力跟緊。

回到賓士車上，他負責衝出車陣，我開了收音機找新聞。市長宣布晚上酒吧停業、所有警員休假取消，州長調動國民警衛隊馳援。很多地段失去供電，電話線或被震斷或超載，總之打不通。又過了段時間，陰霾徹底遮蓋北方天際，恍如炸彈從天而降生出一朵蕈狀雲。海灣城陷入火海。

一小時後爾尼終於開進自駕車道，蜜雪兒臉頰帶著兩行焦急眼淚衝出前門，丈夫還沒真的下車就陷進她的熊抱裡。兩個小男孩追出來，一人一邊牢牢抱住爸爸的腿，表情還是很慌張。

只有我孤伶伶站在旁邊。

5

一九七五年，加州聖馬刁市

高四那年舒博老師任命我為《聖約瑟修士報》總編輯，雖然我很想說這是份殊榮，事實是別人當它是燙手山芋不想碰。總編輯事情太多，忙得我沒辦法繼續跑體育新聞，不過總算能以觀眾身分去看爾尼比賽。學生觀眾區總是吵吵鬧鬧，我們班同學喝醉了氣氛很熱，感覺一根火柴就能引發爆炸。類似的週五夜晚，我走出校刊社編輯站時巧遇橄欖球校隊中線衞麥可・拉克。

「鬼打牆你要去哪兒？」

印象中除非我手上有紙筆，否則他沒跟我講超過十個字。很多選手都一樣。「打算買個三明治然後去看球。」我回答。

「他媽的別去啦，」拉克說：「和我上觀景臺去！」

觀景臺是指高速公路上能眺望水晶泉水庫的地方，由於環境隱蔽，很多人在學校有大活動前會去那邊喝酒取樂。爾尼珍惜自己的結實肌肉與身材線條所以滴酒不沾，前三年我參加派對、舞會、賽事都跟著他，同樣不喝酒也沒去過觀景臺，說老實話好奇得要命，當下也就沒多想拉克到底打什麼注意，幸好很快真相大白：他說自己被學校處罰，暫時扣了駕照，聖約瑟學生都笑說這是「蹲苦窯」。更倒霉的是他還錯過了上觀景臺的巴士，於是找上我當專用司機，於是今天晚上我成了他的知己，到什麼地方都給我送來啤酒或烈酒，還不准我推辭。開喝以後就更難抗拒，反應過來居然都和別人拚酒了，拉克見人就說「以紅眼睛怪咖而言」我其實挺不錯。

結果我根本沒去球場，也就不知道那天晚上爾尼表現如何。高中四年，這是我唯一一次錯過爾尼的比賽。夜裡大半時間靠在獵鷹上保持自己能站直，後來不知怎麼著，感覺車子像被大浪打歪，我也往人行道倒下去，還很幸運地用臉著地。再來的事情大半記不得，事後詢問才得知我被塞進獵鷹，其他人吵了半天不知如何處置，總算有個相對清醒的同學駕駛獵鷹，讓另一輛車在後頭跟著。住址應該是從我駕照看到的，真正問題當然就是怎麼送我進家門，我不僅昏迷、上衣還血跡斑斑，額頭腫了雞蛋大小的一個包。選擇有限，這群新酒友不愧是十八歲少年——他們讓我靠著前門，按電鈴，然後落荒而逃。

我是真的記不大清楚來龍去脈，母親的剪貼本雖然記錄了高中的點點滴滴但略過這個事件，從同學那邊打聽詳細經過也得等到星期一。但父親可沒那樣的耐性，一大早七點鐘就往我臉上澆了杯冰水，接著自己坐在折疊椅上讀報，我一身冷汗推著除草機在院子繞圈，差不多每移動三英尺就嘔吐一次。過了好一陣子，我頭還在痛，父親要我坐下聊聊。母親見狀出來想加入，卻被父親請回屋內做早餐。她不發一語進門，氣氛很不尋常。

「你昨天回家的方式很戲劇化。」父親說他一開門，我又面朝地板趴下去了，差點撞在樓梯扶手，母親栽種的一盆龍頭菜接住我。「你媽很喜歡那盆花。」

「我會賠一盆新的。」當然我也知道問題不是盆栽。

「本來你媽急著送你去急診洗胃，我說就讓你乖乖躺著吧。」父親遞來一杯冰茶：「什莫，我上過高中和大學了，不打算重來一遍。明年我不可能跟上你的車子或住進你的宿舍。你長大了，該學著自己做決定。我希望你決定做一件事情是因為你認為自己應該那麼做，而不是因為想要融入所以屈服同儕壓力。你瞭解我在說什麼吧？」

我點頭。

「別因為那雙眼睛就覺得自己低人一等，否則你會被別人利用，沒辦法活得坦蕩。」

「我懂，可是……為什麼要我除草？」

「大人得為自己的決定負責，比方說宿醉了還是得起床上班。今天讓你體驗一下。」

我繼續等，心想還有別的處罰，希望別太重。或許會扣我駕照甚至禁足什麼的。

「去沖個澡，吃點東西別空腹。」他說完起身，留我一個人站在後院。

父親想喚醒我的責任感，但母親不怎麼相信這一套。由她主導的話，會把我送進戒酒社團，往後都不准我離家。可是在後院對談時，父親將我當作大人看，好比給我辦了一次成年禮，教導我為自己負責、決定自己成為怎樣的人，別再受到旁人左右。

6

後來父親沒禁我足，但我自己有罪惡感，決定暫時乖一點，星期六晚上待在家裡沒出去。反正爾尼有約會，也不會找我出去玩。比較奇怪的是米琦居然沒約會，跑來我家一起去地下室打撞球。後來門鈴響，樓上傳來對話聲。

「好像是爾尼。」米琦說。

「怎麼可能，他今天要約會。」

可是片刻後樓梯門打開，穿著牛仔褲、皮靴、鈕釦襯衫的爾尼衝下來。

「你怎麼來了？」我問。

「來一局嗎？」

我看看手錶：「你不用去約會嗎？」上週末爾尼在派對認識個女孩，後來每天說對方多辣。

爾尼目露兇光：「到底打不打？」

「呃，好。」我說完偷偷瞥米琦一眼，她挑眉聳肩。

「那擺球啊，還是什麼都得我來？」

沒見過爾尼氣成這樣，感覺眼睛要冒火、好像隨時會動手打人。我沒講話，默默將球擺好，米琦把球桿遞過來以後自己找了牆邊吧檯凳坐下。

「我開球。」爾尼說完一桿過去，可是力道過猛，球劃過半空在距離米琦一吋的牆壁木板砸出凹痕。他火大得一膝蓋折斷球桿，背對我們兩個。

等了一會兒我才開口：「見過開得更爛的。」

米琦噗嗤一下掩住嘴巴，爾尼沒有立刻轉身，但肩膀開始微微顫抖。終於回頭，他明顯忍著笑：「你知道自己很白痴吧？」

「這星期我無法反駁。」

他放下斷掉的球桿。「抱歉，再買支新的來。」

「我也常幹這種事。」說完我也用膝蓋頂著球桿，但假裝折不動。爾尼更想笑了，也過去找了凳子坐下。

我放下球桿：「怎麼回事？」

爾尼緩幾口氣鎮定情緒：「我開車去接她，結果她爸跑來門口。我伸手打招呼，對方瞪著我手掌好像上面有屎一樣，接著開口說『我女兒不跟叢林兔[27]約會』。」

「什麼跟什麼，」米琦一聽跳下凳子：「老混蛋。」

「然後叫我把黑屁股挪到他家院子外面，否則就要報警告我非法侵入。」

「豈有此理，」米琦叫道：「我們去蛋洗他家。」

伯靈格姆並非一九六〇年代密西西比那種地方，沒人會披著兜帽和長袍在草地上燒十字架。但我也沒天真到以為種族歧視已經絕跡，無論橄欖球還是棒球場上都常有人用黑鬼之類詞彙挑釁

[27] Jungle bunny，對黑人的侮辱用詞。語源為「都市（或水泥）叢林」和過去黑人見到警察就如兔子受驚四散的形容結合而成。

爾尼。他小時候有一次被商家指控是小偷，原因只是老闆認為所有有色人種都會偷東西。

長大以後，爾尼和我逐漸明白為什麼我們兩個總待在彼此身旁。我們就是最被歧視的兩個孩子。上了高中，他的處境略有好轉，但沒有想像中好。爾尼．坎韋那麼出風頭的人，舞會與派對上主動示好的女孩絡繹不絕，可是久而久之我留意到一個規律，因為類似現象也發生在自己身上：伯靈格姆多數還是白人女孩，她們和爾尼打情罵俏，但不會進入下個階段。對黑人友善是一回事，真的帶回家見父母或出去約會又是另一回事。她們找很多藉口不給爾尼電話號碼，願意保持聯絡的人會約在外面而不是家門口，之後也有很多理由斷絕關係。

「放下吧。」我是對爾尼說的，但不肯善罷甘休是米琦的性格，於是她開口反問：「什麼跟什麼，居然叫他放下？憑什麼放過種族歧視的笨蛋和他沒長腦袋的傻女兒？」

「的確，」我回答：「對方如妳所言是個無知又歧視的混帳東西，不過這代表他的智商根本不足以理解，所以我們拿蛋過去砸了也沒用，反而還會強化他的刻板印象。」

「去他的——」

「米琦，非理性的價值觀無法說變就變。相信我，我親身經歷過。」我轉頭：「爾尼也一樣。」他看看我，點點頭。「何況這種明著來的比較無所謂，笑裡藏刀、暗箭傷人你還拿他沒辦法的才麻煩。」

不幸的是，高中生涯結束之前，爾尼與我還得再一次應付這樣的人。

7

聖約瑟中學董事會由家長、校友與社區傑出人士組成，每年從十位頂尖學生中挑選畢業致辭代表。慣例是學年第一名出線，一九七五年的話就是我本人。雖然本校有史以來最優秀的運動選手爾尼也在名單上，他一開始就自認不可能，還到處運作要拉抬我的聲勢。

我不敢過度期待，但心裡也覺得週五校方宣布只是過個儀式罷了，私底下已經開始擬草稿，希望能來一場超越前輩的精采致辭。對我個人很重要，是另一次證明自己的機會。當初在慈悲聖母學校擔任讀經員也一樣，我想讓大家承認臺上的人很正常。只求畢業致辭不會鬧出彌撒那樣的風波。

母親的剪貼簿裡，一九七五年那邊留著我的初稿，卻沒有定稿。

週五下午空檔，我先去了高年級停車場，校刊社用一輛露營車當作編輯室，沒有特地接上學校的擴音系統。依稀聽見鐘響，我匆匆趕回主校區準備上物理，卻看見走廊聚了一大群人又叫又鬧，暗忖自己錯過什麼大事了。

「怎麼啦？」我隨便找了個人問。

「剛剛公布畢業致辭代表了，」他說：「你都沒聽見嗎？」

還真沒有，所以我覺得奇怪，都提起這事情了，不對我道聲恭喜嗎？全校都認識我才對，但不只他，走廊上大家來來去去，沒有人特地向我搭話。

下一刻許多學生從教室湧出，大家把爾尼包圍在中間拍肩歡呼。如果是小說，我與他應該交換眼神，或者我直接上前祝賀以表現自己的器量。很遺憾我做不到，只是遁入人群、悄悄撐過物理課，五十五分鐘都度秒如年。下課鐘響，我連置物櫃都不管，快步逃回獵鷹。不想與任何人講話，尤其是爾尼。之前三年我在幕後幫爾尼建立光環，在聖約瑟給他塑造了神一般的形象、成為本郡家喻戶曉的體育明星，連全國大報也開始報導他的比賽，還臆測三十幾所名校中誰能獲得他青睞。說難聽點，要不是我拉他一把，他連小學都念不完。

結果連畢業致辭這種少數我能出頭的地方，現在也被搶走。

回到家，我沒立刻跟母親提起學校狀況，她也沒特地過來問。自從我醉倒之後她顯得鬱結，不像父親那樣包容諒解，接受兒子已經長大了可以為自己負責。畢竟她一直照顧我守護我，努力為我爭取平等機會，多年累積的母性見不得兒子受一點損傷委屈，現在卻得擔心我不夠自愛。儘管能理解母親的感受，卻多少有點不是滋味，而且她口中「主的旨意」與所謂的非凡人生感覺更空洞。

等全家在桌邊坐好，我打破母親設下的規則，準備提起不利消化的話題，趁她端雞肉過來時開口：「有事情要告訴你們。」

父親又起雞胸放盤子之後望向我，母親拿沙拉過來：「油醋醬？」她繼續備餐，無視對話也無視我。

「梅，」父親出聲了：「什莫說有事情想跟我們說。」

母親這才停下手轉頭看我，但我來不及解釋，她隨即瞪大眼睛：「啊，畢業生代表對吧？

噢，什莫，早就知道會是你，真以你為榮。」

「不是我。」

她慢慢放下木頭器皿，默默走到椅子旁邊才反應：「什麼意思？」

「他們選了爾尼。」我說。

冰箱的嗡嗡聲、時鐘的滴答聲在我們耳邊迴盪，良久之後父親打破沉默：「嗯，那爾尼可有面子了。待會兒該打個電話給坎韋夫婦祝賀一下，妳說是吧梅？」

母親卻沒有回話，緊緊抿唇蹙眉還別過臉，大概不希望在我面前掉淚。

我起身走過去，伸手搭著她肩膀：「媽，不要緊的。」

「說什麼呢。」她終究氣憤難平，淚珠滑落：「怎麼會不要緊？」緊接著母親空前絕後地……說了粗話。「他媽的這不對吧！董事會那些人怎麼這麼膽小怕事，沒骨氣的窩囊廢！」

「梅，」父親哄道：「說話留點餘地。」

「何必？」她怒道：「人家有留餘地給我們嗎？」

「爾尼也很辛苦。」我試著對爾尼遭受種族歧視表達同情，但其實自己內心也很痛，不知道是否還能毫無芥蒂與他相處。

「但你也很努力，」母親說：「該是你的不能讓別人奪走。明天早上我打電話過去，叫他們搞清楚——」

「不行。」我打斷：「媽，別打電話。」

「這樣不對，錯的是他們。」

「別，打，電，話。」我的語氣讓父母為之一頓。「就算真的是我被欺負，其實也沒什麼奇怪。社會不就這樣嗎？我們越早認清事實越自在，不需要好高騖遠奢求得不到的東西。」我回到座位：「還記不記得，妳自己也說過我早點認清自己與別人不同比較好，能更快學會調適？」

「我沒對你說過這種話。」

「是對爸說的。」我回答：「一開始慈悲聖母不收我，妳就跑去找記者朋友弄得滿城風雨。爸說我低調點比較好，但妳覺得反正我不可能真的與其他學生打成一片，不如早點接受現實。」

「什莫，意思並不是——」

「媽，我沒事，已經接受這樣的自己了。人家不會找我一起踢球、不會邀請我去派對，話劇都不讓我演主角了，畢業致辭當然也輪不到我。沒什麼。」我說得無所謂，但畢竟只是偽裝，被排擠的滋味太難受，而且那種痛像是反覆撕裂的傷口永不癒合。

「你能接受，我不能。」母親淡淡道。

「可是妳沒辦法替我過日子。」我這話一說出口，空氣又彷彿結凍。「這是我自己的人生，我得自己處理、自己調適。」

母親一聽，淚水在眼眶打轉。我明白現實多傷人多殘酷，可是不得不面對：我不是太空人、不是好萊塢明星，更不是美國總統。我們只能做自己，接受自己才不會困在遺憾悔恨中。儘管母親曾經深信、曾經虔誠祈求，但我的人生平凡到極點。

活著就是找罪受，死人才不覺得痛。

她轉身過去，看似要從中島拿東西，結果卻是用抹布拭淚。父親朝我微乎其微點了一下頭，表情不帶批判，只是理解。我再次覺得自己被逼著長大。「那就尊重你自己的意願吧，什莫，」他叫母親回來坐：「梅，先吃吧，待會兒還是撥個電話過去給人家祝賀一下。」

倒沒這個必要。收拾碗盤的時候電鈴響了，我開門看見外頭站著的正是爾尼一家人。坎韋太太手裡提著個禮盒，但三人臉上沒什麼喜色。

「嗨，爾尼。」

「呃，嘿，什莫。」連爾尼說起話也怯生生的。

父母親過來門口，雙方連寒暄都尷尬，有一搭沒一搭。最後母親請大家都到客廳去，還問他們要不要用茶或咖啡，三個人都婉拒了。

「爾尼有事情想告訴你們。」坎韋先生切入正題。

爾尼望向我：「我要推掉。」

「什麼？」

「畢業致辭代表，我要推掉。」

「這是幹嘛呢，爾尼，」父親問：「很光彩的事情啊？」

「但是沒道理。」坎韋太太開口：「什莫是學年第一名，這份殊榮屬於他，是他應得的。」

我搖搖頭。「董事會不這樣想，」我答道：「就面對現實吧，他們不希望代表全校站在大主教與全校家長面前的小孩生了一對紅眼珠。既然輪不到我，讓爾尼上去我還比較甘願。」

「可是我也不想上去。」爾尼回答。

「爾尼你何必拒絕？」母親嘴上這麼說，聽在我耳裡仍感受到一絲落寞。

「他們選我，只因為我是黑人。」

「啊？」我問。

「以前沒有黑人代表致辭，我是校史上頭一個。董事會算盤打得很精，這樣安排是為了塑造形象，方便以後招收有色人種學生。」

「就是運動員。」坎韋先生補充。

顧影自憐的我太鑽牛角尖，臆測了董事會否定我的理由，卻沒仔細想過剩下九人之多，為何偏偏是爾尼。論知名度爾尼遙遙領先，很大一部分還是我寫報導拱上去的，問題是他學科成績就差得遠。

「董事會告訴你的嗎？」我問。

「怎麼可能呢，」爾尼回答：「這種事情當然不會拿到檯面上說。不讓你上臺也是同樣道理。」我聽得出他語氣藏著惱怒。

「而且也不用明說。」坎韋先生解釋：「這幾年每次有非裔運動員參觀學校，他們一定找爾尼過去接待。另外我在董事會有朋友，照他說法呢，裡頭是沒人明目張膽說出口，不過大家心知肚明。想消除歧視很困難，因為極致的歧視並不張揚，都藏在小地方。我們贊成爾尼的意見，畢業生代表應該是什莫，就算董事會不同意，也別叫爾尼替他們背書。」

又一陣沉默，後來我開口：「那他們要找誰上臺？」

爾尼聳肩：「不關我的事，反正不重要，我拒絕以後大家就會想通了。學生之間早就議論紛紛，明明你是全校第一名，找別人致辭什麼意思？」

「大家是這樣說的？」

「當然。你不上臺，誰上臺誰厚臉皮。」

「你確定不要？」我問：「我意思是說，你上臺的話，也算是給有色人種的學弟妹開一扇門？」

「只要他們自己在校內力爭上游，那扇門自然會打開，」坎韋先生說：「你們倆不就是這麼做的嗎。」

8

爾尼拒絕作為致辭代表引發騷動，但顯然不足夠讓高層派人跟我道歉或請我上臺。事後分析，我想董事會也沒臉那樣做，一開始跳過我、後來再找我回去會露出馬腳，等於承認不找我是別有動機、找上爾尼同樣居心不良。

但即使栽了這麼大一個跟頭，母親還是矢志推我走向不平凡的人生道路。應該說挫折越多她信念越堅定。

那個月下旬，有一天我在房間準備期末考，母親捧著洗好的衣服進來。我立刻察覺她精心計算過時間，選這時露面別有所圖。

「坎韋太太打過來聊了會兒，」她一邊說一邊將折好的T恤塞進櫃子第三個抽屜：「禮拜六有畢業生舞會，爾尼挺興奮的。」

「妳覺得文學課的報告，開頭引用聖經故事合適嗎？」我問。

「你也知道禮拜六有舞會吧？」

「彼得神父看到聖經故事應該是會喜歡，但別人看了會覺得我故意討好他。」

「你少在那邊裝模作樣當我耳邊風了。到底要不要參加舞會啊？」母親追問。

「爾尼有約會。」

「什莫——」

「媽，人家會說閒話啦，我們已經是男校了。」

笑話擋不住情緒上來的母親。「好吧，隨便你。」都這麼說了但她根本沒出去，表情也不像是要算了。

我放下筆、摘掉眼鏡放在作業上。「我哪有當妳耳邊風，而且也不是我不想去，可是我約了三個女孩子全都被人家拒絕了。爾尼還幫我撮合艾麗莎的朋友，結果對方寧願留在家裡也不想找我當男伴。」我腦袋裡冒出一個畫面：自己到了女伴家門口，結果女孩的爸爸衝出來大吼，「我女兒才不會跟個紅眼睛惡魔約會！」

母親拿著抹布擦拭衣櫃上看不見的灰塵，又走來走去裝作整理小東西，連那顆威利．梅斯親筆簽名的棒球也遭到毒手。「禮拜六晚上的話，米琦應該有空呀。」

果然還是米琦。的確她應該願意陪我去，但我怎麼能這麼做呢，約她去自己的畢業舞會十分明顯，米琦一定知道是我約不到別的女孩子，拿她當作備胎，與抽屜裡多準備一副眼鏡是同樣意思。「那我問問她要不要去地下室玩吧。」

母親扔我抹布：「什莫，人生只有一次高中畢業舞會，怎麼可以躲在地下室玩彈珠呢。」

「說得對，那去看電影好了。」

「去參加舞會，正好和爾尼他們兩兩成對啊。」

「妳幹嘛老是管這些？」我問。

「哪些？替自己兒子創造美好回憶有什麼不對嗎？」

「這叫緣木求魚。」

「誰叫你把自己當木頭？看你是要約米琦去舞會，還是過來陪我挑一件以前的小禮服，我陪你去。」

畢竟是自己母親，性格我很熟悉了，她可不是隨便說說。媽媽帶小孩現身舞會的畫面浮現腦海，我立刻起身走向電話。「好啦。」我拿起話筒。

母親追過來一把搶走話筒。「年輕人，你這樣可不成，約年輕小姐去舞會怎麼能透過電話說？得開車去人家家裡正式提出邀約啊。」

我只想盡快離開現場，所以直接衝下樓，不管她在後頭吆喝說什麼廚房中島已經擺了一束花這種事情。從鉤子撈下車鑰匙以後，我甩上正門就走。

9

米琦的母親開門時臉上帶著竊笑，怎麼看都覺得有內情。沒過多久，米琦穿著牛仔褲和淺藍色UCLA連帽上衣下樓：「嘿，希爾，什麼事？」

她妹妹喬安娜一直像個跟屁蟲，悄悄跟在後頭。「嘿，希爾，什麼事？」小女孩模仿著姊姊。被害妄想發作，我總覺得這對姊妹臉上藏不住笑意，可想而知她們也參與了這場陰謀。「要不要吃優格？」我問。霜凍優格推出不久很流行，百老匯大道開了一間新的店。

「你請客？」

「你請客？」喬安娜繼續學姊姊。

「嗯，我請客。」

「那就吃啊。」

「那就吃啊。」

米琦套上涼鞋，跟妹妹說她不能一起去。其實喬安娜有時候會跟著出去玩，從後座探頭到我們兩個中間，就像興奮的小狗。答應帶一份優格回來給她之後，我大步出門走在米琦前面，也沒想幫她開車門。她自己鑽進前座，感覺比平常貼得更近，我也因此覺得更煩躁。

「還好嗎？」

「還好。」

「怎麼感覺有點悶？」

「累了而已。」

到了優格店，米琦先坐下等，我排了很久的隊，心裡對所有人事物越來越生氣。過了二十分鐘我才拿著草莓優格回去找她。

「你的呢？」

「不餓。妳要不要和我去畢業舞會？」

米琦拿塑膠湯匙往優格一插：「你問得可真有誠意？」

「感覺我媽應該已經很有『誠意』地問過妳了吧。」我特別強調那兩個字。

「但事實上她沒有。」

「別裝蒜了。」

「沒有就是沒有。早知道你這樣想，我會直接跟你說別白跑這一趟了，渾球。」米琦起身離席，卻又掉頭回來把優格拿走：「雖然你混帳，還是謝謝你請客。」說完她又氣沖沖走開。

櫃檯後頭兩個店員和派對的客人都盯著我看。這回不是因為紅眼睛了，尤其我臉應該紅得別人根本不會注意到眼睛。但我心裡暴躁還沒平復，一點也不想給別人觀賞：「幹嘛，你們是沒見過紅眼珠的人嗎？」這麼低吼之後他們迅速轉頭，我也起身走到店外。

米琦靠在獵鷹副駕座車門上繼續吃優格。

「抱歉，」我開口：「就覺得我媽很煩，不小心遷怒到妳這兒了。」

「她做了什麼惹你不高興？」

「每次都這樣啊。」

「哪樣？」

「我覺得留在家裡也沒什麼不好。」

「我也覺得。」

「那妳說個『不』，我們就都可以留在家裡了。」

「你又沒問。」

「剛才明明問了。」

「那個哪能算。」

「好好好，那妳要陪我去舞會嗎？」

「好。」

「啊？妳剛剛不是說——」

「我說我覺得留在家裡也很好，又沒說我不去。」

「妳只是跟我嘔氣順便討我媽開心。」

米琦把優格放在獵鷹車頂上，雙臂交叉胸前：「你有見過我迎合別人？」是沒有，米琦的我行我素確實無法質疑。「那妳幹嘛答應？」

「我覺得好玩啊，有什麼問題嗎？和兩個好朋友在一起、和你出去瘋一晚不是很棒嗎？」我氣勢一下子全沒了。「那，花錢的事情交給我吧，」我說：「如果要買衣服——」

「女孩子去舞會的衣服輪不到你管，希爾。」她拿回優格繼續吃。

「只是不想……我覺得……」

「你閉上嘴休息一下吧？」

「抱歉剛剛那樣跟妳講話。」

「你是該覺得抱歉。」

「嗯，我知道妳是幫忙——」

米琦發出嘆息：「別再說那種話了，希爾，哪有誰幫誰啊，你腦袋究竟多硬，到現在還轉不過來？」

「可是妳沒必要答應啊。」

「拜託，你有見過我口是心非嗎？」

也確實是沒有。「唔，通常是我不想聽但又阻止不了妳。」

米琦笑了笑，匙子送進嘴裡一臉淘氣模樣。那瞬間我忽然看呆了，就像人家說的一樣——被電到了。彷彿我第一次見到米琦，深深受到那副美貌的震撼。她微微歪著頭，散在脖子上的髮絲勾起縷縷金光，烘托出藍色眸子的晶瑩剔透。

「怎麼了？」她馬上拿起餐巾紙擦下巴：「滴出來了嗎？」

「沒有。」

「你還好吧？」

我點點頭，思索是不是該將剛才一剎那間的感受說出口，但覺得米琦不會當回事，大概敷衍一下還反過來取笑我是不是又該檢查眼睛了。

「還好，」我回答：「那週六晚上見。」

我走向駕駛座開門鑽入，米琦走到副駕座外，直到我轉了鑰匙啟動引擎她都站在那兒沒上車。我確認一下，車門小旋鈕彈出來，門並沒有鎖。我只好抬頭問：「又怎麼啦？」

「在等你發揮紳士風度幫我開車門，算是為週六晚上做彩排。」

10

隔週週六，我出現在米琦家大理石門廊時一身勃艮第紅燕尾服、花邊襯衫也搭配勃艮第紅的領帶。母親那本剪貼簿上一九七五年部分還真的留下了今天這造型的照片，我看到真想撕下來。

「你是去當餐廳服務生了嗎？」米琦一個哥哥問。我運氣不好，他們大學放假回家了。

「餐廳服務生。」喬安娜抓著欄杆滑來滑去還要笑我。

「希爾，那是天鵝絨？我家好像有窗簾是同個料子。」她另一個哥哥過來湊熱鬧。

喬安娜停下來大叫：「喂，米琦！什莫來了，他有帶花！」妹妹拔腿跑上樓，「我去叫她！我媽在幫她的『ㄋㄟㄋㄟ』貼膠帶！」

那時候我可聽不懂這句話什麼意思，只是臉紅得和衣服一樣。

後來我就和米琦的哥哥們進去裡面看電視等她。笑過我之後聊的都是巨人隊和四九人，總覺得她家氣溫高達華氏一千度。總算聽見高跟鞋踩在大理石上的聲音，我忙著起身差點砸掉胸花。以前看過別人的舞會照片，女生穿的禮服好長，比伴娘還誇張。米琦不玩這套，一襲勃艮第紅小禮服彷彿違反地心引力，靠兩條細肩帶就撐起來了，胸口低得剛好露出一點乳溝，裹住臀部的裙子只遮到膝蓋上面一點點。她沒穿絲襪，直接套上白色高跟鞋。禮服材質我不知道，看上去像絲綢。反正我也不在意，雖然衣服很搶眼，米琦那張臉更引人注目，在捲髮與鑽石耳環烘托下如同藝術品。

「嘴巴合起來，」她說：「蒼蠅要飛進去了。」

「米可菈——」她母親開口。

「蒼蠅要飛進去了！」喬安娜笑得歇斯底里在地上打滾：「蒼蠅要飛進去了！」

「給妳的。」我遞上胸花。

「不親手幫我別上？」米琦問。

我望向她的細肩帶。

「給我吧，什莫。」她母親出場救援，順便賞了女兒一個白眼。

別好胸花，甘迺迪太太要我們擺好姿勢合影留念，還表示會多洗一組。後來我媽細心記下日期地點，貼在我的燕尾服照片旁邊。

走出正門下階梯，難得穿高跟鞋的米琦扶著我手臂以免重心不穩。到了獵鷹前面，我給她開門，等她圍好同色系的披巾入座。等我鑽進駕駛位子，她也像平常一樣湊過來了。

「還好吧？」她問：「剛剛感覺話特別少。」

這回我不怎麼猶豫就脫口而出：「妳今天很漂亮。」說這話倒也不害羞，反正是事實，就像望著大瀑布說很壯觀。「真的很漂亮。」

米琦反而臉紅了，但笑得燦爛，接著探身過來往我臉頰親一下。

結果母親要我找米琦當女伴是神來一筆。首先到了附近餐廳找到爾尼和他的女伴艾麗莎，以前我聽不少人說畢業舞會當天的約會很尷尬，但我們完全沒這種問題，四個人和平常一樣說說笑笑很輕鬆。本以為氣氛不可能更好了，但情況完全超出預期：與米琦手牽手步入酒店舞廳時好多人轉頭注目，明明很多賓客還在桌邊或站或坐一臉無聊，我卻被她直接拉進舞池。旋轉的銀球反射出耀眼光芒，然而場上的米琦卻更加閃耀。她練習舞蹈和體操好幾年了，動作雖然誇張卻又流露出琴吉·羅傑斯[28]的韻味，我使盡渾身解數跟上，切到慢歌忍不住在心中叫好，否則我快要喘不過氣了。而且隨著悠長旋律，米琦身子貼了過來。今天我們不像小學那時候需要留下六吋給聖靈。她臉枕在我胸口，呼出的氣息帶著香水味拂過我頸部，彷彿又有一道電流竄過我背脊。

時間再晚些，現場樂隊稍作休息，米琦與艾麗莎一起去了洗手間，爾尼和我到吧檯取幾杯軟性飲料。

「有米琦陪著挺開心的吧？」他問。

「很棒。」

「你們兩個看起來簡直像是從小就在一起了。」

「我是從小就認識她沒錯啊。」

「我也是，」爾尼說：「但我和她就不是那種互動模式。」

我盯著爾尼，驟然懷疑自己是不是犯了個天大的錯誤。我與米琦就像我與爾尼，關係很親密，卻又有點不同。有些事情我只會和他說，另外一些事情只能和她說。要是弄巧成拙，說不定與米琦的友誼就毀了。「你會不會覺得我和她這樣不大好？」我問。

可是等不及爾尼回答，艾麗莎一臉慌張跑了過來：「你們兩個趕快過去看看。」

我衝出舞廳，發現米琦與一個男人對峙著。是之前拚酒輸給我、害我醉倒在母親那盆草上面的麥可·拉克。禮服一邊肩帶歪掉的她一手指著拉克鼻子、另一手已經握緊拳頭，有些同學圍到拉克身旁試著拉住。

「別碰我。」米琦喝道。

「怎麼回事？」我問。

「開個玩笑嘛。」拉克口齒不清像含著蛋。我看他右臉頰還很紅，應該剛被米琦賞了一巴掌。

「你對她做了什麼？」我追問。

一個同學上前，表情很緊張：「消消氣，他喝醉了糊裡糊塗，我們正要帶他出去。」

拉克卻朝我竊笑：「又不是只有我。」一聽見這句話，我覺得眼前的人不再是他，而是大衛・弗瑞蒙。「大家都知道的吧，又不是她第一次，鬼打牆你應該也有份才對？」

「拉克，住嘴。」

「喂，我們不是一起喝酒的好兄弟嗎？」

「現在不是了。」

「怎麼啦，希爾，誰不知道她那兩條腿騎過的人組一支球隊還綽綽有餘。」

我已經要撲過去，但爾尼飛快過來拉住。也好，真打起來當然是拉克痛宰我。我回頭留意米琦的狀況，同時聽到爾尼說些「不體面」之類的勸對方收手。但米琦睫毛膏都給哭花了，要我怎麼按捺下去。

㉘ Ginger Rogers，知名電影、歌舞劇、舞臺劇演員、舞蹈家、歌手。

再轉身，「沒事了，」爾尼按著我胸口說：「他喝醉了，讓他們出去吧。」

「什麼沒事！」我音量大到所有人嚇得不敢動，輕輕拍掉爾尼的手以後走過去：「拉克。」

他轉過身，兩眼無神，醉醺醺地笑了起來。就算拉克沒站直，我還是得抬起頭才能直視他，更不用說體重差了四十磅（約十八公斤）。然而比腦袋的話我也有他四十倍好，加上我聽說他被布朗大學校隊看上。「你得道歉。」

他蹣跚靠近：「那，抱歉啊，兄弟。隨口說說而已。」

「不是向我道歉，是向米琦道歉。」

拉克皺起眉頭。

「什莫——」爾尼又上前。

我直接打斷，目光集中在拉克身上：「爾尼你別插手。」

拉克看了看爾尼，再看了看我一臉困惑：「不是道過歉了嗎？」

「你沒有對她道歉。」

拉克逼近過來，我嗅到了從他嘴裡冒出的酒酸味，忽然想起畢翠絲修女，也同樣生出嘔吐感。除了小時候撲到大衛．弗瑞蒙背上，我還真沒有和別人打過架。「給你最後一次機會。」

「不然你要怎樣？」

「不然我們只好在這兒打一架。」

拉克冷笑：「希爾你找死嗎？」他說這話的時候其實不帶惡意，夾雜喉頭咯咯聲。

「你可能真的會想弄死我。」我語氣平淡解釋下去：「因為一旦動手就代表我豁出去了，準備拖著你一起退學一起丟掉高中文憑。明年這時候你不會在布朗大學踢球，而是在麥當勞和我一起做漢堡給學弟妹吃。你先想清楚怎麼和你爸你媽交代比較好。」

接著幾秒鐘，拉克那神情好像碰上什麼複雜方程式，算了半天解不開。不過最後他又笑了起來，我聽得到周圍所有人齊聲鬆口氣。「鬼打牆你這紅眼睛的果然他媽的是條瘋狗啊，但我欣賞你，」他穿過我身旁走向站在艾麗莎和爾尼中間的米琦，「嘿，米琦。」她一臉鄙夷，拉克繼續說：「抱歉，毛手毛腳又亂講話是我不對。能讓鬼打牆這樣子護著，妳人應該挺不錯。」

米琦抹抹自己臉頰沒講話。拉克瞥我一眼，輕輕點頭以後離開現場。

11

我找回米琪的披肩，一路護送穿過酒店大廳走進停車場。她拉著披肩低頭不語，我為她開了車門、扶她進去，拉著披肩末端免得被車門夾住。上了駕駛座，我先深呼吸，心裡想著果然自己、米琪、爾尼都是邊緣人。爾尼表現再出色還是個黑人，我成績再好寫過再多報導還是惡魔化身、或至少是個紅眼睛怪胎，至於米琪則是被人家傳得亂七八糟。大家拿我們三個取笑作樂，可是我記得清清楚楚：好幾次米琪不是為我挺身而出就是默默陪伴。我還沒見過她像今天這麼開心，怎麼能讓拉克糟蹋了這個難得的夜晚。但我坐下之後，米琪卻靠著副駕座車門不動。

「有個麻煩喔，」我開口。米琪微微抬頭望向我，臉上妝都花了。「妳坐那麼遠，我都不會開車了。」

「對不起。」她說。

「幹嘛為了拉克那傢伙喝到爛醉對不起啊？」

「因為我跟著，才害你尷尬了。」

「妳，跟著？我有沒有聽錯？如果妳不陪我來，我今天根本不會出現在這兒。」

「或許那樣比較好。」

沒見過她這麼沮喪，也並不真正能體會她的痛苦。米琪父母離婚之後，家裡情況還是沒好轉，母親酗酒所以晚上就算沒醉倒也沒多清醒，幾乎沒照顧過她，父親搬出去以後找了個年輕辣妹女朋友，完全不打算盡為人父的義務。我懷疑得不到親情是她一直談戀愛的深層原因——米琦追求的不是性愛，而是被人疼愛，即便短短幾天也好。

「妳有沒有發現，我們進去的時候大家都在看？」我問。

「我知道他們看什麼。」

「一定是看我這身勃艮第燕尾服配上荷葉邊襯衫超帥，而且像不像拉斯維加斯高級餐廳裡的紅眼睛服務生？」

米琦笑了。

「人家轉頭看是因為妳漂亮啊，米琦。妳可是個美人，那邊每個男的都想搭訕妳，拉克色膽包天先動手而已。感覺我今天像是電影明星旁邊的保鏢一樣，而且啊——」

我沒機會把話說完，米琦滑過長條皮椅，嘴唇吻了上來。不同於唐娜．艾旭比，她沒有直接把舌頭放進我嘴巴，只在我雙唇留下一股餘溫就退開挨著我。「什莫．希爾，我愛你。」

這次可以回話了。「我也愛妳，米可菈．甘迺迪。」而且我喊她全名竟然沒被罵。

12

四年級累積下來，爾尼收到全美各地學校的獎學金通知。我自己在幾間大學裡掂量，主要考慮父母的經濟狀況。之前為爾尼寫的專題報導得到新聞獎，有兩千美元獎助金，那個單位還特地舉辦餐會表揚，父親忙於工作走不開，所以母親和我特地開車前往蒙特雷。協會主席霍華・萊斯親自同桌招待，一九四四年他從史丹佛大學畢業之後積極回饋母校，似乎對我的成績特別感興趣，或許是注意到我有特殊「狀況」了吧。餐會上，萊斯先生坐在母親隔壁，他開口提起：「希望妳兒子能考慮進史丹佛念書。」

史丹佛大學一年的學雜費與住宿費加總為一萬四千美元，把獎助金與我在藥局打工算進去感覺仍對父母是重擔。

「他有好幾個志願，正在猶豫呢。」母親巧妙閃避話題。

「什莫，」萊斯先生又轉頭對我說：「至少先送申請書如何?明天我寄一份史丹佛的報名表到你家，你在推薦人那欄填我名字，我會寫推薦函過去。」

萊斯先生一言九鼎，餐會過後一週，家裡信箱真的多了份申請書。原本我是沒打算填，反而母親很堅持：「什莫，主的旨意我們無法預測，何況你不該糟蹋萊斯先生一番美意，人家是真的掛在心上。」

衝著我媽和萊斯先生的面子，我填好報名表、截止前一天晚上才寫好自傳，主題就是眼白化的人如何生活。翌日清晨丟進郵筒以後我就沒再多想。

後來我以爾尼・坎韋得到大學招募的經驗做主題，為本學年最後一期校刊撰寫專文，結果本地報社又看上了，決定放在體育版第一頁。我非常開心，坐在露營車編輯室反覆閱讀自己的文章，這時候報社編輯打了電話來。

「希爾，你出名啦。美聯社選中你的文章放在網路上，你的名字就在開頭，接下來幾十座城市、幾百家報社都會拿去用。」

隔天爾尼練完田徑，拿著毛巾擦汗，我在更衣室等著，準備順道載他回家。原本負責籃球校隊、後來升任體育組長的莫朗教練忽然闖進來，模樣像是心臟病發作：「坎韋！來我辦公室！」

「好，教練。我先穿衣服——」

「立刻滾進來！」

「教練你總不能叫我裸——」

「史丹佛大學打電話來啦！克里斯・詹森教練問你下學期要不要進他們的橄欖球隊。還是你要我跟人家說你忙著擦屁股沒空講話？」爾尼把毛巾圍在腰上飛奔進去，教練瞥見我就喚道：「鬼打牆你也進來。」

「我？跟我有什麼關係？」

「你可是始作俑者——人家就是讀了你寫的報導才打過來，搞不好有些問題我都不知道怎麼回答。」

結果克里斯・詹森教練根本只有一個問題，對象當然不是我。他就只想知道爾尼願不願意過去，爾尼也當場表示同意。掛掉電話，莫朗教練一臉驚恐：「你就這樣答應人家了？其他等你答覆的學校怎麼辦？我該怎麼跟人家說啊？」

「說我決定去史丹佛就好了啊，教練。史丹佛離家近，方便我爸媽看比賽，正好我爸也希望我主修商科和電腦。」

13

當天晚上坎韋家就在後院舉辦烤肉大會慶祝。我以雙重身分參加，既是爾尼的好友，也是追蹤報導的記者。本地報社希望我來挖些他進史丹佛的獨家，寫成「地方青年留鄉奮鬥」之類的故事，所以得訪問他父母、外公外婆以及聖約瑟幾個教練。人家吃吃喝喝，我卻得一直和體育版編輯通話確認，等到忙完別人也都吃完了。幸好坎韋太太體貼，給我留了兩個漢堡和馬鈴薯沙拉在盤子上。

我端著餐盤坐在外面篝火邊一個人吃，其他人進室內吃蛋糕喝咖啡，爾尼也得打電話告知其他學校。望著火焰，我感覺有人靠近。米琦在身旁坐下，搖曳光芒在她臉上打出片片陰影。「爾尼很幸運，是吧？」

「對啊，進了那麼好的學校。」我拍開迎面罩來的焦煙。

兩個人盯著火苗躍動捲起紅光。米琦已經決定去沙加緬度就讀加州大學戴維斯分校。她成績不算好，但SAT測驗幾乎滿分，我幫她寫的申請書應該多少有點用，主題是家長有酗酒問題時孩子的成長困境。

「什莫，你可別怨他，」米琦說：「規則也不是他定的。」

「我懂。」

換作母親，會說爾尼進入史丹佛也是「主的旨意」，但我還是不禁感慨自己花那麼多時間拚出學年第一名是為了什麼。之前畢業致辭那時候犯了同樣的錯：我對人生的期望過高。儘管寄了申請書過去，史丹佛遲遲沒有回音，我也不想重蹈覆轍，目標轉到加州大學各分校，尤其加州當地居民幾乎免學費，家裡負擔可以減輕很多。戴維斯分校、洛杉磯分校和加州伯克萊已經願意收我，學術地位都不錯，而且去戴維斯可以繼續找米琦出門，回家次數也會比較多。

後來我送米琦回家，留下來陪她和喬安娜看電視上的深夜檔電影，看到後來她們兩個都在沙發上睡著。我將喬安娜抱去樓上臥室，蓋好被子的時候她忽然醒了幾秒，抱著我脖子拉過去親臉頰。

「愛你，什莫。」

這是我聽過最可愛的一句話，因為我知道她發自內心不帶任何條件。喬安娜不是同輩朋友也不是我媽，沒必要投注什麼感情，也不想從我這兒得到什麼。她真正需要的是穩定的環境，以及能夠倚靠的人。我笑了笑：「也愛妳哦，喬喬。」

轉身要出去，發現米琦靠著門框看我，嘴角掛著頑皮笑容。兩個人悄悄關好門進了走廊，「妳不必送我了，」我輕聲說：「去睡覺吧，免得倒在地板上。」

「不把我也抱上床嗎？」她也壓低聲音。

我笑了笑。舞會過後是有過類似想法，但還是不想壞了彼此間的友誼，何況下學期開始就會和米琦分隔兩地。如果都去戴維斯分校就是不同情境，或許真的該試試看和她交往。但若選了其他學校，我也不願意大學四年聽到她跟別人約會就生悶氣。

「什莫，你以後應該會是個好爸爸。」

「我是沒那種想法。」

「嗯，你不相信自己會照顧小孩？」

「是不打算當爸爸。」我回答。

「為什麼？你自己爸爸是很好的學習楷模，你本人也非常有愛心。」

「或許吧。到時候領養也行。」

米琦退後一步眯著眼睛：「怎麼說？」

「妳懂才對。我擔心自己生小孩，孩子就會和我一樣，是這種眼睛。」

「那很幸運吧。」她說。

「幸運？」

「沒錯。就是這對眼睛讓你成為現在這樣的人，在我看來你是很棒的人啊，什莫．希爾。喬安娜不也這樣覺得嗎？」

米琦手朝門框輕推，像妹妹那樣給我一個擁抱。隨著暖意滲透身體，我開始相信或許某天真能為人父，米琦也會為人母。說不定孩子是我們兩個一起生的。

14

到家的時候父母早就已經上樓回房。母親如往常在廚房為我留了盞燈，電視機聲音從他們臥房順著樓梯流淌過來。我打開冰箱倒了杯牛奶，然後看見磚臺上有個白色信封，收件人是自己、回信地址則是一串紅色印刷字。

史丹佛大學，大學部招生處

二十四小時前的話我會像奧斯卡頒獎典禮那樣撕開，現在拿在手裡只覺得太薄了，不像是給新生的東西，事已至此也不想再體驗被拒絕的感受。看著信封我想起多年前的晴朗早晨，母親與我走向屋外的郵筒，發現來自慈悲聖母小學的信封。她好興奮，但我有印象自己無法回應那份雀躍，或許是小小孩怕上學、也或許是擔憂父親口中的殘酷與欺辱，總之心裡存著疑惑。我高舉信封對著光，看不出裡頭裝了什麼東西，最後關燈拿上樓。

「什莫？」剛踏上二樓便聽見母親叫喚。我是知道哪一階的樓梯會嘎嘎響、怎麼走可以毫無聲息，但就算脫了鞋子像小偷鬼鬼祟祟爬上樓也沒用，腳沾到二樓那瞬間母親就是會發現。

進了他們房間，螢幕在床罩和牆壁投下一片灰藍色光影。父親靠在兩個枕頭上看電視，最近他身體不大好，比以往疲累，都會早些休息。母親坐在旁邊，手中持著玫瑰念珠。

「史丹佛大學有寄信給你。」她聽起來像是排練許久十分鎮定。

我亮出信封。

父親轉頭：「怎麼說？」

我聳肩：「還沒拆。」

父親撐起身子，按下床側開關點亮大燈，明亮光線反而突顯他面容憔悴、黑眼圈好深。「人的優劣不看學校決定，兒子你懂得這道理才對。」

實在不想再聽別人說教，但忍著沒回話。

「打開看看吧，什莫。」母親也勸道：「無論結果如何，都是主的旨意。」

更不想聽這個。

我拆了信封倒出一張紙。

謹此通知，臺端之入學申請已經本校招生委員會受理核可。

我又一次聳聳肩，感覺就是電影醞釀到高潮卻讓觀眾失望。「校方說受理申請了，我猜不是橄欖球員大概都不急著決定吧。」

結果我就將通知書留在他們床邊轉身要回房，但才走到門口就聽到母親大叫我名字：「什莫！什莫！」

我跑回去：「怎麼啦？」

母親哭著說：「你上了。」

「我什麼？」

「校方說你的申請『核可』了呀？核可！什莫，你進史丹佛了！」

15

得知自己進入史丹佛、能夠繼續與爾尼作伴太令我開心，情緒直到畢業典禮當天早上尚未平復。其實從那天夜裡開始整個人就飄飄然，甚至蓋過自己沒能擔任致辭代表的失落。母親一如往常堅信都是上天的安排，主要我繼續這段不平凡的人生。

站在衣櫃前面，我對著鏡子繫不好領帶，後來聽見母親的高跟鞋踩出喀噠聲來到房間門口。父親的溫莎領結堅挺精緻，簡直像是英格蘭王親自打好的。反觀我打出來的結，彷彿是為了勒死自己，還卡得衣領翹成飛機機翼。

「我來吧。」母親上前輕輕拍掉我的手。

微微揚起下巴看她解開我弄出的那團爛帳、靈巧地重新打結，長到六英尺的我身高自然超過母親很多，但畢業那天就著鏡子感覺看見高度之外更多分歧。母親老了，那年給她慶祝了四十三歲生日，此刻靠近看，眼角魚尾紋十分清楚，她自己總說是「煩惱紋」。以前母親皮膚白皙無瑕，隨著歲月流逝也不得不生出斑點。

但由我決定的話，還是不想回到從前。儘管有爾尼和米琦陪伴，小學時代沒有多少幸福記憶，能不再碰上大衛．弗瑞蒙和畢翠絲修女再好不過。中學雖然好了些，可是我心裡清楚，若非還有爾尼在，根本沒人約我參加派對、沒有女孩願意一起去舞會，要不是米琦我甚至不會到場。即使我學科都是A，但說真的一個人含週末在內幾乎每天晚上除了在家念書沒別的事情做，成績要好並沒那麼難。然而經歷這一切同時，我沒想過自己母親也日漸老去。

奧瑪莉外婆特地來參加畢業典禮，已經到了樓下客廳等待。她曾說：「光陰就是賊，半夜偷了人的青春美貌和身體健康再悄悄溜走。」我也一年一年見證容光煥發的她慢慢變成白髮蒼蒼皮膚乾癟的老太婆。不過祖父母那一輩變老是預期內，大部分人不知為何有種幻覺，以為自己父母長生不老。或許一旦父母老了，我們就會驚覺自己走在同一條路上，生命註定朝著死亡流動。

以前為我父親剪髮、現在也為我剪髮的理髮師對此發表過感慨，比外婆的說法還要簡單俐落：「人生到頭終是死。」

母親將結推到脖子之後抬起頭，我這才察覺她是噙著淚給我打領帶。

「好了。」她別過臉。

我伸手抱住她，兩個人在淚水中有了體認：母親虔誠的祈禱沒讓這些年變得多不平凡，但無論如何一家三口都在彼此身旁。可是今年秋天開始，我去上大學，她最疼愛的小男孩不在身邊，我也少了打從出生就默默守護、會為自己挺身而出的那個人。

「媽，我愛妳。」

「我也愛你。」她說完退後深呼吸：「好啦，繼續靠著你白襯衫都要被我妝給弄花了。」

「其實妳不化妝就很好看了。」

「同意。」父親在走廊開口。他身體稍微好轉卻仍顯消瘦疲憊，不過除非除了驚天動地的大事，否則誰也攔不住他參加我的畢業典禮。不知道他在走廊站了多久，看見多少聽見多少，反正父親也習慣我們這對母子的行為模式了才不會嫉妒。父子之間不大一樣，他教我怎樣成長和成熟，也引以為傲，相對之下我媽、又或許是全天下所有媽媽總把兒子當娃娃，在她們眼中孩子是不會長大的。

拖著金流蘇的畢業帽、衣架上的畢業禮服都是皇家藍，母親細心熨得衣褶都能裁紙了。回頭一看，母親還在拭淚，父親摟著她肩膀安慰，兩個人緩緩下樓。那時候我很慶幸：雖然自己得遠行，至少他們有彼此作伴。而且，我一定會很想念。

16

典禮結束後，我們偕同坎韋一家去吃館子，米琪也跟著來了，她們公立學校還要兩星期才畢業。大家為未來舉杯敬酒，用餐過後爾尼和我將大人先送回去，打算隨便找場畢業派對晃晃。

「妳和他們一起去吧，米琪？」母親下車時問。

她卻拒絕了：「不了，H太太，我一個女生去那種羣固酮過量的地方做什麼，聽他們好漢只提當年勇、回憶高中流金歲月嗎？不介意的話，我還是留在這兒和妳一起看電視吧。」

從米琪的角度奚落一下男校學生不奇怪，而且我知道她有別的考量。母親很勉強維持著笑容，倒不是她沒真心替我高興，但每個新階段都代表舊時光的結束，兒子高中畢業、再兩三個月就會搬出去住對她而言還需要調整心態。她沒有女兒，米琪盼望更正面的母親形象，兩人早已締結超乎表面所見的深刻情誼。

一晚上我和爾尼跑了四場派對，如米琪所料確實好多人留戀高中生涯，畢竟有些人已經決定不念大學甚至要投筆從戎了。我和爾尼就不同，畢業在我們眼裡不是結束，雖然我對新的環境、新的人際關係比較保守，但內心也十分期待與爾尼一起進入史丹佛，所以先研究了校刊《史丹佛日報》，希望能進去寫作。

玩到一點多，我送爾尼回去，進了車道他先抓著我拇指像以前那樣握手，不過隨即將我拉近、輕輕摟著我後腦說：「什莫，你真的是個好兄弟，沒你的話我不可能有今天。」

「你該不會還要親我吧？」我問。

「講認真的，搭你順風車十二年，希望你不介意再讓我巴著四年。」

「你繼續給我前排門票就好談。」我回答。

他一下車，我又本能開口：「爾尼？」可是他回頭，我卻不知道自己究竟想要說什麼。

還好對象是爾尼，他心領神會：「我懂。」

17

母親依舊留了廚房那盞燈。我關了之後要上樓，還沒走到一半忽然聽見有人叫喚。

「什莫？」米琦從暗了的客廳走出來，嚇我一跳。

我緩過氣之後下樓走過去，她站起來、雙臂環住身體。明明天氣不算冷。一下子好多念頭竄過腦袋——是她父母出了意外？還是喬安娜？——但我隨即想起這是我家，米琦之前和我媽在一塊。

「怎麼這麼晚還在？」我發現她哭過，情緒由關心轉為害怕：「米琦？怎麼回事？」

她搖了搖頭啜泣：「什莫，你爸出事了。」

「什麼？」

她沒辦法講話。

我望向樓梯，一次兩階跳上去。「爸？爸？」進了他們房間，看到床單被子散在空蕩蕩床鋪上，恐懼暴增到難以承受。

18

米琦和我衝進慈悲聖母醫院等候室，椅子上的母親抬起頭，雙眼充血浮腫，臉頰掛著淚痕，手中如往常握著念珠。我一看心想：父親走了。

「媽，爸人呢？」我問。後來回想，其實自己真正長大並不發生在喝醉昏倒、失去童貞，也不是白天將畢業帽拋上半空那一刻，而是母親需要時我就在她身邊。

母親指著走廊盡頭，房門寫著加護病房。她繼續默唸禱詞，手指移到下一顆珠子。

我請米琦陪著母親，自己走到護理站，埋首工作的年輕小姐察覺我靠近抬起頭。「我是麥斯·希爾的兒子，請問現在什麼情況？」

護理師看見我眼睛以後愣了一下，我見怪不怪了。「醫師正在給他做一系列檢驗。」

「所以人還活著？」

「是的。」

「做什麼檢驗？是什麼問題？」

「做檢驗就是為了確認問題，等結果出來醫師會立刻向你們解釋。」

「心臟病？是不是心臟病發作？」

「這得由醫師判斷，」她說：「我會通知醫師有家屬來了。」

回到等候室，米琦坐在母親身旁，伸手摟住她肩膀。「醫院正給他做檢驗，」我告訴她們：

「護理師說應該快有結果了。」

我坐在母親另一側，她比以前更加專注在撥弄手中的念珠。等了一小時，還穿著藍色刷手服的醫師進入等候室，自我介紹說是湯瑪士．勞倫斯醫師。

「狀況怎麼樣？」我問。

勞倫斯醫師外表年輕得不像醫生，黃褐色捲髮裡沒半分白，不過從談吐儀態感覺他比看起來年長。「您丈夫還活著，」他先告訴母親：「只是腦血管發生病變，也就是所謂中風。」

接著醫師詳細解釋：一顆極小的血栓從父親心臟內側剝落，隨著動脈的脈搏血流迅速沿頸部上升到大腦右側，卡在細小的血管過不去。「阻塞處後面的腦組織得不到氧氣，」他說：「細胞會在十分鐘內死亡。」

「結果是？」我問。

勞倫斯醫師臉一沉：「簡單來說，你父親右臉麻痺，左側肢體癱瘓。」

「無法取出血栓嗎？」我追問。

醫師搖頭：「磁振造影顯示受影響區域已經累積太多血液，這時候用血栓溶解劑只會造成嚴重內出血更加惡化。」

「那能夠怎麼治療？」我問。

勞倫斯醫師聳肩：「先觀察。」

「會好起來嗎？」母親氣若游絲。

醫師蹙眉，本來明朗的藍色瞳孔好像忽然黯淡了些。「現在預估還太早，」話雖如此我卻感覺勞倫斯心裡已經有定論。「您丈夫要住院大概一週，我建議他好轉以後盡快展開急性復健，中風病患接受高強度物理治療能看見一些成果，我會請復健科醫師這一兩天就聯繫你們。」醫師準備離去前，轉頭跟我說：「能與你談談嗎？」

隨醫師走出等候室後，我留意到他要與我視線接觸前有點遲疑。「有些事情不想在你母親面前直接說。」

「我懂，情況多糟？」

「急性復健其實是給你們母子爭取時間，找個適合的長期療養機構。」

「長期……什麼意思？是說我爸永遠回不了家了嗎？」

從醫師表情判斷，他想誠實相告，但又不希望過分悲觀。「取決於進步幅度，」他說：「也不是今天晚上就得決定。」

我不想逼得太緊：「什麼時候可以進去看他？」

「現在就可以了，你父親已經在休息室，我們用了些鎮定劑所以病人意識可能斷斷續續，但陪在旁邊不成問題。」

「能說話嗎？」我又問。

「目前不行，但能認人，也知道你們就在身邊，應該會安心不少。而且病人先前特地說了想見你。」

「我？確定嗎？」

「你母親名叫？」

「梅德琳，我爸叫她梅。」

「那沒錯了，我確定他說的是『什莫』。」勞倫斯醫師轉頭離去。

望著醫生背影，我回頭之後沒立刻走進等候室。所謂成長常常都是在心中投下震撼彈，我想從軍入營的年輕人驚覺往後沒人照料自己安慰自己時也是同樣感受。父親喊我名字的話一定有原因，現在不是我需要他，而是他需要我——要我以男人的身分撐起這個家。儘管我才十八歲，但想想越南戰場叢林抬出來的士兵也有不少人是這年紀。

返回等候室，米琦說要去走廊打電話通知坎韋家。我猜她其實是想讓我們一家三口不受打擾。與母親進入休息室，我起初甚至認不出床上的病人是自己父親。明明只是右臂接著一條管子，容貌與早上比起來蒼老太多，頭髮更白、面頰更瘦削，皮膚泛著病態的黃。護理師摘下覆蓋口鼻的呼吸罩，父親側臉深深凹陷，彷彿大太陽底下融化的一塊蠟。我站在後頭，母親彎腰親了父親嘴唇、伸手輕撫頭髮，口中呢喃什麼我聽不清，片刻之後招手要我也過去，我的身體卻有些不聽使喚。一直以來，父親是我的英雄、世界上意志最堅強的人，與連鎖藥局激烈競爭這麼多年從不退讓——或許此刻倒在病床正是這原因？他不肯放棄，日日夜夜消磨元氣，累積的壓力焦慮導致中風。

母親拉我過去給父親看清楚。

「嘿，爸……」父親五官沒動，眼神卻認出我了，手臂的觸感軟而涼。我也彎腰朝他臉頰親了一下。

成長這條路的前方，等待多數人的並非幸福美滿。然而再不情願，我都必須長大。

「爸，我在。」我朝他耳語：「沒事的，交給我處理，我會照顧好媽，你專心養好身體就行。」

19

護理師搬了陪病床給我母親。「我和這男人同房二十年，」她之前泣訴：「還沒打算一走了之。」

米琦與我快天亮才離開。車子過了我家，繼續開到王者大道，米琦見狀開口：「什莫，今天我就先不回去，留在你家吧。」

「好，」我沒阻攔：「但我要去個地方。」

最後停在山坡路上慈悲聖母教堂前方。「什莫？」米琦不解。

「妳在外頭等吧。」我說。好多年前米琦就不上教堂了，她說雖然自己相信更高層次的存在，卻不是宗教這種形式。我的話，顧及母親的心情，週日還是去彌撒，否則每次想拒絕就吵架，自己忍住比較簡單。然而心裡質疑信仰很久了，更精確地說，是質疑母親的信仰。回憶中天主未曾出手相助任何一次，我的祈禱撲滿不知道都打破幾回了。在我看來，如果祂真實存在，此時勢必得露臉。

「一起進去吧。」米琦說。

教堂前門上鎖，側門還開著。

從裡面看，外頭晨光微弱，屋頂燈具投下昏暗光線，彩繪玻璃一片朦朧。血紅色蠟燭火舌搖曳，照得牆壁與聖徒雕像上影子亂竄。順著中央走道，她在第一排坐下，我到了欄杆前方輕輕屈膝、畫了十字但沒跪。今天要找的不是十字架上那個人，轉頭向右進去凹龕，白色聖母像的赤腳仍踩著毒蛇。我在這兒跪下，仰望那雙褐色陶瓷眼睛。被慈悲聖母學校趕出來的第一天，還年幼的我也曾經這樣做。與當時一樣，有種靈感籠罩全身，彷彿聖母真的低著頭，透過雕像凝視我。我不知道如何起頭、該說什麼才好，內心悲憤難平。若天主真的全知，想必很清楚我是什麼情緒。

「為什麼？」我終於能夠化為文字：「她一輩子向妳禱告祈福，虔誠的信仰換來什麼？我懶得再為自己求什麼，不必改變我眼珠子顏色、不必讓我變成普通人，但她呢？我父親呢？他們應該值得吧？假如都是主的旨意，那求妳介入一次，否則我怎麼相信每件事情都是上天的安排？我很想相信，」說到這裡我快要忍不住淚，「真的很想。可是總得給我個相信的理由吧？求求妳，給我那個理由，讓我相信過去她教的沒錯，妳的兒子沒捨棄她。這不是為了我自己，而是為了她。治好她的丈夫，我的父親。」

接著腦海又浮現禱告撲滿，再一次集中意志敲碎它——我感覺得到，以後修不好了。過去唸過的所有禱詞堆在聖母腳下。

我不知道自己跪在那兒多久，最後是米琦的手搭上肩膀：「什莫，走吧，先回家。」

走出教堂前，我停在閃爍的蠟燭前面，掏掏口袋空空如也。「忘記帶錢出來。」

米琦直接拿了根長蠟燭點燃遞給我。「都這種時候了，我覺得天主也不會在乎錢才對。」她說。我點上另一根，默默為父母禱告後才離開。

回程由米琦駕駛，後來也是她領著我回臥室。我幾乎虛脫，怔怔坐在床邊什麼事也幹不了，畢業典禮遙遠虛幻得彷彿好幾個月前的事情。她進去浴室，出來時已經換上我的T恤。

「我該怎麼辦？沒有他，我們怎麼辦？」

米琦解開我鞋子扯下。我起身，她幫我鬆開腰帶和牛仔褲釦子。我坐下，等她拉掉褲子直接朝枕頭栽倒。米琦鑽進被子留在旁邊，將我的臉捧到自己胸口。

「她也很茫然吧。」我繼續說。

「噓，」米琦手指梳了梳我頭髮：「什莫，閉上眼睛。」

20

勞倫斯醫師的預測都很準確，父親住院四天後轉移到復健科開始物理治療。母親全程陪伴，早上六點參加彌撒之後就趕到醫院待到深夜。她像我之前一樣，還期盼父親康復到某個程度能回家。經過幾週，我覺得自己的祈禱得不到回應了，後來得到勞倫斯醫師印證。

「你母親該考慮長期療養機構了。」他說。

「她還是想帶回家照顧。」我回答。可是心裡清楚，就父親狀況來看是不可能的。

醫師搖頭：「什莫，你父親需要有人持續不斷照顧，也就是說你母親無法放他一個人在家，連出門買東西辦事之類都不行。即使她請人幫忙，保險理賠沒有那麼多……」

「撐不到他過世的時候，」我聽明白了弦外之音：「也就是說他好不起來了吧？」

「狀況會再進步，但只是小幅度，沒辦法有什麼根本改變。」

「回不去以前了。」

「是，回不去了。」醫生附和。

趁著母親陪病，我在家裡和米琦、爾尼有過差不多內容的對話。不過自己人聊天只是猜想，最後米琦總叫我別想太多，等醫生給答案就好。既然勞倫斯醫師都開口了，臆測也就化為現實。

父親生病之後藥局暫停營業，但耗下去不是辦法，母親需要收入，可是目前的身心狀態無法主持大局，連家事雜務都成問題。我也意識到自己今年恐怕去不了史丹佛，母親一定會說不必擔心，然而學費負擔太沉重，何況也不只是錢的問題，父親需要我，我不能說走就走。母親嘴上不承認，但她也需要兒子陪在身邊。一如既往，申請到名校是場註定幻滅的美夢。

那天晚上我將母親從醫院接回家，後來說自己有點事情又出門了。車子開到慈悲聖母教堂，我登上混凝土階梯、穿過沒上鎖的高聳木門與中央走道站在蠟燭架前方。前回為父親點的是哪根現在記不得，也不覺得很重要。都過幾天了？原本的蠟燭早已燒盡。更何況，盞盞星火除了搖曳生姿別無意義——天地不仁，更不應許任何祈求。我舔舔拇指食指，隨便挑個血紅玻璃罐，捻熄裡頭殘存的一絲光輝。

21

又過了一星期，母親與我驅車蜿蜒於聖塔克魯茲山脈北邊的兩線柏油路。距離伯靈格姆市老家才半小時路程，但路旁蔓生著褐草、硬葉灌木和兩百年以上的老橡木，山丘景色給人遠離塵囂的印象。

「廣告上看起來環境很好。」靠近療養院時我開口。

「廣告上哪一間看起來不好呢。」副駕座上的母親侷促不安，一條紅白相間的防風領巾在下巴打了結，搭配墨鏡之後整個臉消失大半，這模樣像小時候開獵鷹的她，然而我卻不再幼稚。加上她也兩年沒開這輛車了。「廣告不就是用來吸引人的嗎。」

一如所料，她不願針對父親無法回家休養這件事情多談，就連想要討論長照機構都有困難，我得強調不是永久、等狀況有進步就可以回家。父親還是沒辦法好好講話，但已經進步到發得出像字的聲音，癱瘓的身體左側也稍微能動。只是母親下定決心的事情誰也阻止不了，她仍舊堅持要準備迎接父親回家。其實這時我是可以說句：「或許是主的旨意。」但未免太傷人。何況自己已經不相信什麼主的旨意了，我無法接受天主將我爸這樣一個虔誠的好人丟在療養院度過餘生。

透過勞倫斯醫師和物理治療團隊勸說，母親才終於點了頭，至少願意先看看長照機構的情況。已經去過五六間，她都嫌棄環境風格太無機、太像醫院，覺得照護人員像機器人，不夠關心病人的狀態。我倒也有同感。「就算你爸往後都得住在這種地方，也不能住得像坐牢一樣，」從其中一間出來以後她這麼感慨：「這裡頭溫度和太平間差不多。」

山頂就是水晶泉長照園區，第一眼我就覺得此處有所不同。外牆塗上粉飾灰泥的兩層樓建築群，彼此以頂棚步道連結，還漆成與周圍乾草相同的米黃色，與背景的山巒起伏融為一體。加上屋瓦、拱門、中央噴泉，營造出西班牙傳教使團的年代氛圍。

「看起來很棒。」我心裡知道但沒說：這是名單上最貴的一間，比較高級也是理所當然。

「人不可貌相啊，什莫。」母親提醒。

我停車在訪客保留區，外頭天氣正好，華氏七十多度（約攝氏二十四度）、棕櫚樹間微風拂煦。下面山谷就是水晶泉水庫，漣漪蕩漾彷彿一圈又一圈閃耀碎鑽。

我們踏過紅色混凝土走道找到大門，附近有些病人在長凳或輪椅上做日光浴，穿著褐紅色制服的工作人員亦步亦趨。進去以後，我開口表示想見雪莉．法雷，也就是這所機構的院長。幾天前事先預約好了，我下意識預期對方是個五十幾歲、身材略微臃腫的婦人，身穿白色護理袍，一臉不苟言笑──其實就是《飛越杜鵑窩》裡面的拉契特護理長。

結果出來接待的女士穿著海軍藍長褲與白色襯衫，臉上笑容可掬，外貌聲音都年輕得不像長照機構負責人。

「希爾太太妳好，」她直接向我母親開口：「來得正是時候，今天天氣很棒，上山的時候有看到周圍風景嗎？」

「有。」母親答得有氣無力。

「很漂亮。」我接話。

「如果每天都這樣就好了，」法雷說：「可惜秋天會起霧，夏天有時候太熱。我們會盡量把握天氣好的日子。」

「起霧的時候走山路太危險了，」母親轉頭對我說：「而且病人曬傷了不是很麻煩？」

法雷女士瞥了我一眼，我報以苦笑。她又朝母親說：「帶你們看看園區環境吧？」

「居然叫『園區』。」母親沒好氣道。

「請帶路吧。」但是看母親那種吹毛求疵的態度總覺得是白費功夫。

雪莉・法雷領路穿過噴泉和花圃。「我們會盡量帶病人到戶外，」她解釋：「呼吸新鮮空氣非常重要。」

「我丈夫需要時時刻刻有人盯著，」母親說：「你們該不會丟著病人自己在外頭吧。」

「勞倫斯醫師和我們提過妳丈夫的情況，」法雷回答：「所以在室外期間會有人全程陪伴。」

接著到了大食堂。「有些人喜歡在自己房間吃，我們就會送過去，」法雷說：「不過根據經驗，用餐這類集體活動也有治療效果。所以我們還會舉辦電影欣賞、讀書會、下棋比賽，或者在專人看護下進行體育活動。」

母親別過臉。

「發現怎樣的效果？」我問。

「憂鬱下降、活力提升，也間接推動了復健。」

「有病人回家過嗎？」母親問。

「少數。」法雷女士回答：「不過，希爾太太，容我直說。多數病人進來就會一直住下去，所以我們盡力營造舒適環境。帶兩位看看房間吧？」

住房不像醫院，走的是公寓風格，採用鮭紅色牆壁以及米色或褐色家具，矮牆隔出客廳與廚房，廚房裡雙爐口檯面、烤箱、冰箱、櫥櫃一應俱全，更進去是臥室和浴室。

「挺不錯的，」我站在廚房：「媽妳覺得呢？」

「你爸沒辦法煮菜。」她說。

「但是希爾太太，聽說妳很喜歡烹飪？」法雷女士問。之前電話中我確實提過這件事。

「我？」母親反問：「跟我有什麼關係？你們不是會供餐嗎？」

法雷微笑道：「當然，但妳可以常來陪著他，兩個人一起用餐啊。」

「可以嗎？」我問。

「很多家屬都這麼做。」

母親總算起了點興趣，我見狀詢問：「可以在這兒過夜？」

「這恐怕沒辦法，但訪視時間可以延長。」她轉頭一看，母親徑自穿過玻璃滑門，走到眺望山脈與水庫的小陽臺上。法雷又朝我瞥過來，我只能聳聳肩。「兩位再考慮一下無妨，」她說：「還有什麼疑問的話可以到辦公室找我，然後我會準備一份資料放在前檯給你們帶回去參考。」

法雷離開之後，我走到母親身邊陪她看風景。兩個人心裡是同一個困惑吧——怎麼走到這一步的？人生怎麼瞬間拐了這麼大一個彎？

「妳覺得怎麼樣？」我只是問個形式，這所機構沒愧對它的價格。儘管拋下父親會有罪惡感，這件事情由不得我們，必須面對現實，即使現實爛到骨子裡。

「我覺得這就是谷底了吧。」

「嗯，」我說：「但比之前那些好，照護人員感覺也親切。」

「我不是說這裡。」她回答。

「我知道。」可是我不願再去想像父親如何在這裡生活、誰來照顧他、照顧得好不好。思考有用嗎？醫生已經宣判了，我們也找不到更好的地方。

「我是說現在的處境，」母親繼續說：「還能更糟嗎？」

「不能了。不會的。」

「你爸辛苦一輩子換來什麼？在這種地方等死？你應該很難接受吧？」

的確如此。這也是唯一一次，母親口吻中似乎對信仰有了動搖。

22

我們沒有回家猶豫，當天下午就在雪莉．法雷辦公室內簽好文件。母親選了坐東朝西的房間，「你爸喜歡看夕陽。」

兩人的醫療險會理賠，但並非全額。我想了半天不知道母親怎樣補足差距，想要討論卻感覺她沒當回事：「你爸住得舒服最重要，別計較那些小錢。」

翌日我們就讓父親遷入。安置好之後，我說要出去幫他的冰箱補貨，其實爾尼和米琦已經在家裡等著。我租了一輛搬家卡車，與爾尼一起將父親最愛的躺椅茶几檯燈搬上去，米琦收拾壁爐架上裱框相片裝箱，接著三個人又捲了客廳的地毯、取了牆上兩幅畫。事前告知了法雷女士，但沒對母親提起。

敲了療養院內父親房門，母親打開一看，是我和爾尼扛著躺椅在外頭。

「你們幹嘛？」她問。

「爸回不了家，就把家搬過來。」

爾尼和我鋪好地毯，放下躺椅、茶几、檯燈。母親回過神來，與米琦動手擺上照片與畫、整理鍋碗瓢盆等等，結束時冰箱與架子都堆得滿滿的。當然不是自己家，但盡可能接近了。

「只差一樣東西了。」我開口。母親露出疑惑眼神。

「今天晚上來吃千層麵吧。」我拿出她冰好的食材。

母親勸了又勸，但米琦與爾尼沒留下來共進晚餐，想給我們單獨相處的時間。父親坐輪椅，母親拉起他的手，一家三口像以前在餐桌邊圍成圈。「敬愛的天主，」她開始禱告：「我們無法明白祢的行事，但全心接受祢的旨意。請幫助我們接納自己無法改變的，賜我們勇氣改變可以改變的，以及分辨兩者的智慧。」

我順著她心意說了句：「阿門。」

母親給我挖了塊千層麵：「我們全家人這樣子聚在一塊也是從醫院開始。」她又說起我出生的故事，感覺憶當年可能是種心靈撫慰，所以我靜靜聽著、問了同樣的問題。晚餐後，我們將父親扶上躺椅，母親讀報給他聽。再晚些，我們開電視給他看，母親坐在沙發誦經。事情走到這地步她依舊如此虔誠，我一方面讚嘆敬佩，另一方面卻很清楚自己不再相信了。我不像母親一樣，認為有個神控制全宇宙，所有人是身上綁著絲線的傀儡任祂拉扯擺布。在我看來，生命像是撞球，開場那下衝擊造成人類難以預測、錯綜複雜的變化反彈。如果宇宙不是亂數，代表母親一輩子侍奉天主，主卻對她丈夫降下災厄，使她傷心欲絕。這要我怎麼能接受？

九點過後，有人敲門，兩名院內護理人員協助父親回床。到了訪客離開的時間，也是我最害怕的一刻。母親走到床邊，探身下去與父親互相蹭著臉頰，手也捧著他腦袋、給他順順頭髮。結婚以來，第一次無法同床共枕。她抱著丈夫忍不住哭泣，中風做不出表情的父親也淚水盈眶沿著面頰滑落。這一幕已經夠難受，而我竟還得過去拆散他們。

23

隔週我去了藥局，在後面房間與父親長年仰賴的技術員、貝蒂，以及前檯新來的女工讀生開會。可想而知，她們既擔心我父親身體狀況，也擔心自己工作保不保得住。距離老闆中風已經過了三星期。

「藥局會繼續營業。」我先安撫大家。

「怎麼營業？」她們齊聲問。

「首先要找一位藥劑師，」我回答：「大家一起面試。第一個人選今天下午就會過來。」我希望將她們納入與藥局未來相關的決策過程，可以緩和情緒並凝聚向心力。

「話說隆斯派人來過，」貝蒂說的是大連鎖藥局：「他們想收購這間店，願意出高價並留任所有員工。」

「妳們想跳槽的話我能理解，」我回答：「不過我並不打算將我爸這間店賣給連鎖藥局，我做不到。給我一個月，我只求這麼多。」

貝蒂有些遲疑，但最後同意了：「你爸是個好老闆，我們也不能說走就走。可是什莫，你明白自己接下的擔子多重嗎？」

或許我很天真、我不懂商場艱險，但同時我知道只有前進才能找到出路。「有妳們支持的話，我就辦得到，」我回答：「可是要妳們願意給我機會。」

兩天內我們面試了四個藥師，之後又在原地開會。

「我覺得法蘭克不錯。」小芭開口，四人達成共識。「他氣質和你爸最像，能讓熟客願意留下來。」

「這方面我也想了個計畫。」我拿出傳單，與米琦一起設計的，主題是週六舉辦現場活動，邀請街坊鄰居「與社區藥師面對面」。

「待會去百老匯大道，夾在每輛車的擋風玻璃。有聯絡資料的客人都寄一份，之後要電話追蹤。」

這些事情都沒特別找母親商量。她每天早上七點就去水晶泉療養院，儘管自己家境堪憂了還常常帶些甜甜圈、貝果、水果給護理師。她親自餵父親吃早餐、替父親更衣、陪著復健整天，晚上保持過去的規律，給父親讀報、接著父親看電視時自己誦經禱告，直到探訪時間結束。

星期五夜裡，我做了一個夢：自己舉辦派對卻沒人參加，到場的只有一個人——大衛．弗瑞蒙。

24

我們將活動安排在週六早上十點。米琪、爾尼和我九點鐘就搬了桌子過來，但看上去氣氛冷清，等到坎韋夫婦開著賓士支援才逆轉形勢：他們帶了很多盤手指三明治、蔬菜沙拉和蘸醬、起司、餅乾、布朗尼加上紅酒和軟性飲料。我看了不知如何感激才好。

「想要人氣，請客最快呀。」坎韋太太說。

米琪在店面前方停車表與店內每條走道兩端都綁上灌滿氫的氣球，一下子有了節慶的歡樂氣氛。再來就只能等了。

「會很多人來，」米琪安撫我：「有信心點。」

「拜託別說那兩個字，感覺和我媽一樣。」

「又不是叫你信天主，」她早說過自己是不可知論者：「是叫你對自己爸爸有信心，熟客很愛他的。」

還真就這麼回事。

十點鐘開店，最忠實的老顧客都在外頭等，還有人帶了食物飲料來幫忙撐場面、或者要我拿回家放冰箱給媽媽吃。每個客人都過來和我握手、說他們很關心父親病情，更重要的是全都表示藥歷檔案要留在這兒，也就是往後會繼續支持這家藥局。

貝蒂和小芭給客人倒含羞草雞尾酒、米琪和爾尼發小點心出去，法蘭克和我與每個進來的客人講話。他表現比我預期更好，有親和力又不失專業風範，邊開處方邊回答問題同時還能像候選人拉票那樣與大家交流。不知是父親打的底子好還是我們這幾天夠努力，藥局會員名簿上所有人都來了。

事後米琦、爾尼和我清理現場，她開口說：「希爾，行的吧，爸爸的店保住了。」我倒沒這麼樂觀：「這才第一步，星期一才是重頭戲。」

「星期一怎麼了？」爾尼問。

「我開始上班。」

「上什麼班？」他追問。

「我媽負擔不起療養院，但又嘴硬不肯提。保險理賠不負擔全額，兩個人存款撐不到一年，所以我決定自己接手藥局營運。貝蒂說會教我訂貨對帳怎麼處理。」

「史丹佛怎麼辦？」

「保留學籍一年，等我媽穩定下來再說。」

爾尼轉過臉，情緒不大好。

「你媽不會答應的，過一百萬年也不會。」米琦說。

「她不會知道。」

「怎麼可能不知道？拜託，你們還住同一個屋簷下吧。」

說實在的，我們簡直形同陌路。她每天一早就去陪父親，陪到療養院停止探訪，每天在家沒多久，回家也都九點半十點鐘了。一到家又累得什麼也沒辦法想，只能朝我額頭親一下就得上床休息。

25

那年夏天每個早上我六點就醒來準備開店，待到打烊再去送貨，接著把握時間為報社多少寫些體育報導賺外快，最後去陪父親一小時。快到秋天，大學要開學了，我與爾尼、米琦見面次數越來越少，趁他們出發前一天我趕快約了晚餐，戲稱是三人間「最後的晚餐」。

結果煮出來的分量可以餵飽三個國王——有烤牛排、馬鈴薯泥、綠豌豆和南瓜湯，還親手烤好蛋糕冰起來，插蠟燭、撒糖霜妝點，寫的是「祝米琦爾尼一路順風」。

「你每天這樣做菜的話我就娶你。」爾尼看了豪華陣仗打趣道。

「你得先領號碼牌。」米琦說。

狼吞虎嚥中，爾尼問我：「所以你還沒跟你媽說？」

「還沒。」

「也瞞不了多久吧。」

「這可未必。」我回答：「現在不怎麼見得到面，就算都在家也被當作隱形人，或許我沒搬出去她也感覺不到。」

「會感覺到的，」米琦說：「然後會很不高興。」

「她也別無選擇。」我解釋：「我不這樣做，家裡錢就不夠用，她也沒辦法一個人解決這些問題。」

「你也一樣。」米琦又說：「什莫，你把自己逼太緊了。」

「這種狀況不會持續太久。」

「是嗎？要到什麼時候？」她問。

「之前說過，等生意穩定、營運順利就好。」

爾尼忽然笑出聲。

「什麼事情這麼好笑？」我問。

「你呀。」他解釋：「今天我跟貝蒂聊了會兒，她一直誇你厲害，說店裡從來沒這麼順過。」確實，我知道營業額提高一成五，法蘭克每天做超過百張處方箋，忙到開始討論是否多聘個藥師幫忙應付尖峰時段。換算成年收入，不只能幫母親解決財務問題，連史丹佛四年學費都籌得到。

「你有做生意的天分。」爾尼說。

「早上才去見了個稅務律師，研究要不要成立公司。法蘭克說等他半年試用期過了以後想插股。」

米琦叉子都掉了：「『試用期』？我的媽呀，希爾你真成了霸氣大老闆了。」

「總得確定他合不合適。」我解釋：「談成的話，每個月能從他那邊收到一筆錢，這樣就算我沒薪水我媽也過得去。我打算問問她要不要接我現在的位置，但陪我爸的時間就要縮短了，所以我猜她會說沒興趣。」

爾尼大口吞下蛋糕，推了椅子起身：「得先走一步，和艾麗莎約了。」

「真是的，一個晚上不見面會死嗎？」米琦說。

「我也這麼想啊，但是艾麗莎盯好緊，就怕我認識別人忘了她。」

「遲早的事。」米琦又說。

「感謝妳的祝福，」爾尼穿上外套：「不然下次請妳幫個忙，就拿這套開導開導她吧。」他走了之後，我們兩個人洗碗盤。米琦又開口：「他們撐不過三個月。」

「雖然是這樣沒錯，但妳幹嘛非得說出來？」

「就算我不說，他也表現得太明顯了吧。」

「人家什麼都沒講。」

「幹嘛等他講出來呀？聽他語氣、看他肢體語言就懂啦。爾尼根本不愛她。」

「妳又知道了？」我問。

「我也算是在你家長大的，看過你爸你媽互動好嗎？」她回答：「那種感覺才叫愛。」

這話我無法反駁，而且自己父母之間那種愛情似乎越來越罕見。我拿著抹布擦桌子：「好人卻沒比較好過。」

「唉，什莫呀，人生本來就有很多不公平。」

我將抹布往水槽一扔：「謝謝妳哦，真會安慰人。妳怎麼不乾脆學我媽說是主的旨意就好了？」

「因為我不是你媽。」

「也對，我媽可比妳有同情心得多了。」

「怎麼，你希望得到同情？」

「很過分嗎？反正肯定是沒辦法從那邊得到回應了。」我指著天花板，心裡有點煩。米琦習慣貶低別人的情緒，雖說家裡有狀況，但她好像也只學會武裝自己。「如果就這回，祂願意說清楚對我到底有什麼安排的話該多好，我已經懶得猜猜看了。現在我爸人都住進該死的復健中心裡頭，能吐出一個字讓人聽懂大家都要歡天喜地，然後我媽好像忘記自己還有個兒子，我也只好──」

「你從父母打理好一切的小孩變成自己做事的大人。歡迎來到現實人生，什莫。活著就是這麼慘，但另一個選擇更糟糕，所以趕快習慣吧。」

「妳幹嘛老是這樣？」我壓抑不住情緒了。

「老是怎樣？」

「把每件事情講得一文不值、沒什麼了不起。像剛剛妳說艾麗莎那些。」

「因為現實世界就是這樣，只會怨天尤人不如別活了。」

「是是是，不過我也聽膩了，妳到底瞭解現實世界什麼東西？」

「比你瞭解得多。我十四歲就靠自己了。」

「胡說八道什麼？我怎麼不知道妳自己賺錢、自己刷馬桶、自己繳水電費買菜？」

「因為辛苦的不是你啊，」她反唇相譏：「我也懶得掛在嘴邊一直說。我媽每天醉得連沙發都下不了，你以為那些事情誰來做？家事小精靈？還是兩個窩囊廢哥哥？等不及我媽酒醒，我十二歲就自己洗衣服、買菜、做午餐。考到駕照的時候喬安娜都哭了，以後再也不必看我媽醉醺醺開車。我爸勾搭個蕩婦遠走高飛，每星期找兩天晚上過來說幾句話就自以為是父親了。這些狗屁玩意兒難道你都忘啦？所以別在我面前哭哭啼啼，你媽不關心你死活也才兩個月吧？真的沒什麼，希爾，我媽從來就沒有關心過我的死活。」

兩個人都說得一肚子火，瞪著彼此不願讓步。我雙臂抱著胸膛，背靠廚房流理臺，心裡那股衝動湧上來難以克制，拿起碗裡吃剩的一顆豌豆朝米琦彈過去。正常情況下我應該會打偏，但這就不是個正常情況，所以我不但沒射歪，還可謂正中紅心——豌豆落在她兩眼間，而且因為我煮得很爛，豆子黏著一兩秒才掉下去。

米琦下巴都要掉了：「你居然用豌豆打我臉？」

「不然呢，人生就是這麼不公平啊，米可菈。」

她瞇起眼睛：「我說過不要那樣叫我吧？」

「有這回事嗎，我不記得嘍，米可菈。」

她像隻貓撲上來，手朝碗裡一抓之後立刻爆了我滿臉豌豆汁。戰火正式點燃，豆子滿天飛，碗裡的用完之後連散在流理臺和櫥櫃上的也拿來又彈又抹。我飛快轉身卻腳滑，本能伸出手抓住第一個碰到的東西——好死不死是米琦沾滿豌豆的上衣，差點被我扯成兩半。她跟著一個踉蹌往我身上倒，裂縫底下露出黑色蕾絲胸罩。我受不了開始大笑，片刻後她也笑了起來，笑到兩個人肚子發疼。

「好了好了，起來吧。」笑意褪去之後我開口。

但米琦壓著我沒滾下去，低頭望過來的眼神彷彿從我這雙紅眼看見宇宙。一會兒以後她說：

「去他的。」然後嘴唇貼過來。

和舞會那天不一樣，她不是親一下就停了縮回去。心裡有個聲音要我踩剎車，總覺得這樣發展下去很不妙，會毀掉一段誠摯的友誼。不過那個聲音很快就輸了，因為另一個聲音知道我想再次感受被愛、而且對米琦早有深沉強烈的渴望，終於有機會化為實質行動。更何況在自己腦袋爭執沒用，重點是米琦沒打算收手，謹慎或自制什麼的從來不是她強項。米琦不停吻我，手撫過我頭髮、鑽進我上衣又滑到我腰帶扣，我也決定放空腦袋任身體自由行動，然後沉溺在米可菈・甘酒迪的溫暖美好中。

26

事後我完全不想動，儘管渾身沾滿豌豆，我只想抱著米琦躺在地上，一起遠離發票、洗衣服、喝醉的父母。我還發覺自己只是缺了一份勇氣，其實早就想要這樣做。我對米琦的愛超過朋友的界線，在她身上看到可能性：能像自己父母那樣相知相惜、共度人生。真正的愛情。但以前恐懼總是先一步霸佔思維、將那些念頭那些夢想擠出腦海，就像原本平靜美好的生活被父親中風給粉碎。

米琦忽然起身，拿了衣服穿好。

「不洗個澡？」我問。

「得走了。」

我跟著起來：「為什麼，不必急著走。」

「要收拾行李。」

「本來也說好一起看電影不是？」

但米琦已經穿鞋拎包拿走車鑰匙，只有上衣歪七扭八已經沒得救了。

「妳的衣服，我——」

她親了我一下，沒有之前的激情，只是輕輕啄一下臉頰：「再見嘍，希爾。」

米琦又像龍捲風一樣，來匆匆去也匆匆。

27

我站在原地，外頭引擎聲漸行漸遠。她離開了，留下我一個人迷失在愁緒悔恨中。總覺得該阻止的，該和她說那樣不好，但……該死，我自己也不想停。兩個人關係是很複雜：沒有約會，不過又常常一起玩一起晚餐一起看電影。直到剛剛並沒有過進一步關係，但我不能否認自己想像過，也期待過跨越好朋友的那條線……或許可以成為彼此的男友女友？

糾結中聽見車庫打開的聲音，我還以為米琦回來了，隨即意識到如果是她沒道理要開車庫、也找不到遙控器。抬頭看看時鐘，母親今天忽然早歸，我趕快拿了衣服就上樓洗澡。從車庫進廚房的後門發出砰一聲，母親看到平時一塵不染的廚房變成豌豆園不知會多氣。轉開水龍頭，我提心吊膽，覺得她隨時會衝進來大叫：「你們在底下搞什麼鬼？」

結果劇本不是這麼演的。我盡快清洗，但身上到處是豆子，刷乾淨之後換了一條運動褲和T恤，發現母親不在自己房間準備就寢。下樓前我還做了心理準備要假裝不知道她在家，然後過去幫忙打掃，沒想到她根本不在廚房裡。

「媽？」

「這兒。」

她沒點燈，坐在客廳沙發上老位置。我以為她在禱告，但仔細一看手裡沒有玫瑰念珠。

「怎麼不開燈？」

「今天陪你爸的時候，」母親眼神渙散：「一邊餵他吃東西，一邊心裡想著他不能動了，自己得為他做哪些事情。」我到她面前的矮凳坐下，感覺母親其實不是對我講話而是自言自語。不過她又抬起頭看我：「想著想著，我恍然大悟。」

「想到什麼了？」我問。

「我已經好久沒洗碗、沒買菜、沒打掃，甚至沒在家裡煮過吃的。我什麼也沒做，全部都你自己來，是嗎，什莫？」

「這沒什麼呀。」

「那藥局呢？藥局誰在顧？」

「我僱了新的藥師，叫做法蘭克。」

「你去僱了人……」

「他個性和爸有點像，妳應該也會喜歡。」

「但是進貨、對帳、補貨、送貨那些呢？」

我沒回話。

她嘆口氣：「什莫，對不起。」

「沒什麼好道歉的吧。」

「明明是你高中畢業，人生最開心的暑假，結果都沒出去玩對不對？」

「也還好，聽爾尼說派對都挺無聊的，而且他和米琦晚上常過來陪我。」

「米琦……」她說：「她需要你，什莫。」

我倒不那麼確定了。「我學會做菜和洗衣服啦，也算有收穫吧？」

母親閉起眼睛，感覺是父親中風以來第一次好好深呼吸。然後她開口：「該上軌道了，不然你怎麼去上大學呢。」

我別過臉。

「什莫？」

「媽，我先不去了。」

她舉起手：「不行，你得去。」

「今年不去。」

「我懂你想替爸爸媽媽分憂解勞，但接下來交給我就好。已經有人照顧你爸，白天我有時間處理這些事情。」

「我已經向學校申請保留學籍一年。」

「那取消就好。」

我搖頭：「來不及了，今年的助學金發下去了，爾尼也已經找到室友。」

她手掌按著眼睛啜泣起來。我過去跪在她椅子邊，輕輕拍著她手臂：「媽，沒事的，我自己做的決定，而且覺得這樣也很好，今年可以認真學學怎麼經營一間店。這是最好的學習機會啊。再來我賺到不少錢，加上幾份獎助金，學費已經不是問題。等爸那邊都安頓好，妳可以接我現在的位置。反正妳需要收入，白天也能有事做。」

母親伸手過來拉著我：「什莫，答應我，明年無論如何都要去上學。」

「好，」我說：「一定。」

她又重重深呼吸一口氣。

過了一會兒，我自己開口：「我趕快把廚房那些豆子清理乾淨比較好。」

「放著吧，你做得夠多了。」她起身：「剛剛看到桌上有電影票。」

「本來米琦說要跟我去看，但她有事先回家了。」

「不介意換個女伴的話，我倒想轉換一下心情。」

「那我收拾廚房，順便做個爆米花。」

「別管那些鬼豆子了。」母親說。

28

翌日清晨我很早醒來，不過母親更早。她將廚房整理乾淨，先出門照顧父親。我買了一束花，開車走王者大道，想過去跟米琦說些話：我希望她不會後悔，至少我沒有。請她明白我們之間友誼不變，而且我希望能有更進一步關係。我確定了自己愛她，也相信那與父母之間是同種感情。最好的朋友不正是最理想的交往對象嗎？

只是到了她家門前我還是忐忑不安，一直對自己說：明明十二小時前還和人家講了一堆藏在心裡的秘密不是嗎？

來應門的是喬安娜，瀏海底下褐色眼睛很大，見到我笑得很燦爛：「嗨，什莫。」

「喬喬早安。」她退後一步，抓著門把晃來晃去，臉上一直掛著微笑。「米琦呢？」

小女孩搖頭：「哦，姊姊不在。」

「知道她去哪兒嗎？」

「去大學呀。」喬喬還是堆著笑。

我心一沉：「已經出發了？」

「花是給誰的呀？」

望著那束花，一下子我不知道怎麼辦好，回過神趕快將塑膠桿上的卡片拔掉，然後遞給喬安娜。

「給妳的啊。」我說。

女孩接過，不知道是太驚訝說不出話，還是擔心我在開玩笑。我轉身下階梯。

「什莫！」

回頭一看，她捧著花站在階梯上，模樣像個小天使：「謝謝你的花。」

29

後來沒有米琦太多消息。我每天都會想她，偶爾盤算是否從她母親那邊問出宿舍電話，還是直接開車去戴維斯給個驚喜。然而想到最後總能找到收手的理由。還好每天都很忙，早上母親與我一起用過早餐之後就出門，我去藥局上班、她去療養院陪父親。復健結束後母親會趕來藥局，我開始教她營運，方便日後接棒。但我懷疑她之所以願意，只是因為不這麼做無法說服我去上大學。

進入十一月，我們為感恩節佈置店面。連假代表爾尼和米琦好幾天不用上課，不知道會不會回來。先前爾尼有場比賽對上聖母大學，便和父母一起回去印第安納州，感恩節那星期又有橄欖球賽，或許會和隊員一起過節。

感恩節前一天有人敲門，我打開一看是米琦站在外頭，比之前清瘦一點、頭髮也長到快要及肩。

「嘿，希爾，最近如何？」她直接走進來倒在沙發。

「還可以，」我回答：「大學怎麼樣？」

「宿舍餐廳好難吃，同學很多神經病，化學教授是個色狼，我遲早會踢他下面。我可以喝杯水吧？」她自己走進廚房拿了玻璃杯到水槽裝滿，想當初我們就在那兒豌豆大戰、滾地板做愛。

「冰箱有汽水。」我說。

「丟了吧。我們在學校做實驗，你放一塊肉進去，居然會被汽水腐蝕掉。」

「所以妳不喝汽水了？」

「也不吃紅肉了。室友吃素，我是不打算做那麼極端。話說回來她也不修腋毛和腿毛。」

「拜託別學她。」我說。

「你媽不在？」

「去藥局了。」

「上班？」

「每週就一個下午，算是給我休息。妳回家多久？」

「星期天走，所以你有四天能看到我。看個電影吧，你請客。想不到我還在當窮大學生，你已經成為商業鉅子。」

「想太多。」

她過來抱了我，我還以為接著就是親吻。可是她直接推開，一副準備出門的樣子：「好啦，希爾，天色不早，我該去你們店裡看看，問候你媽一聲，攀關係買點零嘴。我還有親屬優惠吧？」

「這不確定。」我回答：「妳知道的，藥局高層換了一輪，有人說新老闆很霸氣。」

米琦笑了笑，拉起我的手向外走。

兩個人都沒提起最後晚餐那一夜的事。可是和唐娜的情況不同，我不覺得自己會變成玩具。整個秋天我花很多時間想她，也思考了兩人之間的種種，就算自欺欺人也罷，但我相信米琦是愛我的。那天她跑掉是因為對我有感覺，發現我和別的男人不一樣，所以心裡反而慌了。米琦因為原生家庭對男女關係有陰影，害怕重蹈父母的覆轍所以不想與人交往。感恩節她又露面了，其實就是給我的訊號。但是那樣不夠，對我來說還不夠。偏偏我很清楚，自己不可能從米琦那兒得到更多。

30

隔年秋天，史丹佛開學遷徙，我開車到帕羅奧圖眼科診所見了普萊德摩爾醫師。「今天什麼事？」他問，因為距離我每年定期檢查還好幾個月。

我給了天主很多機會，始終不明白祂的旨意究竟是什麼，只覺得自己從未受過眷顧。最後一根稻草就是父親中風，怎麼祈禱都無法挽回。既然神對此都能不理不睬，我自小懇求的心願也絕對不會實現。現在我明白了：要改變眼睛顏色，必須靠科學。

「神的旨意並非凡人所能理解。」母親曾經這麼說。

我同意，所以也不打算再去理解。「醫生，我想試試看瞳孔變色片。」

第六部

黑暗，我的老朋友，你好嗎？

1

一九八九年，加州伯靈格姆

我留在爾尼家看電視新聞，大地震造成的災情越來越多。後來我終於打通電話，母親得知我平安無恙也鬆了口氣。

「我也沒事，」她說：「家裡都好，只有奧瑪莉外婆收藏的幾個斯波德[29]瓷器從架子滾下來碎了，沒什麼大不了。」

我連珠炮問了一串問題：「有沒有聞到瓦斯味？檢查熱水器指示燈了嗎？家裡有沒有瓶裝水？」

「什莫，我沒事，」她安撫道：「別擔心。」

「那妳打去療養院了沒？」我問：「爸怎麼樣？」

父親中風不可逆，醫師還說會觸發早期失智，所以他常常對周圍環境感到困惑，固定行程被打亂時更嚴重。「他沒事，」母親回答：「療養院沒什麼損害。」

「要不要我過去幫妳打掃？」

「不必，就一點點而已，何況我準備上山去陪你爸一會兒。」父親除了坐輪椅沒什麼行動能力，但母親以前就說過她不在乎，兩個人牽著手坐在一起也好。偶爾她還會把念珠塞進父親手裡，自己大聲誦經，幫他一個一個珠子慢慢轉。「只要和他在一起，哪裡都好。」她這樣解釋。

「那我之後再打給妳。可能明天吧。」我說。

掛電話之後想起得知父親中風那個夜晚。過去與現實重疊之後，我驚覺生命多寶貴卻又多脆弱。前一分鐘還在慶祝高中畢業，後一分鐘父親危在旦夕。前一分鐘興高采烈要看世界大賽，後一分鐘說不定就被砸下來的球場天花板壓死。生命如此短暫，應該追求有意義的人事物，比如我在爾尼家門口見證的親情、父母一輩子的愛情，還有米琦說我值得更好的對象。

怎麼她又說對了。真是烏鴉嘴。

人生只有一次，不能耗在伊琺身上。其實心底早就明白這段關係空轉太久，原因出在沒自信，不敢相信會有另一個人接受這樣的自己。我也不傻，知道想要有所突破，前提就是我也接受自己。戴上變色片的那天，我選擇披上褐色偽裝遁入平淡的常態，不只欺騙世界，也欺騙鏡子裡見到的那個人。我不想接受注視和質問、不想面對生理特徵、不想調適自己。還記得上小學之前，母親就說過我必須學習調適，但我厭倦了，遮起來就好，身心都是。我也懂了米琦真正的意思。她說我該向伊琺攤牌，說自己值得更好的對待、更好的對象。其實重點並非說或不說，而是發自內心。她只是以伊琺當契機鼓勵我邁出那一步：不只接納自己，還要喜歡自己。

我們一群人繼續看電視，新聞報導的災情一刻刻更驚悚。剛開始提到汽車從大橋墜入舊金山海灣，後面還很多輛岌岌可危。接著東灣也傳出噩耗，雙層混凝土結構的八八〇交流道也坍方，

㉙ Spode，英國陶瓷品牌，歷史悠久。

時機非常不妙，路上正好是下班通勤的車流，據傳數十人受困於土石之下，已經有人身亡。再來是濱海高速公路在舊金山濱水路段也遭受重創，海港區許多居民不得已外出在草地搭帳篷，斷斷續續餘震嚇得大家不敢回到室內。

蜜雪兒做了麵條和沙拉，但我們都沒什麼胃口。打電話回家，伊珫沒接，航班應該是下午四點出頭降落，返程正好會遇上塞車。家裡答錄機應該會有她的留言，聲稱路況太糟所以留宿東灣某酒店。很好，她就繼續和沒睡飽先生相濡以沫吧。

九點鐘我再打一遍試試看，還是接到答錄機，掛了以後我跟爾尼說：「該回家看看了。」

「有聯絡上嗎？」爾尼問。

我搖頭：「她不想塞車的話，可能會在奧克蘭找旅館吧。」

2

回到自己那棟鋪了雪松木板的兩層樓房子外，我發現門廊和客廳前面燈都亮著，暗忖伊珆其實在家。整頓思緒以後，我想好自己該怎麼應對。首先給她機會先開口，至少看看她是否願意坦誠。老實說的話，我還可以客客氣氣道個謝，委婉請她搬出去。到這節骨眼還不說實話，只能說幸虧也看透徹了，就連客套也不必。

可是一抬頭，臥房沒亮燈，加上伊珆的車子沒回來，所以有點奇怪。我走到門廊遮雨棚，上階梯之後聽見熟悉的吠叫。才推開門一點點，土匪那顆硬腦袋瓜卡在門板門框中間，興奮地汪汪嗚嗚鬼叫起來。「乖、乖，小土匪你進去，快進去。」我看看房內環境，蹲下拍拍狗、給牠抓一抓，沒找到行李箱。土匪的尾巴在半空亂甩。「米琦？」我喚道：「伊珆？」都沒反應。然後我才看到答錄機旁邊櫃子上，瓷磚檯面擱著紙條。

想說你可能需要個伴？

——M

原來是米琦一番好意。

答錄機的紅色燈號不停閃爍，引誘我伸手按下按鍵。但我轉身走向儲藏櫃：「小土匪，餓了吧？」牠一聽瘋狂搖尾巴。米琦出遠門時會把她家「孩子」——就是狗——託托給我照顧，所以我儲藏櫃裡習慣留一包狗糧。伊琺不喜歡寵物，衣服沾到狗毛反應很大，好像那玩意兒有放射線似的。我還懷疑她是不是回家了，看見土匪就又溜出去，但沒動過東西的跡象。

我土匪看見狗糧以後叫得更淒厲，我倒在金屬碗裡，還沒放到地上牠的大嘴就探進去猛嚼。我又盛一碗水放遠點，不然土匪有個壞習慣是推著狗糧碗到處跑，就為了吃到一顆不剩。盯著大快朵頤的狗兒，我還是意識到背後有顆紅燈閃呀閃地。牠吃完立刻抬起頭，那對黑眼珠充滿期盼。

「抱歉啊，夥計，米琦說你太胖了，一次只能吃一碗。」

牠眼瞼皺了起來，充分表達內心多失落。

「唉，我懂，女人真麻煩對吧？」我給牠打開後門去院子：「好啦，我們都辦辦正事去。」土匪衝了出去，我留著門沒關緊讓牠進得來，接著走回答錄機。按下按鍵，機器語音先說了曾經斷電過，再來播放錄音留言。第一段是下午四點十二分，地震之前，伊琺打來的。

「嘿，什莫，跟你說一聲：飛機降落了，我準備回家，晚點見。」

沒多餘時間反應或分析，機器嗶一聲就繼續播放。再來是米琦。

「嘿，是我，你應該和爾尼去看球賽了吧，不過聽新聞說比賽取消，我到你家看了一下，順便把土匪留在那邊陪你。應該沒事吧？我家還好，客廳牆壁多了兩條裂痕就是，其餘沒什麼。好啦不閒扯了，記得給我報個平安。愛你。」

機器又嗶了第三次，我等著聽，心想大概是伊琺跟我說路況太糟，她打算在東灣投訴之類。但遲遲沒聲音，直接掛斷了。機器僵硬的語音說沒有其他留言，我要走開同時電話響起。世界就是這樣對吧？什麼說人人到、說鬼鬼到之類。我深呼吸清喉嚨之後接聽：「你好？」

「什莫？」

「伊珐嗎？」

「不是，什莫。抱歉，是我，梅若迪斯。」

伊珐的母親。「梅若迪斯？」我會意過來，她家裡應該很擔心，兩老住在南加州，想必已經得知發生大地震。「抱歉，剛剛……嗯，總之伊珐下午有留言跟我說她降落了，但是妳也知道路上大塞車，她應該找旅館住了吧，後來電話可能撥不通。」

「什莫，伊珐沒去旅館。」

「她打給你們了嗎？」

梅若迪斯哭了起來無法言語，然後有人接過話筒。

「什莫？」換成伊珐的父親蓋瑞，「我們確實接到電話……」從他的停頓能聽出正在強忍淚水：「他們找到伊珐的車了，被壓在道路坍方底下。」

3

蓋瑞．普萊爾表示自己一早會搭機過來舊金山，請我到機場接送，此行目的是警方需要親友認屍。我拿了米琦留下的便條紙，在背面抄下重點訊息，否則一定記不住。掛了電話，我直接跌坐在沙發。土匪從院子進來，爪子在瓷磚刮了刮，沒立刻跳上沙發或蹭我的手。連牠也察覺氣氛不對，低頭垂尾悄悄靠近，到我面前又停下來觀望，默默詢問人類是否需要一點慰藉？

我攤開手掌，土匪過來靠著我大腿，抬頭皺眉一臉哀愁。我彎腰用額頭摩擦一下牠那顆硬邦邦的腦袋，心裡很想哭，同時卻又有個揮之不去的念頭，猛然起身還嚇得狗兒往後一跳不知所措。我在客廳來回踱步，努力思考別的事情，不讓那個念頭繼續擴散。伊珐的爸爸要來，來認屍，火化後帶著骨灰回去洛杉磯安置。她爸爸，她的父親。

我停下腳步，畫面在腦海浮現：兩個小男孩衝出家門撲向爾尼，緊抱父親雙腿不放。對蓋瑞．普萊爾而言，伊珐也像是心頭肉。

何必讓一個父親經歷這些？「沒必要，」我對自己叫道：「真的沒必要。」

於是我看了便條撥過去，鈴響一聲蓋瑞就接聽。「待會兒我過去舊金山一趟，認屍的事情讓我處理吧。遺體會先送到伯靈格姆這邊的葬儀社，我請人幫忙火化，之後再和你一起送回家。」

他愣了好一會兒，接著痛哭失聲，抽噎中咬字含混，但我完全明白。在伊珐的母親、姊姊、其他親戚面前他不得不堅強，如今不必面對女兒遺體的慘狀，他終於能緩口氣好好哀悼。

「謝謝，」他說：「謝謝，什莫。」

我掛掉電話，打給米琦。

「嘿，」她立刻問：「之前打過去找不到人，你還好吧？想說你是不是回家裡看媽媽，但那邊也沒人接。」

「等會兒我得把土匪送回去。」

「留著呀，反正牠在你家挺開心的，還比較有人陪。你們兩個單身漢正好作伴。」

「米琦，伊琺過世了。」我直接脫口而出，一部分是說給自己聽，讓自己接受事實。

「什麼？」

「剛才接到她父親的電話，八十八號公路坍方，她開車經過，被壓在底下，人已經走了。」

「我現在過去。」米琦答道。

4

凌晨一點鐘才再回到家。看我兩次都沒能把鑰匙插好，米琦接過去幫忙開門。我呆坐在沙發上拍土匪，她去開了酒櫃。

「只有波本，」她說。伊珐的威士忌被我喝光了。「有東西配嗎？」

「冰塊。」

接著就聽她開冰箱、取製冰盒放櫃子上，冰塊滾進玻璃杯。

認屍比我想像更糟。走進臨時太平間前我就有心理準備：絕對會是前所未有的難受。不過我很慶幸是自己走這趟，至少不必由她父親來承受，也很感激搜救隊找回伊珐。一整夜很多相關報導，還有好多車輛壓在幾噸重的混凝土下，車上的人活著卻未必能逃出來。

她的秀麗臉龐沒太大變化，但負責人員也只肯給我看那張臉。畢竟我也是醫生，從覆蓋的布幔起伏就看得出伊珐軀體遭到重壓變形，骨頭碎得亂七八糟，應該剎那間就斷了氣。

負責人員蓋上她的臉，走到隔壁另一具遺體：「你能辨識車子裡另一位男性嗎？」

感覺像心窩被狠狠戳了下。

米琦瞥了我一眼，我沒多說什麼。

「不行。」我回答：「不認識那位。」

她從廚房出來，端了波本酒給我，然後坐在旁邊，好像我們回到獵鷹敞篷車上。很長一段時間兩個人都沒講話，我喝著喝著杯子就只剩冰塊。米琦取走玻璃杯重新裝滿，酒精在體內暈開，本就疲憊的身心逐漸鬆懈。我又吞一口：「謝謝妳過來陪我。」

「這種事情不適合一個人去吧。」她喝著清水：「倒是你，心地善良，讓她父親不必親自面對。」

我大大呼了口氣。「哭不出來，」我說：「為什麼哭不出來？我他媽的哪兒有問題？」

「有問題的不是你。」

「妳知道我第一反應是什麼嗎？聽到她爸告訴我的時候？」

「別說了——」

「心裡居然冒出『好險』這兩個字。」

「什莫，別說了。」

「我覺得『好險』自己不用面對她。不用跟她說分手，叫她搬出去。什麼性格的人會這樣思考啊？」

「好人。」

「謝謝妳喔。」

「我說真的。壞人不會這麼坦白，不會有罪惡感，更不會像你這樣為人著想。換作壞人就會撇清關係撒手不管了。我還不懂你這人嗎？一定會把她出軌的事情帶進自己墳墓。放心，我也不會說出去。讓她爸媽帶著美好回憶安葬女兒吧。」

我抽了口氣之後淚水潰堤爆發，完全無法控制、停不下來。米琦將我拉過去枕著她胸口，輕輕撫著我頭髮聽我啜泣。後來她拿掉背後靠墊，靠著椅背抱住我。我聽著自己呼吸逐漸放慢，意識越來越遠。

5

參加葬禮的人都很配合演出，氣氛就像莎士比亞悲劇達到高潮——年輕佳偶即將進入生命下個階段，孰料遭遇天災、陰陽相隔，新郎只能收拾那一地破碎的心。

葬禮地點是雷東多海灘，爾尼和蜜雪兒帶著米琦與我母親趕來，我很感激他們陪伴，因為看著他們我才記得自己是誰，不再扮演那個沒人真正認識卻得肝腸寸斷的死者男友。

儀式結束，我與伊玆的家人一起將棺木送上靈車。葬儀社安排了另一輛車送親屬，還好爾尼出面救援：「我送你去告別式？」

差點衝過去抱他。

告別式在普萊爾家的後院，面對太平洋海景，微風夾雜淡淡鹹味，氣氛寧靜祥和。我送母親坐在一把庭院遮陽傘底下，給她端了盤點心與低卡可樂，米琦和蜜雪兒也過來陪她聊天。爾尼和我再往吧檯走，幾個在教堂見到過的人迎面走來，我默默做好準備聽他們致哀。

「冒昧請教，」其中一個開口：「你是爾尼．坎韋對不對？」

「沒錯，是我。」他回答。

「果然沒看錯，」對方說：「在教堂就注意到了。可以請你簽名嗎？」

他簽完之後，那群人才轉過頭來自我介紹，接著另一個人問我：「你是伊玆的？」

「朋友而已。」我回答。

爾尼和我拿了啤酒，在院子找個角落。「什麼感覺？」爾尼開口問。

「像演員回到後臺休息室，等著下一幕戲。」這樣說還是有點罪惡感，但事實如此。不知道其他賓客是真沒察覺還是心照不宣：我跟大家完全不認識，太諷刺了。伊珐的父母並不例外，有一次他們到舊金山玩，大家吃了頓館子，但就那麼一次，之後毫無交集。別說週末，逢年過節也沒聯絡往來。伊珐的姊姊們與我剛才是初次見面。

「咱們以前那些瘋事，和今天比起來都算小兒科。」爾尼喝酒張望的同時，我意識到自己心裡有個更瘋狂的計畫。

6

隔一星期，崔娜・柯羅齊到了我診間坐下。趁著米琦帶丹尼菈去外頭買冰淇淋，我描述小時候被大衛・弗瑞蒙痛毆一頓但還堅稱是自己摔車，後來大家被卜羅根神父召去神職宿舍對質，結果導致大衛被逐出學校。

「你不甘心，」柯羅齊聽了說：「害他被退學。」

談話前我就摘下瞳孔變色片表達自己開誠布公。「是他害自己退學的。」

「他說你跟神父告狀，害他被趕走。那件事情讓他爸媽丟臉，還有他爸爸……也不是什麼好人吧。」

「崔娜，我沒有跟神父說那件事。」

「你沒有？」她的困惑寫在臉上。

「是大衛那兩個跟班洩漏口風，」我靠著椅背觀察她。「小時候我不夠勇敢，沒能告訴任何人，別說神父，連我爸媽也是。」我解釋：「當下想法就是絕對沒人能幫我、保護我，除了害怕我別的什麼也不知道。要不是那兩個人良心不安，後來大衛還會一直欺負我。」

「我身邊就沒那樣的人。」她感慨。

「有。」我說：「有我，還有米琦。」

崔娜又一臉茫然，然後抹去淚光：「為什麼？」

「因為每個人都需要別人。」

「你能救我女兒嗎？」

「靠我一個人，只能治好她眼睛。」我說。

崔娜聽得出言外之意，淚珠終究滾落。我將椅子推向她坐的沙發，遞上一盒面紙。

「眼球後側有一層感覺神經組織，叫做視網膜。」我拿出架上的眼球與眼窩模型開始解說：「可以想像成石膏牆板的壁紙，或者攝影機裡的底片。視網膜將進入我們眼球的光線轉換成視覺，它的中心有個區塊叫做黃斑部，負責特別精細的影像，譬如閱讀。至於視網膜周邊——」

「丹尼菈沒辦法讀書了。她說看什麼東西都很模糊。」

「視網膜剝離就像壁紙跟牆壁分開。得不到血液和營養，視網膜會慢慢萎縮，失去正常功能。長此下去，丹尼菈就會失去中央視覺。」

「等於瞎掉。」

我往後靠：「沒錯，基本上可以說那隻眼睛失明。幸運的是超過九成視網膜剝離都可以經由手術治療，有三種方式可以選擇——」

「我沒有保險，」崔娜說：「三個月前失業了。」

我將模型放到桌上：「前夫那邊呢？」

「不可能。」她搖頭。

「既然是警官，應該有公家的福利。」

「不。」她情緒更激動。

「崔娜——」

「我不想和他再有交集。」她提高聲音，像個驚恐的孩子。我給她片刻冷靜，崔娜深呼吸之後繼續說：「離婚之後他把我們從家屬名單拿掉，我沒反對，因為當時自己有工作，只想盡量與他劃清界線。」

我輕聲細語說：「他對女兒有義務。」

「他一直記恨離婚的事，會用盡手段傷害我，女兒也是工具。」

「妳可以透過法庭強制。」

她搖頭苦笑，神情透露出哀傷：「只是激怒他而已，最後遭殃的還是我和丹尼菈。何況，希爾醫師，律師要錢的，醫院和殯葬也一樣。我不想給我女兒送終，也不希望她得來給我送終，尤其不希望女兒落到他手上。他比畜生還不如。」

7

我知道行動一旦開始就無法後退不能收手，但想給大衛．弗瑞蒙最後一次機會，崔娜聽完也終於同意讓我與她前夫對話。仍然很難接受一個人會真的毫無道德良知，總希望當年那些恫嚇欺凌並非發自內心，只是受到父親暴力管教耳濡目染的結果。

又隔一星期，我選在穆恩．麥咸的酒吧與他會面。環境熟悉，會覺得像自己地盤，再者總有幾個人認得我，而且靠窗座位的玻璃外就是伯靈格姆寧靜的市中心。但我還是非常緊繃，一定是古典制約[30]。

弗瑞蒙將警車停在紅線上，我情緒更激動了，深呼吸數次後看著他下車、將警棍插進皮套之後往門口走來，制服被底下的防彈背心撐大，感覺更加魁梧，簡直要撐爆門框。一進來，他雙手搭著黑色勤務腰帶，刻意亮出手槍。先前在長老教會停車場被他襲擊時我驚魂未定，沒能看清楚他究竟多高多壯，此刻仔細打量，發現平頭大衛和他父親果然是同個模子刻出來的。

等他靠近，我起身迎接，幾乎酒吧裡所有人都轉頭觀望。大衛．弗瑞蒙臉上的冷笑彷彿散出惡臭。

「麻煩你跑一趟。」店裡播放球賽的音量很大，我伸手過去。

他不與我握手就坐下：「你還戴著變色片。」

「請你喝杯咖啡？」

弗瑞蒙轉頭盯著窗外不理我。

我只好切入正題：「你女兒需要動手術。」

他瞥我一眼：「所以？」

「她視網膜剝離，不趕快治療會退化，完全喪失視力。」

他聳肩：「和我有什麼關係？」

「是你女兒啊。」我大感不可思議。

「她和我前妻住，有事情去問她。」

「談過了。」

弗瑞蒙瞇著眼：「哦？那她怎麼說？」

「她失業了，目前沒有健保。」弗瑞蒙露出幸災樂禍的笑容。「你的警察保險可以支付手術費用。」

「她要我付錢？」

「反正是保險公司出。」我說。

「福利是我自己賺來的，我的保費或扣除額被提高的話怎麼辦？」

真不敢相信自己聽見什麼，我除了搖頭還是搖頭，同時也回想起卜羅根神父與他當面對質的場景。那時候大衛．弗瑞蒙就未曾表現出絲毫罪惡感。他恐怕不只是受虐兒，還是反社會人格，

㉚即「動物對特定制約刺激的反應」，如面對曾經毆打自己的人即便尚未出事也會不由自主恐懼緊張。

甚至所謂心理變態。「你是認真的？」

弗瑞蒙從桌子對面探過身來：「不然呢。」

「該長大了吧？」我語氣中那股狠勁連他都訝異得一時無語：「你已經不是八歲的人了，我也一樣，別再擺那種大野狼的態度嚇唬人。你女兒快瞎了，誰幹的好事我們心知肚明，不需要你前妻告訴我，我自己就能看出來，急診室醫師也知道。但之前的事情都算了，大衛，我可以裝作什麼都沒發生過，只要你願意做一次正確的決定，當一次好人。」

他雙掌朝桌子一撐起了身。「當好人？你怎麼不去叫她當個好女人？告訴她：如果她乖乖回家，我才考慮付這筆錢，否則是她自己要帶著女兒出走，那就自己負責。」

8

週四早上和崔娜·柯羅齊討論過後，我將丹尼菈的手術安排在三週後。進入手術室，我覺得緊張。以前要開刀也會緊張，不過那天特別明顯。我意識到自己之於丹尼菈，就是卜羅根神父之於自己。命運安排我保護她不受侵害，諷刺的是無論當年還是現在，凶手竟是同一個人。或許可以說我在丹尼菈身上看見自己的影子，幫助她也就是幫助自己面對心中的大衛·弗瑞蒙。

「情況如何？」我問麻醉師。

「她還好，滿順利的。」

「妳準備好了嗎？」我又問了最有默契的手術助理。

「開始修理眼球吧。」米琦回答。

運氣不錯，不需要摘出水晶體，疤痕組織也很小，所以一小時多就完成手術。大家卸下手術裝備時，米琦朝我眨眨眼：「希爾醫師今天表現很好。」

脫下手術帽回到等候室，坐在裡頭的崔娜·柯羅齊神情憔悴疲憊。「她狀況很好，」我說：「我挺樂觀的，視力應該能夠完全回復。」

崔娜眼淚撲簌簌掉下來，好一會兒才過來拉住我的手。「謝謝，」她開口：「真的不知道該說什麼好，希望有辦法回報你們。」

「沒關係啦。」我說。其實我和米琦只是貢獻時間，慈悲聖母醫院的主人幫忙協調，盡可能壓低手術與器材費用。

崔娜從皮包取出信封：「請幫我將感謝函轉交給那位善心人士。」

先前我跟崔娜說捐款者希望保持匿名。「一定送到。」

爾尼堅持要幫這個忙。後來在他輔佐下，坎韋伯父創立的電腦公司規模指數性成長，當然爾尼自己也成了有錢人。他還提到眼前又有嶄新投資機會：即將有個新平臺在電腦上出現，人類可以一個頁面一個頁面像讀書那樣閱讀資料，還有一種技術能將自己電腦上的資訊發送到世界上任何一組機器。我聽了總覺得是《星艦迷航記》的劇本，但話說回來以前也沒料到可以在汽車上面裝電話。

「要看看女兒嗎？」我問：「麻醉才剛退，她意識不會很清晰，但有自己媽媽陪在旁邊一定比較安心。」

崔娜走進恢復室，丹尼菈頭上纏著繃帶，一眼套著防撞護罩，底下是紗布。我知道自己的做法有點無情，但就是希望此情此景烙印在崔娜．柯羅齊自己的視網膜上，讓她意識到長此以往會讓女兒承受多慘痛的代價。崔娜牽起丹尼菈的手，輕輕吻了女孩額頭的繃帶。房間裡所有人的眼睛都濕了。

當下接近傍晚，丹尼菈睡著了。崔娜喝著一罐低卡可樂，望向我說出期待已久的那句話：「我準備好了，得為事情做個了結，不能讓自己女兒這樣下去。」

9

考慮到大衛・弗瑞蒙會跟蹤前妻，我將會議安排在自己診間，看來就像手術回診。在場有米琦與最初診治女孩的急診醫師派特・勒貝倫，以及聖馬刁郡司法部家暴小組專員米芮莉・曼托亞。她是拉丁裔，頭髮開始白了，一口沙啞的菸嗓，態度實事求是。

眾人就座，我直接提出疑點：「從病歷來看，我認為不符合腳踏車意外造成頭部創傷。這個年紀的小孩發生視網膜剝離十分罕見。」

「但還是有機率？」曼托亞問。

「極少數情況下。不過急診室發現的創傷也與摔車說法並不吻合。」

「實際情況是？」曼托亞問。

勒貝倫送上急診室病歷報告：「輕微擦傷，有些已經癒合。如果丹尼菈頭部受到的衝擊有那麼嚴重，我認為膝蓋不可能就這麼一點點傷。」

「可是沒辦法斷言是她父親下手？」曼托亞說。

「沒辦法。」勒貝倫和我齊聲道。

曼托亞皺起眉頭。

盯著會議桌的崔娜終於抬頭：「丹尼菈可以。」

一句話勾起所有人注意。

崔娜眼角落下一行淚，我開始擔心她是不是退縮了，結果正好相反，淚水潰堤後她跨過心頭那道坎。「她說過是爸爸打她。」

等崔娜情緒稍微鎮定之後，曼托亞繼續問：「不過妳之前沒有向相關單位報告虐待案件，對吧？」

「換作是妳，會去報案？」米琦問。

曼托亞揮手示意：「不是責怪，而是想確定——」

「我懂妳想說什麼，也懂妳沒說出口的是什麼。」米琦答道：「這裡每個人都能理解。她丈夫是個變態，偏偏還是個警察，要跟誰報案呢？」

「而且他會否認到底。」曼托亞嘆道。

「這種案子無一例外吧？」米琦問。

「所以更加棘手。原本家暴虐待就很麻煩，缺乏人證物證容易被質疑只是一面之詞。」曼托亞解釋，我更深刻體認到為什麼虐童很難成案。

「我有留紀錄。」崔娜說。

曼托亞坐直：「什麼樣的紀錄？」

「我在月曆上標註丹尼菈哪幾天去爸爸家，回來以後多了什麼傷。之前有一次，她手都給弄斷了，大衛說她自己在公園盪鞦韆摔下來，可是丹尼菈說大衛根本沒帶她去公園。後來也送醫院了。」

「病歷有，」勒貝倫說：「我在檔案有找到。」

「那本月曆在？」曼托亞問。

崔娜打開放在椅子邊的包包，取出兩本黑色行事曆，外觀都很舊了。

「最早是什麼時候？」曼托亞邊翻邊問。

「兩年前，」崔娜說著說著又哭了：「我跟大衛離婚以後，他性格越來越暴躁。以前脾氣也不好，但感覺越來越嚴重，尤其開始酗酒之後加速惡化。」

曼托亞讀到一半抬頭：「妳之前都不說的原因是？」

崔娜拿面紙擦擦眼睛：「就像甘迺迪醫師說的一樣，究竟可以找誰呢？大衛一直威脅我們，丹尼菈通常不肯說她在爸爸家裡過得如何。我是不知道大衛到底跟自己女兒講了什麼，但可以肯定丹尼菈受到很大驚嚇。有一次，女兒回家那天手臂上有瘀青，我趁機提起了，沒想到大衛說他已經備案，聲稱丹尼菈去他家的時候已經受傷，如果我多嘴反而會弄丟監護權，還反問我認為警察會信誰？我擔心女兒安危，所以不敢激怒他。」

「可以確認這上面內容嗎？」曼托亞指著月曆上的文字：「我想聽聽醫生們的見解。」

崔娜一條條回憶，大半時間是勒貝倫醫師根據創傷特性來判斷是否與病歷一致。聽她訴說丈夫連著幾個月如何虐待女兒，米琦與我真不知該說什麼好。

「他還跟蹤妳。」講到一半曼托亞轉換話題。

「這個更不必懷疑。」我說了那天晚上大衛．弗瑞蒙將我堵在長老教會停車場的事情經過。

「最近他是什麼態度？還要求見女兒嗎？」曼托亞問。

「暫時沒有。」崔娜回答。

「是我要崔娜對大衛說眼科建議丹尼菈留在熟悉的環境，因為再摔倒的話視網膜又會剝離。」我解釋。

「他沒有跟妳爭？」曼托亞問。

崔娜搖頭：「目前還沒，但應該只是時間問題。他根本是利用丹尼菈要挾我。」

「我也私下找過他，把話挑明了。」我繼續補充：「或許他因此有點忌憚，不過也不是長久之計。崔娜說過他背後還有位非常難纏的律師。」

「亞歷山大．契科夫，」曼托亞答道。這名字在看板或廣播的廣告上常出現。她又對崔娜說：「妳丈夫有法院命令賦予的探視權，可以強制執行。我們得從聲請暫時保護令開始，接著靠永久性的禁制令避免他接觸妳們母女，並且把握時間幫妳取得單獨監護權。」曼托亞轉頭望向我和勒貝倫，「這部分需要醫師意見書支持。」

話題進入司法程序期間如何保障崔娜和丹尼菈的人身安全。「妳們有地方能去嗎？」曼托亞問。

「有個妹妹住在土桑市[31]。」

「需要多少時間？」我問曼托亞。

「這說不準。」

「如果由我出面寫一份報告，建議丹尼菈去氣候溫暖的地方有助復原？就說環境乾燥利於眼球傷口癒合。要是大衛的律師找麻煩，崔娜的律師可以拿出來拖延。」

「可以爭取到時間，」曼托亞附和：「這樣妳們有機會先避風頭，後面跑法院就讓我們出面。」

崔娜點頭。

「不過你又怎麼辦？」曼托亞望向我。

「我什麼怎麼辦？」

「他盯上你一次，想必還會有第二次。」

「來就來吧。」我回答。不想繼續沉淪恐懼中。

四個人取得共識，有了計畫我也覺得心中舒坦，但忍不住想到一個重量級拳擊手新人麥克・泰森說過的話。他憑藉兇猛風格迅速竄起，有人問他為什麼無視對手是誰都執著進攻，泰森的回答是：「管他有什麼戰略，等他嘴被打歪就知道我的厲害。」

㉛ 位於美國亞利桑那州南部。

10

後來兩星期風平浪靜，我卻覺得如坐針氈。崔娜．柯羅齊帶女兒來了幾次，曼托亞把握機會來診所準備文件以聲請暫時限制令，內容直接控訴大衛．弗瑞蒙虐待兒童。我們主要等待丹尼菈回復到能夠遠行，感覺時機合適之後崔娜連夜收拾行李並驅車前往土桑市，不搭飛機以免留下可追蹤的軌跡。這段期間無論大衛還是他的律師都沒有與我們接觸。

崔娜離開後過了幾天，星期三下午曼托亞打電話過來。「好了，」她說：「文件已經送出去，他也收到傳票了，你們多留意。」

「什麼時候開聽證會？」

「六天後，不過我猜他的律師會以需要時間回應為由要求延後。」

「會讓他們延後嗎？」

「除非對方找到醫生願意反駁你和勒貝倫醫師的證詞。我們這邊證據有優勢。」

我留在診所繼續處理公文，離開時太陽已經下山，伯靈格姆市天色逐漸昏暗。米琪三小時前先走一步——反正她不愛處理文件。沿著人行道走向屋子後面停車場，一輛巡邏警車開到身旁，副駕座搖下車窗，露出大衛．弗瑞蒙的面孔，鼻孔賁張、目光如炬，神情憤怒至極，與當年在公園痛毆我的孩子一樣變成失控的猛牛。我停下腳步，警車跟著減速。本來擔心他是不是要跳下來找我麻煩，但最後只是用拇指和食指做了個扣扳機手勢。

開車回去路上我十分小心絕不超速。距離自家三個路口，果不其然那輛警車出現在後頭。我右拐一次，他們跟著。再左拐一次，目的是停在車流多、有速限的地方。警車依然尾隨。我決定先不回家，沿著卡布里歐街前進，看見慈悲聖母教堂的停車場很熱鬧，不斷有人進去。今天是賓果夜，我趕快開過去。

警車暫時放棄，往前揚長而去。我喘息片刻才倒車回家。

到家之後先給自己倒了酒喝一小口，電話馬上響起。

「你好？」

沒回應。

「請問哪位？」我又問一次。

「你休想得逞，」大衛・弗瑞蒙開口：「她也一樣。」

「請問您是？」我裝作不知道。

「你心知肚明。晚上開車最好小心點，就別再停在路邊。」

「都錄下來了，」我說：「大衛你多說些。」

他掛斷。

但電話立刻接著響。我暗忖是不是別接算了，但轉念拿起話筒就罵道：「大衛，你該長大了。再來找麻煩的話等著被逮捕，這次會告到你身無分文。」

「什莫？」沒想到是米琦。

「啊，抱歉。」

「你剛才……可惡，他打去威脅你是不是？」

我說了方才路上情況。

「我現在過去。」

「不必——」

沒聽我說完她就掛掉，十分鐘後出現在我家，身上還是瑜伽裝，土匪也帶來了。

「最近讓牠留著陪你。」

「不必這麼大驚小怪吧，弗瑞蒙真有什麼能耐的話已經動手了才對。他就是欺善怕惡。」其實我心底倒是逐漸意識到大衛．弗瑞蒙精神極度不穩定，有隻大狗在旁邊會安心不少。

「對方早就動手了，你是好了傷疤忘了疼嗎？」

米琦又從皮包掏出一把手槍。她二十多歲在加州大學戴維斯分校前往醫學院路上遭人襲擊，雖然後來有驚無險卻令她憤慨，後來米琦就發誓不要再當個毫無反擊能力的弱女子，去學了防身術和射擊，取得隱密持武許可，於是買了手槍。

「米琦，我可不打算用槍對付他。」而且我讀過一些故事，持槍自衛的人結果死於自己那把槍。

她將槍與一盒子彈放在矮櫃上：「多數買槍的人一輩子沒用到，因為目標看到槍就不敢胡來。總之你放在家裡，我心裡會舒坦些。」

「好吧，就擺著，但我是不會碰它。」

「我也希望你不必碰它。」米琦回答。

11

接著五天我忙於診所工作，但不敢在診所留得太晚，所以文書事務都帶回家中處理。米琦好幾次過來一起晚餐，還要爾尼也跟著每天打電話確認我是否平安。

「妳真懂得維護男性尊嚴呢。」有次晚餐時我提起。

「我才不在乎。」她回答。

「另外，」我繼續：「不是都有這傻大個看著了嗎。」土匪成了忠實保鏢，寸步不離，睡覺也到我擺在臥室的大狗籃裡。

「被你寵成這樣，」米琦說：「我看也別回去了。」

「牠不回去，妳搬過來是嗎？」我說。

米琦沒講話。

第六天，曼托亞回報自己的預測成真，弗瑞蒙讓律師拖延暫時限制令聽證會，但同時他必須承諾這段期間內遠離前妻和女兒，等下週事情才會有個分曉。然而過了一星期仍舊沒有聽證會，因為原本的法官被轉調審理謀殺案。事情發展使崔娜和我相當挫折緊繃，她好不容易鼓起勇氣準備面對聽證會，卻得知又耽擱一星期，只能繼續懸著心。我雖然不必遠行，但必須將時間都空著，弗瑞蒙的律師以聽證會為由對我和勒貝倫醫師發出傳票，顯然打算交叉質詢。不難想見他們兩個用意是盡可能拖延，針對前妻、或許也針對我玩心理戰。

聽證會第三度定下日期，曼托亞說除非又延後，否則就暫不聯繫。

又過一週，到了預定日期前夕，崔娜．柯羅齊打電話過來，表示自己回來了，找了旅館住下。她很緊張，說話聲音顫抖，極度需要安慰。

「還有我在，」我說：「勒貝倫醫師也會到場。曼托亞很有把握，別說是暫時限制令，永久的也不成問題。對方沒辦法找到醫師反駁我們的說法，畢竟這要宣誓的。律師想交叉質詢就儘管來，他贏不了，這回大衛輸定了，崔娜。不必擔心。」這些話雖然是想安撫她情緒，但也有一部分發自內心，沒有醫師出面的話大衛毫無勝算。

當天早上六點我就起床，一晚上輾轉反側睡不好。我出門拿了報紙，視線掃過外頭馬路，留意有沒有警車或可疑車輛經過。聽證會十點召開，我就花了兩小時看報紙、喝咖啡，盡量不多心。八點鐘，我進去淋浴，關掉蓮蓬頭聽見電話鈴聲，圍上浴巾回浴室拿起分機。

「希爾醫師嗎，是我，米芮莉．曼托亞。」

我心一沉：「別跟我說又延後，這國家的司法制度死了嗎？居然任他這樣操作前妻的情緒焦慮，她快撐不住了。究竟怎麼回事？」

「聽證會沒有延期。」曼托亞說。

可是她口吻不像之前堅強自信，反而沮喪悲哀。我本能察覺事情非常、非常不對勁。

「意思是？」

「她死了。」曼托亞似乎在發抖。

彷彿腳下地面陷落、腿再也站不住。所幸旁邊是床，我沒整個倒下去。

「本來說好七點三十先見面預演，可是崔娜沒露臉也沒接電話，我請警局派人過去旅館查看。」曼托亞沉默幾秒，連她自己都說得哽咽，聽起來不是剛哭過就是正在哭：「大衛・弗瑞蒙開槍射殺前妻，然後跟著自盡。」

12

大衛．弗瑞蒙謀害前妻後自殺登上聖馬刁郡媒體頭條。那天晚上我完全沒睡，後來一星期也沒睡多少，因為我害怕一躺下閉眼會看見什麼。他一到夜裡就來糾纏恫嚇，然後崔娜與丹尼菈向我哭喊求援，泣訴我明明說過不會再讓她們受到一絲一毫威脅。

失眠綿延數月。能睡著通常是靠藥物輔助，但吃藥不防惡夢。夢境中大衛．弗瑞蒙朝著崔娜開槍，銀光閃瞎我雙眼，轟然巨響造成的耳鳴即使醒來也無法消散。一直耳鳴導致我無法專心工作，好多次忘記病人預約，都是米琦幫忙。有時候講話講到一半思緒會斷掉，每天很大一段時間空白，我也不知道自己都做了什麼。睡不好於是身心倦怠，內心的黑暗消沉之巨大超乎想像。

我聽米琦建議找普萊德摩爾醫師尋求建議，他轉介我給史丹佛醫學院的朋友，最終診斷是創傷後壓力症候群，很多打完越戰自叢林返美的年輕人面臨同樣問題。醫師提出建議療法，內容證實我自己的臆測：崔娜．柯羅齊之死引發強烈內疚，因為是我逼她出面與丈夫周旋、心底還懷疑自己利用她來滿足童年沒能完成的遺憾，得到擊敗大衛．弗瑞蒙的機會。心理醫師勸我改變心態，畢竟我也願意親自出庭作證，何況就算沒我介入崔娜還是很可能會死。他做了分析，判斷大衛．弗瑞蒙是所謂心理變態，可能小時候就已經無法矯正。這些結論很理性很實際，但無法改變崔娜．柯羅齊已死，丹尼菈只能在阿姨家長大的事實。她再也沒有父母親了。所以我的失眠沒好、惡夢沒停，罪惡感半點沒有少，更加頻繁看見大衛的面孔、聽見他聲音，彷彿回到小學時代陰魂不散。

米琦希望我繼續接受治療，但一直被人問最近如何、有什麼想法已經很煩了。我有什麼想法？我想瞭解，我想相信這地球上每個人叫我相信的事情──神真的對我有計畫，「神的旨意」不僅僅是大人被小孩問煩了用來搪塞的理由。可是我很清楚，留在伯靈格姆不會得到答案。

然而實情是離開伯靈格姆也未必是想尋找解答。當下我什麼也不追求，只想逃避。逃避崔娜的死，逃避有關大衛．弗瑞蒙的一切記憶，逃避看似解決所有疑惑卻又什麼也說不清的那句話。

「都是神的旨意。」

第七部　道別

1

一九九九年四月，哥斯大黎加

早上九點身上寬鬆的藍色棉衫已經全是汗，我所屬的眼科團隊抵達臨時診所，石砌的樓房裝上鐵皮屋頂卻沒有空調。這次行動是奧比斯[32]的偏鄉關懷專案，透過國際廣播宣傳長達一週，超過五百人排隊接受診療。

奧比斯的活動主任帶大家穿過飄著霉味、藍漆褪色的走廊，同時解釋首都聖荷西國立兒童醫院也有兩位眼科醫師共襄盛舉，他們會先為每個病人檢查視力，判斷需要進一步協助的病人就送進三個診間，由我和奧比斯來的兩個醫師負責。

距離我將老家診所交給米琦、獨自踏上奧比斯翻新的DC-10客機已經將近十年。奧比斯的組織宗旨是救助全球盲人，最初我想著出一趟任務就好，但後來接二連三反反覆覆上了飛機。我想將診所或房子賣給米琦，但她始終不點頭，只答應搬過去住、替我守著。「不管你在外頭搞什麼鬼，回來的時候房子診所還會在。」她這樣說。於是我也跑遍世界各地，在非洲村落的夜晚聽見高草叢內獅子低鳴，也去過印度和其他地狹人稠的亞洲國家，那兒貧民區居民住在鐵皮甚至紙板屋裡面。每到一個都市我就寄一張明信片給米琦，她從來不回。「等你回家當面聊就好。」她說。

所幸這些年裡科技進步神速，行動電話問世，家用電腦可以收發電子郵件和上網。米琦感慨說：坎韋伯父的預言一一實現。而我與她比起共事時反而聯絡更多、關係更緊密，晚上常發長信告訴她自己那天有什麼經歷。當然也沒忘記爾尼，他已經繼承坎韋電腦的總裁大位，平均每星期都要互相寫封郵件問候。

在外旅行的經歷還有個功用：回到伯靈格姆時和母親有些話題能聊，否則她窮追猛打一直問「你打算什麼時候回家？」另外我的新嗜好是攝影，而且不愧是她兒子，相片手機成冊還都加上標籤。

「非洲真的好美，」她看了說：「以前你爸一直想去獵遊。」

「有些地方很漂亮沒錯，」我答道：「不過更多的是貧困。我們可以找機會一起去看看，還有中國妳應該也會喜歡。」

可是她無法拋下父親。「你診療的一個個也都是主的子民。」她說完眼眶泛淚、希望的光芒自靈魂湧出。就母親的思考角度，大衛・弗瑞蒙殺害前妻又自戕這個「事故」導致我加入奧比斯，所以我才能幫助到許許多多不夠幸運的人。她覺得我從頭到腳、從開始泛白的及肩長髮到大鬍子都變成了天主的使者，尤其我還戴著玳瑁殼鏡框穿著寬鬆衣褲，她說這樣更有使徒感。

米琦說話沒這麼客氣。「希爾你怎麼越來越像那些怪胎修士了。」她常常這樣形容，說的是以前常看到的方濟各會修士。

「希爾弟兄向妳問好。」我回答。

㉜ Orbis，國際非營利醫療教育組織，以全球救盲為使命。

我並不覺得自己「為主做工」之類，主要因為我已經不信母親口中那個神。如果非得下個定義，我可能會說自己現在信佛教，信念是眾生平等，也會冥想誦經，搭配刻意安排的忙碌行程頗有助眠功效。理智上我很清楚：自己選擇這種生活，用意並非幫助世人，而是對崔娜・柯羅齊的贖罪。我終究進了煉獄，努力煉淨自己的罪業。

伯靈格姆成了暫居之處，反而更多連續不間斷的時間能夠陪伴父親。他努力學會開口講話，只是聽起來斷斷續續有氣無力。我們在療養中心外那棵大橡樹樹蔭底下相處了很長時間，帶父母一起出去散心時米琦也會跟來，輪椅推過了金門大橋、索薩利托、阿爾卡特拉斯島，舊金山逛完了往北前往納帕谷，往東有優勝美地和門多西諾，往南則是蒙特雷。母親很開心，每次我回家就安排旅行。她和父親原本就期望薄暮之年攜手同行，還以為再也沒有機會。

待在臨時診所忙了十個鐘頭，病人看得差不多了，打算回去沖個冷水澡，來幾瓶冰啤酒，早上吃得少所以想飽餐一頓。助理亞蕾韓卓敲了門走進來。

「巴士剛到，」她說：「你還撐得住嗎？」

這輛車從阿特納斯區郊外村落載了三十個孤兒過來，我們一整天都在盯它進度。阿特納斯區位於首都西方一小時車程而已，本來預計一早就到，但豪雨重創山區道路，車子繞了很大一圈，途中還拋錨。

「行，」我回答：「但幫我找點甜的來吧。」

後面兩小時，在曬溫的飲料與杏仁餅乾相伴下，我又診察了八個兒童三個成人。其中一個女孩雖然名字忘了，但生得實在是漂亮，那張臉一定會刻在我記憶裡。亞蕾韓卓又過來診間。

「希爾醫師，抱歉打擾，」她探頭進來：「羅德里奎茲醫生說有個孩子想讓你看看。」

我好累，而且自己還好幾個病人沒消化掉。「有什麼特別嗎？」

「羅德里奎茲醫生是這麼說。」

我嘆口氣：「稍等。」我的確是這兒最資深的人。

解決手邊的病人以後，我走向短廊盡頭，做好處理複雜病情的心理準備，但看見琳恩・羅德里奎茲站在門外。

「知道你很累了。」她先開口。

「大家都辛苦。」

她推開門，旋轉凳上小男孩背對門口，從身形推測大概六七歲。孤兒院負責照顧孩子的年長婦女坐在牆邊椅子，對男孩講了些西班牙語。我這幾年是學了不少，但還不夠流利，也沒能完全聽懂，只知道她要孩子轉過來面對醫生，男孩卻不願意。

「什麼名字？」我問琳恩。

「佛南度。」她回答。

聽見自己名字，男孩轉動凳子望過來。他一抬頭，我愕然無語。

2

佛南度輕輕瞥我一眼立刻又低頭別過臉。那是自我保護機制，不想看到我注視和震驚的反應。褐色捲髮垂散在他前額，相較那身焦糖色肌膚下纖細的骨架顯得很厚重，而且長度能蓋住男孩雙眼。

琳恩悄悄對我說：「別的孩子叫他*el hijo del Diablo*。」意思是惡魔之子。我湊近時，佛南度眼睛飄來飄去，神色很是警戒與提防。看得出來才小小年紀，他就不斷遭到排擠欺凌，對世界和世人不敢放下防備。

「*Hola*（你好），佛南度。」我試著炒熱氣氛，但他沒答話。我坐到病人椅上，這樣他可以繼續在凳子上搖晃擺腿。「*Cuántos años tienes?*」（你幾歲？）

還是沒反應。我轉頭朝琳恩說了句：「*Supongo veinitirés,*」意思是我猜大概二十三吧，果然看到男孩嘴角微微抽搐，不過他很壓抑，不敢笑出來。

靠著牆壁的婦人代他回答：「*Seis.*」（六歲。）

我用西班牙語叫道：「六歲？不可能吧。」

「是六歲。」婦人說。

「可是我看他聰明得像二十三歲沒錯。」亞蕾韓卓也操著西班牙文加入。

「我也覺得，」說完我瞄了下病歷裡的空白頁：「上頭說這孩子不只絕頂聰明，還……非常強壯。」佛南度身上的T恤前面印了超級英雄綠巨人浩克，「還提醒我說千萬不要跟他握手，因為他力氣和浩克一樣大，一不小心就會掐碎我骨頭。」

引起他注意了。佛南度藏不住笑意，像通電一樣臉亮起來，光芒溫暖整個房間。我小心翼翼伸出手，男孩也有點懷疑，但畢竟還是愛玩的年紀，終於將小手放在大手上，很輕很輕地碰觸。他學我彎曲手掌，我立刻做鬼臉抽搐，用西班牙語嚷嚷：「是真的，亞蕾韓卓，我手快斷了！」

佛南度發出嘻嘻聲，清脆純淨得像是慈悲聖母的鐘塔響起。

「求求你，別捏碎我的手！」我哀求：「還有病人在等我！」男孩鬆手，我喘了口氣扭扭手指。「謝謝，佛南度，我是什莫醫生，」接著我轉頭：「佛南度應該喜歡雪糕吧，亞蕾韓卓能幫忙拿一包來嗎？我們邊吃邊聊。」

她出去找雪糕，我回頭繼續說：「佛南度，有個秘密跟你說。」

他皺起眉頭，眼睛瞇得小小的。

「別人不知道，但是你有很特別的眼睛。」聽我這麼說，他又低下頭。「真的很特別，」雖然我不放棄，男孩卻縮回自己的殼裡。「你不相信？」

他搖搖頭：「*Ellos son los ojos del Diablo.*」（大家說我是惡魔之子。）

「沒這回事，」我說：「這不是惡魔的眼睛。你是神的孩子。」

男孩又搖了搖頭。

「我可以證明。」此話一出，不只佛南度露出狐疑神情，連旁邊那位婦人也大惑不解，金色十字架在她脖子上晃蕩。「佛南度，我去了世界上很多地方找眼睛特別的孩子，但頭一次遇上像你這樣幸運的。你準備好了嗎，要跟你說秘密了哦。」

他也好奇起來，點了下頭。一旁婦人忍不住身子前傾。

我走到水槽邊，以香皂和清水洗手，接著緩緩取下瞳孔變色片。佛南度可能沒見過隱形眼鏡，看得一臉著迷。隱形眼鏡我也懶得再收回保存盒，自十八歲戴上變色片開始，我心裡第一次感到慚愧，於是轉開水龍頭將它們沖進水管。回到位子，我看得不是很清楚，但知道佛南度瞪大眼睛，婦人手畫十字、又拿起金色十字架到嘴邊親吻。

「以前人家也叫我魔鬼小子，」我告訴他們：「但你看，我和魔鬼根本沒關係，你也一樣。神給我這麼不平凡的眼睛，是要我有不平凡的人生。我真的有喔，佛南度。如果上天沒給我這雙眼睛，我就不會遇見你了。」男孩下唇微微顫抖。「神沒有把你造得比較差喔，佛南度，祂是把你造得比較特別。」我指尖輕輕抵著他胸口：「人重要的不是眼睛顏色，是心裡裝了什麼。」母親說過的話自然而然從我口中流淌出來，我也本能想要去安慰一個或許從未得到慰藉的人。「現在你知道自己不孤單、有人和你一樣了，我們來做個約定吧，佛南度。以後我不會再把眼睛顏色藏起來，也不會因為眼睛顏色覺得丟臉，但你要答應我，你也別再為了眼睛難過。」我伸手：「可以嗎？」

佛南度跳下凳子，沒抓我的手，反而撲過來直接摟著我脖子緊緊擁抱。「*Todo va a estar bien*，佛南度，」我說：「*Tenga fe. Todo sucede por una razón.*」（保持信念，事皆有因，一切都是最好的安排。）不會有事的。

3

我相信感情夠深的人之間，有時無需言語也能溝通、想到對方電話就響，甚至說出名字以後那人就忽然出現在身旁。與米琦之間就有這種默契。見過佛南度，深夜回到自己房間，心裡有股強烈衝動想和她講話，然後鈴聲響起。

「有件很神奇的事情想告訴妳。」我絮絮叨叨聊了好幾分鐘的佛南度，隱隱約約感覺到米琦回話語氣壓抑，不太像平日的她。

「什莫，你得回家一趟。」最後她才說出口：「去看看你媽。」

4

我們開車前往慈悲聖母醫院，米琦趁機解釋情況。兩個月之前，我人在印度，母親被診斷出惡性乳癌，卻隱瞞不告訴我和米琦。我瞭解自己母親，想必她覺得將一切交給天主就好，沒必要增加我們的焦慮負擔。癌細胞已經侵犯淋巴結，醫生也在其他器官如肝、腎、肺找到腫瘤，因此判定不加治療的話只剩三個月能夠存活，若採取化療、放射線等侵略性療法或許能延長到半年，可是會造成母親痛苦虛弱。她那樣堅忍的愛爾蘭後裔當然選擇不治療，之所以住院是因為腎臟開始衰竭。

進去病房時她閉著眼睛，我都快認不出來了，隔著病人服還能看見鎖骨突出，手掌骨頭一截截十分明顯。即便這個時候了她依舊拿著念珠不放。母親一直用乳液保養的肌膚此刻泛黃發皺、有些透明。身為醫師很慘在於別的醫生瞞不住病情，我們無法對奇蹟懷抱虛幻的期盼，甚至我也聽說過給自己診斷出心臟病的心臟科醫師、在自己身上發現惡性病變的皮膚科醫師。現在不必別人解釋，我非常清楚母親時日無多。

於是我牽起她的手靠過去：「媽？」

她睜開眼睛露出微笑，伸手輕觸我臉頰之後張大眼睛。「兒子，」母親低語之後望進我眼底，忽然掉下眼淚：「我的兒子有一雙非比尋常的眼睛。」

「媽妳為什麼不跟我說呢？」

「有什麼好說？」她回答：「我的時候到了而已，這也是主的旨意。」

「妳還年輕啊。」

「什莫，我的人生很圓滿，比我自己想像的還美好。主賜給我最善良溫柔的丈夫，還有最寶貴的兒子。」

我強忍罪惡感和眼淚。不該留下她一個人的，要是自己陪著，或許會早點從疲憊或黃疸之類的症狀發現端倪。「對不起，媽，沒有多陪在妳身邊。」

「你出去救窮治病，幫的都是主的子民，有什麼好對不起？」她搖搖頭。「別怪自己，」母親繼續：「我非常以你為榮，對我來說你比什麼都重要。但是我沒資格霸佔你，是主要你代祂在世上行善。」

以前我對主的旨意沒有共鳴，覺得自己只是逃避和贖罪。但見到佛南度之後漸漸覺得母親說的也有道理，或許這段話能減輕我沒陪伴她最後一段日子的罪惡感。

「你沒虧欠我什麼。你爸剛生病，我最需要你的時候，是你默默在背後付出，救回了藥局、救回了我，救回整個家。」

我搖搖頭。

「至於你爸……」她聲音透露出擔憂。

「我會照顧他的，媽。」我說：「之後不出去，就留在這兒了。」我坐在床緣：「妳會不會痛？」

「我離開之前，還想再多幫幾個困在煉獄的可憐靈魂。」她忽然這樣說。

「有什麼想做的事情？」我問：「我能幫得上忙嗎？」

「確實有。」她回答：「這條走廊另一間病房有個老朋友，她也活不長了，過得很辛苦。但是她說過，如果你過來看我，希望能趁機和你見面。」

「我當然會來看妳啊。」我有點喘不過氣：「不過是誰？怎麼會想見我？」

「往裡面走，過兩間房就會看到了。什莫，去見見她，她現在更需要你。」母親說完就闔眼休息。

5

過了兩扇門，病房裡流瀉出電視機聲音。女人背靠枕頭坐在床上，白髮已然稀疏，皮膚和母親一樣發黃，重點是長相看著陌生。起初我暗忖該不會母親腦袋開始混沌、或因為止痛藥而迷糊，認錯人或者想像了一個朋友出來。然而就在我轉身離去時，那女人動了一下，睜開眼睛，等她戴上厚重黑框眼鏡時我就認得了。「你是？」對方先開口，但罹患癌症已經發不出太大聲音，聽起來特別沙啞。

「是我，什莫，什莫．希爾，梅德琳和麥斯的兒子。」我回答：「好久不見了，畢翠絲修女。」

她露出笑容，看上去更陌生，因為記憶中這個人從來沒笑過。「你母親說你會過來，我倒是不太敢指望。」

母親並沒有提到這間病房裡的「老朋友」是誰，如果我事先知道了或許真的不會進來。但想想這件事就算了不必提起。

「她每天都來看我，」修女說：「明明自己也生病了，但還是每天都來。」

「她人很好。」我說。

「抱歉，什莫，我知道自己就不夠善良。」我揮揮手示意無需贅言，但畢翠絲堅持說完：「你一直知道我行為不檢，卻從來沒跟別人提起，對吧？」

「沒和別人說過。」

「我小時候因為大舌頭和齙牙常常被戲弄，長大了沉迷酒癮難以自拔。當然這些都只是藉口而已，對你那些刁難和刻薄就是我自己不好。」

心裡一部分並不想接受她道歉，覺得她應該親身體會那種日子的痛苦，可是我已經跨過那道坎。經過大衛．弗瑞蒙和崔娜．柯羅齊那件事，我明白冤冤相報只是無盡的仇恨和煎熬。「修女，大家都盡力了，只是每個人背負的不同。妳有妳的難處，我不會放在心上。」

畢翠絲伸出手，我遲疑了一會兒。畢竟是曾被我當作西國魔女的人，儘管變成面前這瘦弱老太婆，總還是有那麼一點懼怕。但我讓她主動牽起自己的手，和母親一樣觸感特別冰涼，骨頭指節都很明顯。

「我酗酒很多年，」她說：「從十六歲就開始，直到被送去勒戒。我忽然離開學校，你應該還有印象？」

「妳送的聖經我還留著。」

她十分詫異，眼眶泛淚：「真高興自己還能給你留下一丁點不那麼難堪的回憶。什莫，我掙扎了一輩子，就算不喝酒了也無法改變已經發生的事情。我去找你母親，想親口和你道歉，告訴你後來每一天我都記著自己曾經那樣卑劣。我知道我做錯了，不配說自己信主。希望你能寬恕我，什莫，也希望你能獲得內心的寧靜。」

「都過去了，修女。我知道那是酒精的緣故。」

她笑了笑，掐掐我的手：「你母親教得真好。」

我也這麼覺得。

6

米琦與我一起從醫院回家，剛進門兩隻新的鬥牛㹴就熱情迎接。土匪幾年前走了，她將狗兒埋在後院，上頭種了一叢玫瑰。我向米琦提起畢翠絲修女的事情，她不改本色說：「你這人性格還是比我好多了。換作我，可能拳頭直接揮過去。」

「過去的事情也該放下了。」我這樣回答。

米琦做的晚餐有肉捲、馬鈴薯和豌豆，我開了一瓶希哈葡萄酒，搭配約翰·柯川[33]的CD。雖然兩人都年過四十了，她外表沒什麼變化，一頭金髮沒白，身材依舊苗條，找不到半分多餘脂肪。我們坐在餐桌邊，聊到我爸媽，還有我覺得自己流浪太久的罪惡感，接著我試著切入另一個話題。

「很久以前，妳問我想不想當爸爸，」我開口：「有印象嗎？」

「你要閹掉自己的時候吧。」她回答。

「我有答案了。」她一聽蹙起眉頭。「我要收養佛南度。」

米琦靠著椅背：「確定沒有因為罪惡感模糊了判斷？」

「完全沒有是不可能的。但即便有，又如何呢？這件事本身就是對的，撫養一個孤兒，將我從父母學來的一切傳承給他，給他一個充滿愛的家，不必擔心受怕。」

「什莫，手續會很久。另外你還沒確定那個孩子有沒有更深層的心理創傷。」

「時間很多，」我說：「流程的部分也規劃好了。」

「這麼快？」

「申請書已經在路上，我查了需要的文件和推薦之類，也找到專門代辦的公司。」

「你以後出遠門怎麼辦？」

「不打算亂跑了。」

她笑了笑：「好消息。」

「如果我已婚會比較容易成功。」說出這句話我心裡就像放線釣魚，運氣好有大魚、運氣普通有小魚，要是真的很背也談不上損失。

「應該得從頭認識彼此了吧。」

「我跟妳幾乎認識了一輩子，每天我都記得清清楚楚。」

「是嗎，這個你也記得？」她戳了豌豆彈過來，然後兩個人都狂笑。

「那妳也該知道這是宣戰喔。」我說。

米琦身子前傾，端著酒杯一臉挑釁：「你能怎麼樣？」

說老實話我也不知道。有個秘密對她也沒提起過，就是伊珧死後我沒再與人有過肌膚之親。並非全無機會，而是刻意放棄。我還記得米琦說過：性行為對她而言不具情感意義，只是追求愉悅、逃避現實痛苦。我算是走上完全相反的路線，但也因此瞭解那種心境。不是有情感連結的人

㉝ John William Coltrane，爵士樂薩克斯風表演和作曲家。

我不再有肉慾，但此時此刻確實期待情感也期待身體接觸——期待米琦的回應。

我往後一靠聳聳肩。「出門太久了，」我說：「而且我都沒有……一直沒對象。每天回到睡覺的地方大概就是想著要寫什麼告訴妳。」

米琦視線沒離開我眼睛。「都沒人？」我搖搖頭。

她慢慢起身，隨著CD的薩克斯風旋律擺動，婀娜多姿地繞過餐桌來到我身邊。貼身牛仔褲勾勒出苗條動人的線條，T恤下襬只到腰際，緊實的小腹若隱若現。米琦微微歪著頭，秀髮散在肩膀，手指沿著桌面爬上我手背、手臂再掠過我肩頭，身體彷彿觸了電開始顫抖。她湊得更近，氣息溫熱我頸子。接吻那瞬間的濕潤帶我回到高中畢業舞會，我曾經希望兩人的吻持續更久、重複無數次。當她牙齒輕輕咬上我耳垂，好像一團火在體內爆發，我怕我會融化在自家餐桌旁邊。

「我沒忘記我們那一夜喔。」她悄悄說。

我將椅子向後推離餐桌，米琦坐上我大腿，摟著我脖子輕吻，雙唇若有似無擦過我的嘴。

「你還記得那次舞會嗎？」

我閉著眼睛點頭，彷彿整個人飄在空中。

「那時候你說你愛我。」說完又是一個吻。

「我一直愛妳，」我回答：「從七年級見到妳就開始了。」

「那是肉慾。」她更用力貼過來。

「現在也是。」

又一個吻之後，「什莫，陪我跳舞。」

米琦拉我站起來，臉靠著我胸膛，隨〈夜有一千隻眼睛〉的樂音擺動。她的曲線彷彿嵌進我皮膚，有種合而為一的錯覺。我的手從她背後鑽進衣服下，感受到她皮膚的溫熱。她輕輕呻吟，抬起下巴又吻我一回：「什莫，和我做愛。」

她牽著我上樓進臥室，慢慢為我脫了衣服。「還是肉慾嗎？」

「是渴望。」我說。

米琦將T恤拉過頭頂扯下，接著解開胸罩隨手往地板扔，臀一扭下半身滑出牛仔褲，最後連內褲也褪去，赤裸面對我。我手指拂過她肩膀、手臂、結實的腹部，最後捧起那對乳房。她將我拉近、輕撫我後腦，我含住乳頭，再親了她的肩膀脖子，最後重重往嘴唇貼過去。我想吻遍她全身，讓她感受我的愛。米琦又用雙手溫柔摩挲，並且緩緩躺上床。這次腦袋裡不再有聲音說這麼做不好、叫我停下來。人生從來沒有這麼確定過。心中只有無法壓抑的愛，但也有慾望——沒錯，其實我一直就想得到米琦·甘迺迪。

7

這次做愛之後米琦也沒再落荒而逃，枕著我胸口就睡了，還睡得很沉。我沒看過她睡臉，也沒仔細聽過她的呼吸、注意她身體的起伏和擺動。所以我捨不得睡，不願閉眼，以免錯失與她相伴的每個瞬間。

早上一醒來，床鋪隔壁空著。我還沒來得及沮喪就嗅到樓下的培根香氣。

米琦在爐子煮好咖啡，倒了一杯連同報紙遞給我。我都先放在檯面，伸手抱她親吻。「世界局勢等等無妨，要不要大戰第二回合？」

她笑道：「先吃早餐，免得你虛脫。而且內頁有個報導挺有趣，你應該會喜歡。」她再拿起報紙遞上，臉上那笑容很淘氣。「這星期真是敘舊的好日子。」

「是說畢翠絲修女？」

米琦朝報紙撇了一下頭就繼續煎培根，不過我感覺得到她正在留意自己反應。我翻了報紙看標題，最後目光停在某張照片底下的註解。

唐娜・艾旭比・蓋吉法官。

照片右邊是美聯社的兩欄報導文字以及頂端粗體字標題：「**波士頓法官與未成年性交引咎辭職**」。

開門見山，但我還是詳讀了內文。最高法院法官唐娜・艾旭比，畢業於伯靈格姆高中，被法警撞見在辦公室內與年僅二十的法學院實習生性交。實習生坦承關係長達三個月，地點包括法官辦公室和汽車。後續調查發現該法官與多名實習生都有過不當關係。唐娜・艾旭比已婚且有三個子女，已經辭去法官職務。文章引述律師說法，唐娜決定針對性愛成癮尋求心理治療。

「她奶還是一樣大。」米琦說。

我端詳照片，臉拍得算清楚，能在大腦抹去歲月痕跡，還原出那個奪走我童貞的十九歲豐滿女孩。米琦當年描述得非常生動：唐娜就是把我當成人體按摩棒。

放下報紙之後我感慨：「以前我總覺得和她那幾次就是人生最棒的性愛體驗了。」

米琦挑眉：「是哦，看來我輸了。」

我走到爐子前面抱她：「不是那個意思。只是十七歲那時候，做愛不會想太多，心裡沒包袱沒設想，就是單純的性而已。」

「後來怎麼想？」米琦問。

「覺得她這人很糟糕。」

米琦從我懷裡退開，露出疑惑眼神。

「其實我一走進藥局被她看見，她就打定主意要得到我的第一次，而且還讓她成功了。在她眼中我就是好騙，她奪走別人第一次就會很得意。」

「唔，我倒覺得人家有容乃大不挑食。」米琦答道。

「沒雙關？」

被唐娜奪走的無法挽回，但我也因此體認到自己父母忠於彼此的情感多難能可貴。她是我後來禁慾的理由之一，記憶與夢境中伴隨唐娜而來的不是甜蜜，而是在她家廚房感受到的恥辱。那天我恍然大悟：原來戀愛未必都是發自內心，也可以是一場戲。

「其實我對妳的感覺一直沒變。」我告訴米琦。

她放下咖啡杯冷笑：「哼，以為這樣就能蒙混過去？」

「蒙混什麼？」

「你這輩子最棒的性愛就是她？我們好好確認一下。」米琦拉開我浴袍。

8

後來淋浴完，米琦與我在浴室刷牙梳頭，準備去療養院接父親一起去醫院探病。我提起之前在病房生出的念頭。

「想帶我媽去露德。」

米琦一聽嘴裡的牙膏噴在水槽，隔著鏡子猛瞪我。她身上只有內衣褲，腰臀稍微寬了點，但大致上和當年在俄羅斯河濱的比基尼少女如出一轍。「那在法國不是嗎？」

「嗯，據說十九世紀中，聖母顯靈在聖女貝納蒂面前，後來就成為天主教徒朝聖地。我媽畢生篤信聖母，」我解釋：「她該去一次才對。」

米琦漱口吐掉，過來搭著我肩膀：「話是沒錯，但什莫你知道不會有奇蹟吧。」

「昨晚和今早在我看來就是奇蹟了呀。」

米琦抿著嘴笑道：「男人都一個德行，完事之後就把這世界當成迪士尼樂園。」

我拉起她的手：「早就不相信奇蹟了，只是希望她開心。」

「但你覺得她身體負荷得了長途旅行嗎？」

「普通航班嗎？不可能。」

「那怎麼——」

「我打電話給大衛．派頓試試。」這位是奧比斯創辦人，「或許可以跟他租飛機。」

我有這財力。一九九七年，我人在聖地牙哥的時候，爾尼忽然來了電話：「記不記得之前我強迫你投資三萬在坎韋電腦？」

不只記得，還知道爾尼預期公司會繼續擴大，所以幫我將那筆錢轉成股票。後來股票分割好多次，我不確定自己佔多少股份、也沒有追蹤股價，當時算是深居簡出所以不很在意。

「我們和一間軟體公司成交，」那天他跟我說：「股價正好是歷史高點。你出遠門前授權我當法定代理人，我就叫你的經紀人趕快賣，希望你別介意啊。總而言之你發財啦，希爾，跟中了樂透頭彩差不多。」

雖然中了大獎，我生活型態沒什麼變化，所以有機會好好運用這筆錢不失為一樁美事。

「這樣就有了空中醫院，」我解釋給米琦聽：「如果真出了什麼狀況也有人能好好照顧我媽。飛機上再不濟也至少有兩個醫生。」她聽了一愣。「以後我出門都要帶上妳哦，米琦。」淚珠沿著她臉頰滾落，我用自己拇指為她拭淚，然後抬起她下巴。高中畢業舞會以來，第一次見到米琦．甘迺迪有這種楚楚可憐的神情。「不然，」我改口：「誰幫忙看著我爸呀。」

她往我手臂捶一拳。

9

慈悲聖母醫院團隊當然不支持病人遠行，首先認為路途遙遠崎嶇，母親體力不堪負荷，並進一步指出飛機落地以後還有往返機場與露德的陸上交通要考量。最後我決定讓當事人自己決定。她看向那些醫生，似乎覺得他們是瘋子。「朝聖這種事，會輕鬆才奇怪吧？」

我們在飛機會議室後方視聽室內擺了兩張病床併在一塊，這樣爸媽就能手牽手說說笑笑，彷彿學童出門校外教學。父親已經好多年沒表現得這麼有元氣，儘管中風之後那雙鈷藍色眼睛失去光彩、面部表情也不再活潑，他細細咀嚼母親每句話，免得往後再也聽不到。我很肯定看似木然的面孔下，他內心正在微笑。

到了大西洋上空，兩人進入夢鄉。我聘來的兩名護理師建議我與米琦也休息一會兒，所以我們就到飛機後側回復室躺一躺，醒來時機輪已經落在露德外的機場。

一個護理師來敲門：「車子到嘍。」

母親也醒了，要米琦幫她化妝、換上精心準備的衣服。我知道她還打算穿著同一套下葬。

「妳還化妝幹嘛呢？」我開口，米琦為她拿著鏡子。「又不是自己國家，還當第一美女太不客氣了，再化妝不就讓妳和其他女士差距越來越大嗎？」

父親聽了嘴角悄悄揚起。

母親朝我扔毛巾：「你少來煩。不能邋邋遢遢見聖母。」

那天庇里牛斯山的早晨只有華氏四十三度（約攝氏六度），覆蓋一層薄霧。我們給爸媽裹上毛線帽、厚大衣與手套，放上輪椅推下飛機，過海關以後上了租來的旅行車，車廂空間夠大，容得下輪椅。接下來就朝露德出發，事前我做了功課，知道這小鎮位於山區、靠近法國和西班牙邊境，原本十分偏僻無人問津，但一八五八年二月時年十四的貝納蒂·蘇比魯前往當地廢料場撿柴火，遇見身穿藍白長袍、自稱「無染原罪」的美麗女性。祂顯聖長達六個月後，吩咐貝納蒂找當地主教商談在山崖興建教堂。主教斥為無稽之談，聖母便要貝納蒂直接開挖，想當然耳她照做了，結果地下湧出清泉至今一百四十年，卻沒人知道水源何在。傳說泉水有治病救殘的神奇力量，孕生的奇蹟也多得促使教宗庇護十一世為貝納蒂封聖，如今每年全球有數百萬信徒前來浸浴。

當年聖母現身、聖女挖掘的地點現在稱作馬薩比耶山洞，開車過去不到三十分鐘，兩旁是遼闊綠野和法式田園，上頭庇里牛斯山頂白雪皚皚。不過母親對風景興趣缺缺，車程正好夠時間讓她帶大家做一輪持念珠的誦經禱告。我坐在父親旁邊，提著他的手轉動珠子，主要只是討母親歡心，自己依舊對天主沒信心。但人老了也圓滑了，明白這些儀式對母親意義重大，米琦也十分體貼，更厲害的是她居然記得禱詞。

「被天主教學校洗腦過，怎麼可能忘得掉。」她小聲告訴我。

車子駛過露德，是個漂亮的山村，街道狹窄、停了很多小車，兩層樓建築物緊密毗鄰好像嵌合的牙齒。這時間路上冷清，偶爾看得見摩托車，人行道空空蕩蕩，商店也還沒開張。我搖下車窗，吸進一口冷冽無污染的純淨空氣。

聖地不允許車輛進入，所以司機將車停在洞口。我們將爸媽再放上輪椅，確認記下司機的手機號碼以免需要提前。如果要早走，就代表有麻煩了。推著輪椅穿過坡道，路上都是聖母像，牆上掛滿花束，一座大廣場迎接遊客，玫瑰聖母堂金白色尖塔居高臨下。廣場上已經不少人，但氣氛靜謐，有種大學校園進入春假的氣息。

這時間派特．卡凡諾神父與馬爾他騎士團也來到露德。他是我和爾尼就讀聖約瑟時認識的教士，曾經提過自己每年都與騎士團走這一趟。父親中風後，我在病房外頭遇見他，聊天過後就有了總有一天要帶母親過來看看的想法。行前我特別與他聯繫，神父建議我配合馬爾他騎士團的行程，好處是較能避免人潮洶湧、時間都耗在排隊上，否則我想一天內帶母親做告解、參加彌撒領聖餐、浸浴聖泉的規劃就會很緊繃。

結果擔心都是多餘的，我和米琦訝異發現每回過去排隊，無論點蠟燭還是到聖庇護十世聖殿地下大教堂做彌撒，前面的人總是自動讓路給父母親。

「為什麼這樣？」米琦低聲問。

「聖經說過啊，米可菈。」母親回答：「在天國，最後的變成最先、最先的變成最後。這兒就是天國，妳見證了天主。」

很難反駁她。外面是連公車座位都能搶破頭的世界，親眼看到大家禮讓病弱實在不可思議。聖殿彌撒結束之後，卡凡諾神父他們安排不少神職人員聽信徒告解。雲層散去，陽光普照，天氣暖和許多，會場就設置在戶外。

「一條『原諒我』生產線？怎麼不做成得來速就好？」我才說完，母親蹙眉、父親竊笑。

推輪椅找到有空的神父，接著我和米琦本想找地方稍微打盹，但母親從不錯過能救贖我靈魂的機會，居然抓起我手臂。「來。」

「去哪兒？」

「少不要臉明知故問，當然是去告解啊。」

「這位太太別強人所難啊。」嘴上這樣說，我終究是個乖兒子，最後還是去了。

但是再孱弱也要抗議一下，我故意不找美國籍神父，挑了墨西哥來的、理論上應該是說西班牙語。但運氣可真好，人家英文說得比我還溜，聊上幾個鐘頭都沒問題，不過我只提了濃縮精華版，得到赦免以後回頭找到米琦與兩老。

「罄竹難書？」她問。

「痛悔經的內容我可是忘記了。」我回答。

接著我們推父母朝馬薩比耶洞穴移動，景色十分壯觀。百英尺高山崖上的無染原罪聖殿是金色與白色為主的哥德式大教堂，周圍許多尖塔與精緻雕刻。藍綠色的波河河水流經山下，河畔沿著洞口點了好幾十根蠟燭。天然洞窟長約五十呎、最高處十呎，只有五呎深。泉水流出地點右上方是條岩縫，裡頭立了聖母像，標記當初貝納蒂見到祂顯靈的位置。明明沒來過，我卻總覺得眼熟。

靠近山壁，貝納蒂跪拜過的地方鋪上瀝青，她挖的洞口蓋著厚厚一層塑膠玻璃，底下水面波光粼粼。行經此處，母親拿起念珠畫了十字。岩壁上也有涓涓細流，母親要我過去聖母像那邊。

「手借我。」她吩咐，然後撐起身子觸碰岩石，將泉水抹在自己和父親臉上，甚至往前一探親吻山壁。米琦很吃驚，但我也無法解釋母親哪來的力氣。絕對不是什麼藥物讓她暫時不痛，因為她堅持不靠那些東西幫忙。

「見聖母之前怎麼能亂吃藥。」出發前她這麼說。

「很多人都吃吧。」我打趣道。

「什莫你少亂講話。」母親罵道。

她又伸手沾水，也在我臉上抹了抹。

「還以為聖母至少會想到用溫水。」我說。

「待會兒就暖了。」母親回答。我不懂什麼意思。

最後一站是浸浴泉水。即使我已經失去信仰，卻不能否認之所以帶母親來露德，心底多多少少有一部分違逆米琦的警告，期盼會有奇蹟出現。排隊的人很多，但信徒再次讓路給病患優先。米琦帶母親去山洞地下女性池，我帶著父親到男性池。池邊山壁圍繞，空間狹小昏暗，很有洞穴氛圍。年邁義大利志工幫我解開父親衣裳，接著我也脫掉，一起圍上浸濕的冰冷浴巾。然後志工又幫我牽父親自輪椅起身，慢慢走入凹窪形成的浴池，目測長七呎、寬三呎，深兩呎。我們先扶著父親向池邊一尊小聖母像祈禱，禱告結束後志工要他坐進水中。父親照吩咐來，不失幽默的他說出中風以來最清晰的一個句子。

「還以為聖母至少會記得放溫水。」他故意學我。

說完他向後躺下，全身沒入池水，再起來時表情很激動，好像走進驚喜派對的小朋友。片刻後他忽然大笑，莫名其妙地跟我說了句：「溫的。」

我心想他又在開玩笑，因為自己泡進去被凍得腳踝小腿都麻了。面對聖母像，我不知道該說什麼好，索性重複整趟旅程中內心重複的句子：「我什麼也不求，請賜我父母平靜，願母親一輩子的連禱不是一場空，給她一個啟示，讓她知道自己的祈求有被聽見。也請祝福米琦。」

才坐下就聽見一個聲音。我也覺得很荒謬，可是耳裡那聲音和慈悲聖母教堂的鐘聲同樣響亮清晰。

什莫，保持信心。

就是聽得太清楚，我還抬頭盯著義大利志工。對方正等我示意，準備好了就該躺進水裡。他一點反應也沒有，顯然並未聽到第四個人說話。我舉手示意稍候，轉頭望著小尊聖母像。「幫我理解，」我祈求：「我想相信，請幫助我。」

泡進水裡再起來，我懂了為何父親說水是溫的。確實有股熱意從胸口湧出，並且發散到四肢。那名志工一定看過成千上萬人相同表情，對我露出會心一笑，彎腰湊到我耳邊彷彿說個秘密似地：「*Spirito Santo. Spirito Santo.*」（「聖靈。是聖靈。」）

10

沐浴結束，我將父親推回石柱廊，在人群中尋找米琦與母親的身影。記憶中那個時候整個人很輕盈，好像心上的重荷消失，解放後的我以全新眼光觀看世界，思路前所未有的通透明晰。我對大衛．弗瑞蒙、畢翠絲修女以及所有曾經欺負、冷落、捉弄、嘲笑過我的人感到深沉的同情憐憫。

然後，我原諒他們。

還有更奇妙的：當我原諒他們所有人，我覺得我也原諒了自己。

父親看見她們，朝人群伸出手指。母親也看到了，輕輕招手之後站起身，在米琦攙扶下朝我們走過來，容光煥發的模樣與我心理狀態一致。我瞠目結舌之餘又感受到母子之間除了血脈相連，彷彿還有一股無形力量指引她靠近。來到我面前，母親張大眼睛，視線飄向我頭頂左側。那眼神太專注，我忍不住回頭看看究竟怎麼回事，但除了岩洞頂端什麼也沒有。再回頭，米琦輕輕聳肩，臉上寫著「不知道」，可是這代表她也察覺母親盯著半空。

母親凝視片刻才低下頭，臉上漾著大大微笑繼續前進。會合之後，她伸出握緊的手，將念珠交給我。

然後倒入我懷裡。

11

送回飛機之後，母親生命跡象穩定，只是意識斷斷續續。隨行的腫瘤科護理師判斷她過度勞累，已經難以支持，肝腎功能衰竭嚴重。她沒說出口的我也懂：時候到了。母親沉睡時，父親躺在旁邊病床緊握她的手，情緒被禁錮在中風後無表情的面孔下，痛苦只能隨淚水滑落臉頰。

凌晨兩點，飛越大西洋時，我要米琦去休息幾小時也好。她才剛走，母親便輕聲叫喚。我檢查儀器上各種生命數據，肝功能更低、脈搏變慢，呼吸十分辛苦。我吻她前額、為她順了下頭髮，依舊光滑如絲。

「沒事的，媽。」我低聲告訴她：「累的話不必勉強，想見聖母就過去沒關係，我答應妳一定會好好照顧爸。放心吧。」

結果她卻忽然睜開眼。

「妳這是在裝死騙我嗎？」

她笑道：「別哭呀。」

我怎麼忍得住。很多層面而言我還是孩子，需要別人照顧。大半輩子裡，那人就是我母親。我不想失去她，害怕她不在身邊以後自己一個人無依無靠的感覺。而且手續辦下來的話，她原本該是佛南度的祖母才對。我知道自己會非常非常想念母親。

「媽，我會想妳的。」

她指著我胸膛：「我就在這兒，你感覺得到吧？」

是感覺得到。「那不一樣。」

「她真的很美，你說是不是？」

起初以為說的是米琦，但隨即覺得不對勁。「媽，妳說誰很美？」

「聖母。」她回答：「在浴池外面，你也看到了吧。」我這才明白在岩洞外集合那時，母親視線為何落在一片虛空。她真的看見耶穌基督的母親了？我不知道，能確定的是當時她目光極其專注，我相信真的有什麼映在母親眼簾上。如果她說是聖母，我會毫無保留地相信，就像她對自己兒子總是義無反顧。

母親喘了口氣，呼吸變得很淺。「你知道我泡在水裡祈求什麼嗎？」

我搖頭。

「求一個神蹟。」

「我也是，」我拉起母親的手：「希望會有奇蹟。」

「我是為你求的。」她卻這麼說。

「為我？」

「什莫，露德見證的神蹟是接納。我請求天主幫你理解和接納自己。」

我想起自己在水中寬恕了苛待我的人，進而寬恕了自己。難道母親的祈禱應驗了？這是她臨終前對兒子最後一次照顧嗎？

「靠近點，」她說，「我想看看你的眼睛，像你剛出生那樣。」母親撫著我臉頰，「寶貝，」

她低語：「你一生下來，我就感謝聖母讓你這麼不平凡。」

「都是妳在照顧我。」我說。

「什莫，『事皆有因』，千萬別忘記。要相信主的旨意是最好的安排。」說完她閉上眼睛。

那是她留給我的最後一句話。

12

母親沒有清醒，但也沒在飛機上嚥氣，甚至撐過了回家的車程。像她這麼堅持的人，以前說過要在所愛之人陪伴下死在自己床上。她做到了。

後事都在慈悲聖母教堂處理。參加告別式的人很多，主任還得開放二樓座位才足夠。通常會用到二樓都是耶誕節之類，我父親所謂的一日教徒湊熱鬧。

葬禮地點是教徒墓園。一個半月以後，父親跟著在此長眠。他們倆誰也離不開誰。

13

父母過世幾週後，時間來到一月底，我提著兩手可樂娜啤酒和瓶裝瑪格麗特進門。週日夜晚，我和米琦沒自己下廚的話通常出去吃墨西哥餐廳，但今天爾尼和蜜雪兒過來作客。兩人最小的兒子在社區大學修課一陣子，今年申請一般大學，上週末終於離家，為了慶祝兩人正式成為空巢老人我們決定一起吃頓飯。我想起當初諮詢結紮手術，福村醫生打趣說孩子不在家和老婆哪兒做愛都行。通電話的時候我向爾尼提起這件事，他居然回答：「是沒錯，但誰不在自己床上做？」

米琦在廚房給擺好的墨西哥夾餅撒上起司粉。她從伯靈格姆流浪犬收容所救回的兩隻鬥牛㹴，道格拉斯和布魯，直接坐在腳邊期待女主人賞些點心。

我們生活挺規律的，輪流負責煮菜和清掃。父母走了以後我想找點事情讓自己忙，空閒時間都忙著加速佛南度的領養流程。米琦以前下午去陪我媽，跟著愛上了園藝，本來房子前院很荒蕪破敗，沒過多久就讓她改造成足以登上居家雜誌的美景。

心裡有一部分總是不安，時不時感到焦慮，覺得開車回家就會發現米琦那輛藍底白線的本田（Honda）跑車已經不知去向。然而車子一直都在，她也未曾離去。我本該感到欣慰，也該滿足於米琦已經付出所有。婚姻不是她想走的路，每次提起都被四兩撥千斤，反問我既然有默契為什麼需要一張紙來綁住彼此、兩個人相愛的話自然不會分開等等。

但我不是那種性子，還繼承了我媽破釜沉舟的風格。「要不要嫁給我？」我將啤酒擺在中島上。

起司粉撒了一半停下來。

米琦不講話不轉頭，我也本能就開起玩笑。「有名目好辦事，」我解釋道：「例如道格拉斯和布魯去上課，主人填誰都可以，也不用加連字符什麼的。還有佛南度。雖然手續很冗長但我相信能過關。可以像我爸媽那樣有個完整家庭。」

米琦總算抬頭望向我：「什莫，我是愛你的。」

「我也愛妳。」

「但你知道我對婚姻的想法。」

我想擠出笑容：「如果跟妳的宗教信仰還是什麼價值觀有矛盾，我可以改宗喔。」

「別胡說八道了。」

「那倒是跟我說說呀。像我爸媽那樣不好嗎，我以為妳也喜歡。」

「我和你沒辦法。」

「我覺得可以。」

「不行。」

「為什麼不行？」

她端起夾餅，一副要直接穿過我的樣子。「你該找個更合適的人。」

「不需要再找了，妳最合適。」

「謝謝你喔。」

兩個人都笑了，然後我接過盤子放在中島，伸手摟住她的腰。「這算答應了嗎？」

米琦勾著我脖子：「什莫，你人很好。但我以前有些遺憾，已經沒辦法挽回。」

「是這個原因？我不在乎妳過去怎麼樣、做過什麼或者和誰在一起。妳是愛我的吧？」

「一直都愛你，你還不知道的時候就開始了。」

「那不就得了？」

「小時候我就少了一部分的自己。你不會懂，我也無法彌補，可是我不應該剝奪你的權利。」

「到底在說什麼啊？」我聽得一頭霧水似懂非懂。或許多年前米琦花了很多時間對我母親泣訴的就是這件事情吧，然而當下我只覺得恐懼，擔心下一刻她也跟著離開。

米琦還沒回答，外頭傳來爾尼那輛BMW的引擎聲。「在球場那麼準，平常怎麼就不會挑時機？」我嘀咕。

「今天先到此為止吧？或許等我開完會回來再說？」明天早上米琦要飛往墨西哥巴亞爾塔港參加眼科醫學研討會，主題是圓錐角膜退化性病變如何治療。本來我想一起去，但診所轉型為照顧弱勢族群的義診機構，還是得有人在現場負責。

「好吧，」我明白別逼得太緊：「先來享受墨西哥之夜。」

「*Gracias, señor.*」（謝了，先生。）

「*De nada, señorita.*」（別客氣，太太。）

大家一手夾餅一手瑪格麗特，背景是卡洛斯·山塔那[34]的吉他演奏。「敬好朋友！」爾尼先叫道。

大家舉杯。「就這樣？」我笑道：「還好當年你沒真的去講畢業生致辭！」

「你這紅眼珠魔鬼少來挑毛病。」

「還是敬人生吧，」我說：「也敬三個讓我人生很不平凡的朋友。我愛你們。」

「你不會還要親我吧？」爾尼問，蜜雪兒朝他丟了片番茄。

十點出頭，蜜雪兒朝爾尼撇了下頭，他在我沙發打起盹。「再不把他帶回去就要睡死了。小孩不在的第一個週末，結果還沒躺上床就開始打呼。」

爾尼卻忽然跳了起來：「有人要上床？」

蜜雪兒望向米琪：「浪漫已死。」

兩人回家之後，我和米琪在沙發披著毛毯看湯姆·漢克斯主演的《綠色奇蹟》，道格拉斯與布魯蜷曲身子躺在旁邊。開口向她求婚我並不後悔，但想知道為什麼她那樣自卑、說自己不是完整的人。可以想像是藏在心裡很深很久的傷痕，應該發生在孩提時代，或許我一輩子也無法觸碰。現在只能隨遇而安，答應了不問就別亂開口。

---

[34] Carlos Humberto Santana Barragán，美國拉丁搖滾吉他手，多次在百大吉他手榜上名列前茅。

之後性愛即使以米琦的標準而言也算是激烈，事後她的擁抱很緊，緊得異乎尋常，彷彿害怕一鬆手就會弄丟我。

14

星期三下午，我帶布魯和道格拉斯散步，暗忖將近二十四小時沒有米琦消息。不知道巴亞爾塔港有沒有時差，而且上次求婚失敗，現在特別留意給她保留喘息空間。只不過那一夜米琦抱我抱得那麼緊，我實在覺得奇怪。畢竟之前米琦也好幾次近乎不告而別。

回家給狗兒裝水之後我打電話找她，卻轉進語音信箱。改發簡訊以後我開始做晚餐，開著門窗享受涼爽的穿堂風，邊聽爵士樂邊留意電話有沒有鈴響或震動。過了三小時，她仍舊沒回撥或回訊。

我又撥過去試試，還是沒接聽，於是不免擔心起來，便走到冰箱前面看便條紙，上面寫著舉辦研討會的酒店資訊。照著號碼打過去，「請幫我轉接米琦．甘迺迪。」

那邊傳來櫃檯人員敲鍵盤的聲音：「抱歉，先生，沒有登記這個名字。」

我心一沉：「試試看『米可菈．甘迺迪』好嗎？」

又一陣喀噠聲，這回快了些，但對方仍說：「抱歉，目前名單上沒有姓甘迺迪的房客。」

「能查一下今天退房的人嗎？」

「先生，這種資訊我們必須保密。」

「可以通融一下嗎？我是她丈夫，有點擔心會不會出了什麼問題。她應該是週日晚上入住，有一段時間沒聯絡我了，感覺不大尋常，而且我打手機也找不到人。」

沉默片刻，我彷彿聽見櫃檯人員天人交戰。「請等一下。」思緒錯綜複雜亂成一團，但很快對方回應：「先生，是有這名字的房客沒錯，但她只住了一晚就取消。也就是星期一早上已經退房了。」

我閉上眼睛，胸口隱隱作痛。

「還有什麼服務嗎？」

「不了，謝謝。」我掛斷電話，也斷了那一點希望。

腦海重播與她求婚的場景。她說她不行，因為少了一部分的自己而且無法尋回，所以要我找更合適的對象。夜裡她抱著我，彷彿再也見不到面。我懷疑米琦下定決心要分手，只是怕我難過說不出口，所以情緒才那麼壓抑。儘管她陪我度過失去父母的這段日子，但或許本性難移，米琦就是來去如風誰也留不住。婚姻令她害怕，換言之我也令她害怕。如果米琦認為她無法給我完整的幸福，就會瀟灑離去，避免雙方內心拉扯。

我關了門窗也關了電燈，本打算和爾尼聊聊，但想起他們慶祝伯父七十大壽，全家一起前往歐洲度假。跟我正好相反，父母走了以後只剩自己一個。

悲慟焦躁的我軟在沙發。道格拉斯和布魯察覺我情緒不佳，跑來縮在身旁。

然後我聽見她的聲音。母親的聲音。

什莫，保持信心。

我抬起頭，好像這麼做會看見她就站在客廳裡。「對什麼保持信心？」我問空氣：「媽，妳要我相信什麼？」

腦袋裡那個聲音自顧自地說下去。

什莫，保持信心，主的旨意有時候我們無法領略。

「是祂要我過得這麼慘？」這次沒得到答覆。

我上樓坐在床鋪，不知道該怎麼辦，焦慮感膨脹得難以承受。這時候視線飄到床頭櫃，我忍住打開的衝動。之前本想將念珠隨母親下葬，但最後一刻又取回來。畢竟是她臨走前在露德洞穴廣場親手交給我的。

倒在枕頭以後，布魯與道格拉斯跟進房間，跳到床上搖尾巴。我的目光又落在床頭櫃上，這次先起身走到房間另一邊。櫃子上擺著作為畢業禮物畢翠絲修女送的聖經，鏡子後面夾著卜羅根神父趕走大衛．弗瑞蒙那夜給的聖克里斯多福畫像。

然後我拉開了床頭櫃第一格抽屜。那串念珠用得太久有些變形，鍊子與金色十字架都失去光澤。我放在掌心凝視，不斷自問，答案是這輩子與母親爭執從來沒贏過，這次也不會例外。

於是我將十字架掐在食指拇指之間，像小時候她教的那樣開始唸誦：「我信唯一的天主，全能的聖父，天地萬物無論有形無形，都是祂所創造的……」

每段禱詞結束，我求天主不要帶走米琦，請母親幫忙向聖母說情帶米琦回來。

什莫，保持信心。

經文進入第二端、第三端㉟，我漸漸覺得喘不過氣、發不出聲音。但我不肯認輸，一個一個

㉟「端」為天主教經文祈禱的單位。

珠子轉下去，集中意念想著母親。為了向她求助，還在心裡做了條件交換。

「只要米琦能回來，我再也不會質疑主的旨意。我會像妳一樣虔誠奉獻，盡力拯救徘徊在煉獄的靈魂。我還會回去教堂，所以拜託，媽，別讓主將米琦從我身邊帶走。無論她到底猶豫什麼、覺得自己哪兒不好，請讓她明白我有多愛她。」

我不知道自己究竟唸了多少節經文，總之最後累到連眼睛都睜不開。

醒來時耳邊迴盪慈悲聖母堂的鐘聲，陽光從臥室窗戶流入。我衣服都沒換，蜷曲在床上的布魯和道格拉斯見狀起身。上次聽見鐘聲是何時？我一時忘了，回想以後才記起：是在福村醫生診間裡，準備結紮前一刻。但，那是幻聽吧？

不確定這次會不會也只是自己想像，反正我趕快下樓打開正門走進院子，布魯與道格拉斯亦步亦趨跟著。不是幻覺，鐘聲清澈響亮，與六年級全校彌撒上爾尼敲的一樣。站在門廊上，我察覺自己變了，不再因為米琦的事情躁動難耐，浸浴露德泉水時那股寧靜溫暖回到體內，從胸口向外發散。之前一直無法描述這個感受，此時此刻我想通了：就像母愛的擁抱。小時候需要母親安慰時，在她懷中就是這個感覺。

Spirito Santo。那位義大利老人對我悄悄解釋過：是聖靈。

狗兒開始吠。牠們受過米琦訓練，不敢隨便衝出門廊，站在矮階梯頂端拚命搖尾巴，晃得項圈噹噹響，叫個沒完沒了。我望向外頭街道，沒看見誰遛狗，也沒有車輛接近。「怎麼啦？」我問牠們。

布魯抬頭看看我，道格拉斯繼續盯著馬路。我轉頭再仔細看，忽然一輛計程車越過路面微微起伏處，接近時逐漸放慢速度，最後轉進我家車道。兩隻狗樂壞了，汪汪嗚嗚同時尾巴動得超快。

計程車後門打開，走出米琦．甘迺迪。

15

她望向我露出微笑，笑容卻透露出悲傷及「我很抱歉」。狗兒跳來跳去，但我走下臺階才敢離開門廊跟上，一溜煙撲過去。我還沒走到，米琦已經落淚，臉上寫滿歉意。「聽到留言也看到訊息了，對不起，什莫，你一定很擔心吧。」

「怎麼不打個電話回來？」

「收不到訊號。」

「星期二還講過話啊。」

「我去了別的地方。」

「哪兒？到什麼地方去啦？」

「一開始是想要給你驚喜，以為你會很開心，結果直到下飛機才知道你打了好多次。抱歉，什莫，我都懂，你一定以為我不打算回來。」

無所謂，反正米琦在我懷裡就好。我緊緊抱住她親吻。

一會兒以後她說：「先進去吧。」

付了計程車錢之後，我幫她將行李提進去先放在房裡的樓梯口。米琦坐在餐桌，等兩個人緩口氣以後開始解釋：「出發之前那件事情還沒說清楚。」

「沒關係了。」我回答。

「有關係，如果我們真的要結婚就有關係。」

我百思不解只能直盯著她。

「什莫，我沒辦法生小孩。事情發生在年紀很小的時候，但總之我的子宮被摘掉了。不想嫁給你，是因為我沒辦法為你生小孩。你是好人、也會是個好父親，應該要有自己的孩子。」

「我不在乎啊，」我回答：「為什麼不說呢？」

「我和你母親說過。是也該告訴你才對。但是，過去很多年的事情一直沒提起，之後要再開口就變得很難。那種感覺你懂吧？尤其前面那麼多年你一直出遠門，我本來覺得反正不會在一起，你也就沒必要知道。現在……我是該早點說才對。」

只是這種問題，尤其並非不治之症，我心頭懸著的大石終於放下。「只要有妳就夠了。」

「可是你想要小孩。我知道你想要，否則你就真的會結紮。什莫，你想當父親。從那天開始我就心裡有數，所以也不知道能怎麼辦——不過後來你提起要領養佛南度。我就想著等結果確定了再給你答覆。」

「佛南度？」

「我明白他對你、對我們兩個的意義。」

「我覺得領養應該——」

米琦舉起手：「其實你提起之後，我就偷偷想辦法加快審核速度，而且你媽也幫了忙。」

「我媽？」

她點點頭：「本來希望她能撐到見孫子一面。你媽知道之後好開心，為你，為我們。」

「我不太懂。」

「你自己不是說過嗎，已婚身分領養比較容易，所以你媽和我就多填了一些文件。上頭寫著我和你結婚了喔，什莫。我活了大半輩子，只見過你媽撒謊這麼一次而已。」

「我媽也會不老實？」

「善意的謊言，」米琦說：「總之到墨西哥剛下飛機就接到孤兒院電話，我就退房飛去哥斯大黎加，文件審核大致沒問題了，接下來只需要和你面談。形式而已，孤兒院負責人說她認識你，你和佛南度見面的時候她就在旁邊。」

「我也記得她。」

「她已經為你擔保了，什莫，」米琦起身拉住我的手：「為你寫了一封文情並茂的推薦信。還有你在奧比斯的夥伴也是。所以，什莫，佛南度很快就會變成我們的兒子。」

「我們？」

米琦點頭笑道：「如果你還願意的話，我們可以三個人共組家庭。」

我無言以對，呆了半晌動也不動，腦袋裡想到的都是母親。「別動。」我總算能開口，說完就往樓上跑。

「你去哪兒？」

「別動就對了，一步也別動。」

跑進臥室，我打開床頭櫃抽屜，取出玫瑰念珠旁邊的黑色盒子，再匆匆回到樓下。米琦真的停在原位，她活了這麼大第一次乖乖聽話。

我單膝跪下，心臟跳得好快，但一定要搶在她前面說完。

「米琦．甘迺迪，」我開口：「妳願意嫁給我媽？」

打開黑色錦盒，裡面那顆鑽石在母親的婚戒上閃耀了四十餘年。我請人重新鑲嵌，周圍加上一圈小粒紅寶石。

尾聲

接來佛南度之後第一個週日，我們帶他過去慈悲聖母教堂。到得很早，我下意識走向父母以前虔誠禮拜時的固定座位。米琦沒有重拾信仰，但覺得佛南度可以接觸，長大了再自己決定。她到長凳坐下，我牽著佛南度走向祭壇右邊的凹龕，一起跪在聖母像前面。

「*Este es la madre bendita,*」我告訴他這是聖母：「向祂祈求，祂會幫你。禱告就像塞進撲滿的硬幣，可以等最需要的時候拿出來。」

佛南度看著我搖頭：「*Lo que es una alcania?*」他竟然問我撲滿是什麼。

我抓抓他頭髮笑了起來。

最初我們想讓佛南度進公立學校，有開設英語為第二語言的專門課程。然而入夏之後忽然接到電話，慈悲聖母學校校長想與我和米琦見面，還希望能帶佛南度一起去。

回到母親與我初次面會畢翠絲修女的辦公室內，現在坐鎮的人是派翠西亞．布蘭尼克[36]，牆上掛的畫像也換成教宗若望保祿二世以及一位不認識的神父，推敲應該是新的教區主任，但我還沒見過。房間更改為較柔和的黃色，角落還設置了一些盆栽與藤蔓作為裝飾。

「我們還沒收到佛南度的入學申請書呢。」新校長開頭就說。米琦和我便解釋自己打算讓孩子進公立學校。

派翠西亞．布蘭尼克很禮貌靜靜聽完後才回應：「別顧慮那麼多，先讓他進來，之後我們一起想辦法。」

我客氣笑道：「布蘭尼克女士，不單純是語言問題，我也擔心紅色瞳孔的小孩就讀天主教學校是否合適。」

她微微蹙眉：「當然，今天請三位過來就是希望能減輕疑慮。我向你們保證，本校會將佛南度視為上天的恩賜。這不正是切身實踐天主教理念最棒的機會嗎？」校長笑了。「希爾先生你有意見直說無妨，但我話說在前頭——梅德琳．希爾的孫子怎麼可能去上公立學校呢？她早就安排好了。」

「抱歉，什麼意思？」這番話令人費解，我瞥了下米琦，暗忖也許又是母親臨終前的安排，可是她也搖頭聳肩。

「令堂住院前與我聊過，她提到你會從南美洲領養眼球白化的孩子，但基於你自身過去的經歷，或許不會願意讓孩子就讀本校。我和令堂是在早上六點鐘彌撒認識的。」

「我母親跟妳說，叫我讓佛南多來這兒上學？」

「希爾先生，不只如此，你母親以當時標準付清八年全額費用，很懂得精打細算呢。」

我笑出聲。母親果然閒不住，養我就花了大半輩子，現在居然連孫子也給顧上。

「校長說得沒錯，」我嘆道：「她是個不平凡的女人啊。」

㊱ 原文Patricia Branick。作者母親名為Patty Branick Dugoni。

「那就照她的意思如何，」布蘭尼克校長推開椅子起身，隔著桌子伸手過來：「開學當天我會親自在寇提斯大道紅磚階梯上迎接你們。你應該知道我說的地方？」

「知道，」我回答：「再熟悉不過。」

開學前的週末，米琦和我帶佛南度出去兜風。很難得又開了獵鷹，車子老了會漏油和跳檔，所以後來很少碰它。不過和母親的念珠一樣，我會好好保存，打算大翻修一遍。反正佛南度十六歲的時候也得有輛車。

米琦和我都察覺佛南度對上學很緊張，所以決定帶他先過去熟悉環境。車子停在寇提斯大道紅磚階梯底，上去就是鑄鐵大門。我回想起以前無數次在母親陪伴下走上階梯，以及無數次跑下階梯就看見她在這裡等候。

「我會在這兒等。」當年她這樣告訴我，從來沒有食言過。那是母親的承諾，要我什麼也別怕，因為她的愛永遠都在。有時候放學了，我急著想見她，急急忙忙跳下階梯，一路上便當盒晃得叮叮噹噹響個不停。上了前座長皮椅，母親總會來個擁抱，我也不抗拒，享受那種無條件的愛。拿起念珠禱告、祈求她帶米琦回家的那個早晨，我感受到同樣的懷抱與溫暖。

什莫，保持信心。

她確實不會讓我失望。

「*Papa, venga, venga quiero ir,*」佛南度伸手將我搖回現實。他想把頂篷放下來。

「*Quiero mostrarles algo,*」我說：想給你看個東西。「*Esto solo tardara un minuto. Venid conmigo.*」一會兒就好，跟我來。

推開車門，佛南度捧起我們剛買的花束，父子倆一起上階梯。與記憶相比顯得窄了許多，也不那麼陡，然後因為我高得多，不像孩提時代得走半天，才幾步就看見祂的面紗、臉龐與美麗藍白色長袍。我忍不住停下腳步。

「還好嗎？」米琦問。

直到這時我才想起來自己在哪裡看過同樣雕像，也想起母親不止一次說過：聖母總是看著我。

「*La Virgen de Lourdes.*」我告訴佛南度：這是露德聖母。

傍晚米琦煮菜，佛南度躺在地毯上看電視，我坐在沙發讀報，忽然聽見慈悲聖母尖塔傳來六點的鐘響。後來越來越常留意到敲鐘，聽見時我會閉上眼睛，隨清亮聲響穿透時間，回到某一天療養院外晴朗午後，坐輪椅的父親抬起頭，橡樹枝葉斑駁陰影在他身上跳躍舞動。他開口發出的聲音如虛如幻、無法捉摸。

活得夠久，人就不再向前走，而是向後望。

基於他的狀態，當時我以為是對自身的感慨，如今明白父親分享了過來人的智慧，告訴我另一個角度看到的世界樣貌。父親真正要說的是：大家通常只記得改變歷史的大事，像阿姆斯壯登月、尼克森辭職、洛馬普里塔地震等等，實際上生活不是拼湊月曆上的標記，得靠我們的心來串連那些寧靜親密的時刻——結婚的日子，孩子出生那天，他們的第一步和第一句話，開學第一天什麼反應。等兒女長大，我們回憶時有些哀愁，卻又開心地陪他們考駕照，送他們上大學，參加他們的婚禮，探望他們的孩子。

周而復始，生生不息。

看似平淡的每個瞬間，都能締造屬於自己的非凡人生。

我伸手探向旁邊小桌，碗裡的玫瑰念珠每一顆經過母親反覆揉捻。感受她指尖留下的痕跡，我開始照她教過的方式禱告。

畢竟我是她兒子。

致謝

我自己也不確定這本小說緣起為何，若要猜的話，或許是身邊許多不同事情累積，需要找個出口宣洩，一如主角什莫觀察到的：滴水穿石，堵再多次也沒用。我父母有十個孩子，乍看之下自己的童年與故事內容相左甚巨，然而換個角度卻又互相重疊。

一九七三年六月二十四，我母親生了第十個孩子，取名Michael Sean Dugoni。那年我十二歲，所以之前兩個弟弟出生的情況也有印象。新的誕生就像耶誕節早晨充滿節慶氣息，醒來時兩個姊姊Aileen和Susie負責家務，跟我說：「媽媽在醫院生小孩喔。」大家情緒高昂期待著母親與父親回家，但最後這次情況不同，沒有之前那種歡愉氣氛。記憶中兩件事情特別深刻，首先是父親自己從醫院回家，沒帶母親，而且哭了，眼睛很紅，神情十分低落。過了一天左右，我才得知小弟Michael患有唐氏症。

小時候的我不懂那是什麼，居然還問了哥哥Bill：「所以是智障？」

他斜睨我一眼：「以後在媽面前你最好別說這兩個字。」

我母親宗教信仰虔誠，尤其信奉聖母。印象中她以前就常常進行九天連禱，小弟出生之後更頻繁，但天主從未「復原」弟弟。醫師們建議父母將弟弟送去特殊機構，認為他留在家中會造成很多麻煩與拖累，結果母親將他們都趕出病房。就像這本小說裡很多醫生一樣，他們並不明白自己說的話代表什麼，誰也別想阻止我媽將弟弟帶回家。

我母親屬於會製造風波的性格，牽扯到小弟的事情反應更強烈，比如她直接去推動修法，要求州政府針對智能發展較弱的孩子提供教育資源。過了不久，開始有年輕母親帶著和我弟弟一樣的孩子登門拜訪。相較之下，父親低調很多，他接受了弟弟的狀態，不奢求什麼奇蹟式轉變，正如他也接納前面九個孩子。

某一天下午，我坐在自己房間看電腦，恰巧讀到本地報紙一篇文章之後生出很多想法。報導很短，長度不及一吋，內容是澳洲一個男童想進入天主教學校卻被拒絕了，理由是眼球白化的學生會影響同學上課，其他學童給他取了外號叫做魔鬼男孩。

這就是我需要的靈光乍現。文思泉湧，故事初稿才五星期就完成，寫現在這章的時候筆記已經是五章之後的發展。可能清晨三點就起床，將塞滿腦袋的對話、情境、事件全部記錄下來。由於採用第一人稱賦予故事更多個人情感，必須小心拿捏自我與文學之間微妙的界線。

初稿完成之後最大的錯誤是直接給經紀人試閱。後來我明白了：初稿是寫給作者自己的，不應該給別人看。她很盡責，直說自己不喜歡故事很多地方，也解釋了原因。我知道都是很有建設性的意見，所以在後續幾年裡慢慢修正，大幅改動情節脈絡，刪除非必要的場景，一步步打造出小說該有的樣子。所以十分感謝Meg Ruley、Rebecca Scherer，以及Jane Rotrosen Agency內部團隊。她們有個建議使我獲益匪淺：原本的故事太支離破碎，缺乏主線串連引導讀者。後來我想到主線的地方也很妙，是開車前往彌撒會場的路上。我在心中問自己：什莫．希爾這輩子究竟追求什麼？得到的結論是：他要的和我要的、和多數人要的並沒有不同。

他要的只是一個信念。他想相信神對自己、自己的人生有安排，童年的苦難是為將來不平凡的人生鋪路。他想相信祈禱有意義，儘管世間充斥苦難但神確實深愛世人。他還想相信所謂「主的旨意」並非空穴來風，不是母親打發孩子多嘴的藉口。

謝謝Meg、Rebecca以及Jane Rotrosen Agency各位的耐心、指引與堅持。有妳們在背後推著前進，我終於寫出自己最棒的作品，也願意一直寫下去。也謝謝Thomas & Mercer的Gracie Doyle為我出版推理懸疑小說，並且一起試讀了本書。再來要感謝發行人，Lake Union的Danielle Marshall，她對這本書充滿熱情，默默出了很多力。還有作家公關Sarah Shaw，她總讓我感覺自己得到了尊榮待遇。製作總召Sean Baker和專案主人Laura Barrett也功不可沒，以前曾經說過我覺得自己每部作品的封面和標題都很棒，就是二位的功勞。Amazon的出版公關Dennelle Catlett為我宣傳不遺餘力，出版人Mikyla Bruder、助理出版人Galen Maynard和Amazon出版副總裁Jeff Belle也都惠我良多。

特別感謝策劃編輯Charlotte Herscher。這是我們第七次合作，默契越來越棒。她建議的修正常打在我心坎上，能帶我跳脫盲點，以旁觀者清的角度進行編輯修正，引領整個故事走出新方向。還要感謝製作編輯Sara Addicott與審稿人Scott Calamar，因為知道自己短處才有辦法求助，像我就不擅長文法和標點，有頂尖團隊替我把關實在安心不少。

另一位要感謝的是Tami Taylor，她負責為我營運網站、電子報，也處理一些外語版本的封面，工作效率奇高。再來也感謝Pam Binder和太平洋西北作家協會（Pacific Northwest Writers Association）的幕後支援，還有太平洋西北區非營利作家組織「西雅圖七人」（Seattle 7 Writers）對作者和文稿的協助。

當然還要感謝各位讀者選擇和支持我的作品。謝謝你們願意撥冗發表讀後感、寫email給我鼓勵，這是作者最大的光榮。

最後要感謝我的母親Patty、我的父親Bill，可惜他們十年前已經走了。再來是九個兄弟姊妹，並特別向妻子Cristina、兩個孩子Joe和Catherine致上謝意。我從你們身上學到很多，明白了成功的真正意義會反映在生活中的點點滴滴——你們在我心中灌注愛的那些時刻。有了你們，我的人生才會如此不凡。

GroWing 24

紅眼睛的山姆 The Extraordinary Life of Sam Hell

紅眼睛的山姆 / 羅伯.杜格尼作 ; 陳岳辰譯. -- 初版.
-- 臺北市 : 春天出版國際文化有限公司, 2022.12
面 ; 公分. -- (Growing ; 24)
譯自 : The Extraordinary Life of Sam Hell.
ISBN 978-957-741-589-9(平裝)

874.57 111014321

ISBN 978-957-741-589-9
Printed in Taiwan

作　者　羅伯・杜格尼
譯　者　陳岳辰
總編輯　莊宜勳
主　編　鍾靈

出版者　春天出版國際文化有限公司
地　址　台北市大安區忠孝東路四段303號4樓之1
電　話　02-7733-4070
傳　眞　02-7733-4069
E－mail　frank.spring@msa.hinet.net
網　址　http://www.bookspring.com.tw
部落格　http://blog.pixnet.net/bookspring
郵政帳號　19705538
戶　名　春天出版國際文化有限公司
法律顧問　蕭顯忠律師事務所
出版日期　二〇二二年十二月初版
定　價　499元

總經銷　楨德圖書事業有限公司
地　址　新北市新店區中興路二段196號8樓
電　話　02-8919-3186
傳　眞　02-8914-5524
香港總代理　一代匯集
地　址　九龍旺角塘尾道64號 龍駒企業大廈10 B&D室
電　話　852-2783-8102
傳　眞　852-2396-0050